無字天書

无字天叔 著

Editorial Comte Barcelona
巴塞罗那伯爵出版社

A Book without Character

First edition
Editing by Qinfeng Zhang
First printing April 2020
Published by Comte Barcelona

ISBN: 978-84-122086-3-4 (Paperback Edition)
Visit https://comtebarcelona.com

书名：无字天书
著者：无字天叔
版次：2020年5月第1版
编辑排版：张秦峰
出版发行：巴塞罗那伯爵出版社

ISBN: 978-84-122086-3-4 (平装版)
详情可访问网站：https://comtebarcelona.com

序

　　这次出版的短篇集是我的第一本纸质书，其中的几篇都是写于几年前的旧文，文笔尚浅，读者心明眼亮该是可以认出，但还是每一篇要有所注解，毕竟每一篇都有它从诞生到印在纸上的价值，这就好比生孩子，我要和作家这个身份结婚生子，那么从要孩子到将来这个孩子成为什么样的人我都要负责，我的教育理念、我的为人、我如何以身作则都会深深地影响这个孩子。

　　作家的好处就在于可以多生多育，我今年生了一个不争气，没调教好，明年再生，也不会给社会造成负担，我还可以靠着这些个有所成就的孩子带来的收入生更多孩子，过更好的生活，这些个孩子甚至可以上电视上影院成为大明星。可是，现如今当下的文化圈子里，有几个作家为孩子负责了呢？有的孩子生下来就是锦衣玉食，富二代，从来不用担心自己的价值，因为作家老爸老妈有的是钱，自己只管作；有的孩子生下来就是笔交易，按需生产；有的孩子压根不是自己亲生的；还有的孩子生下来就是个脑瘫患儿……现在国内要想生个孩子，不好意思，限号。这种类比我不清楚以前有没有人用过，应该是没有，有的话我也当没有，这个类比最大的 bug 就是为了生孩子大多数人选择挥刀自宫。

　　国内的出版环境以及舆论环境文人之间打交道的方式尽在《无字大书》这一篇，这是我在 19 年写的，花了两三个月时间，投了 N 次稿子，都是石沉大海。能出现在这本短篇集里的，基本都给国内杂志社出版社投过稿，都石沉大海。

关于《喜欢谈论伍迪·艾伦的贼》这个题目就值得一聊，有些读者一看名字就会叫出劳伦斯·布洛克的名字，没错，就是借用了他雅贼系列的取名方式，这一篇没记错的话应该是写于18年，这时我小说里的主角还不像雅贼伯尼一样毒舌，但以后会的。我的计划是自己也创作一个雅贼系列，为了不被人诟病，我的雅贼系列就像王小波的小说，每一篇毫无关联，但有着同名同姓的主角，王小波有王二，我有雅贼白笃。譬如说我接下来会动笔的两篇是《深陷克苏鲁神话的贼》和《发现戴森球的贼》，前一篇主角将置身于克苏鲁宇宙探案，属于科幻小说，后一篇是谍战题材。我最先动笔的是另一篇，书名保密。

《揣本齐末的方法》、《努信先生的笔》和《三个和尚》这三篇都写于15、16年间，而且都是在某一个写作平台上创作的，因为那个平台让我认识了几个志同道合的朋友，这是金钱换不来的交情，不幸的是那个平台已经黄了，只能说是经营不善吧，到后期作者和平台的理念已经相去甚远，多的也不便评价。前两篇是因为平台的活动而写，属于命题式写作，后一篇是受了《第二十二条军规》和伍迪·艾伦的影响而创作的。如果我的这些小说反馈不错，将来应该还会写这种类似风格的小说。如果还是没人看，我就应该正经写些悬疑小说卖钱了，正如郭德纲老师所言，艺术艺术，艺跟术不能分开，我这边写得天花乱坠，到死挣不着版税，读者觉得为我花一分钱都不值，我还费这劲干嘛，小范围传阅一下便罢了，用现在流行的话说不占用公共资源了。

《达尔贝达》应该是写于14年左右，这一篇和《努信先生的笔》大部分章节前都有数字标记，这一点是因为当年我百无聊赖之际翻看了几页《圣经》，翻得我昏昏欲睡，翻完也没记住几个人名，光觉得章节序号很吸引人，于是我在这两篇小说里用上了这些章节序号，就当写《圣经》了，我本来想把这两篇写得稀碎无比，好像最后做得不是很彻底。如今时隔6年，让我重写《达尔贝达》我很可能会写成《1984》。

《该隐三记》的写作动机是想试着写未成年杀人事件，探讨了一些东西，又漏掉了一些东西，写得模模糊糊，十分隐晦，这一篇我个人不会给高分，至于章节名，参考了翁贝托·艾科的《波多里诺》的章节名。

《侦探千昼》这一篇年代最为久远，大概写于13年左右，本来是想写长篇，为了方便投稿，成了短篇。千昼在之前的小说版本中是一个大舌头，那时候还没《唐人街探案》什么事，最早出现在我的小说《伊甸三餐》中，那应该是11年的事了，八九年前的小说我是真不想占用公共资源，练笔之作。后来的千昼，也就是这一篇里，千昼是一个患有精神疾病的人，他可以看见死去的人，也可以看见还活着的人，这些人跟他有着千丝万缕的关系，这些人的出现会帮助他推理案情，这一点在短篇里无法很好地呈现，未来这些幻觉中的人还会挨个出现在千昼遇到的一个个棘手的案件中，长篇的话暂时处于搁浅状态。原因的话，就是千昼要面对的会是整个司法系统的腐败，甚至为了斗倒一个个大人物会被追杀，被陷害，被关进看守所成为罪犯，到后来他的幻觉开始发挥常人无法理解的能力，为了对付黑暗的司法界，他甚至会与两大黑帮合作。这就是搁浅的原因，等到政治清明那天吧。

《大雷音寺序》如题，这只是一篇序，原本这篇小说是写给别人的，我负责人物、大纲、故事设计，有个多少多少字交给对方，对方给我一笔稿费，然后这篇小说跟我就没关系了，当我写完这些东西的时候，我反悔了，所以现在小说还是我的，穷也还是我的。要说明的是，我没有把对方的项目搞黄了，这原本就是一个你情我愿，一个卖创意一个买创意的交易，仅仅如此。本来这一篇我只准备写一两万字，可是越写越多。长篇里，大雷音寺的神秘面纱会被逐步揭开，一场巨大的危机终将到来，袖里藏风是婷飞傅香以及钱不灵等人，每人都会陷进无法挣脱的麻烦之中，因为幕后的主谋操控着一切。长篇的话，我只能说敬请期待了。

目录

无字天书

（一）

那一年，母猪学会了上树，水往高处流人往低处走，太阳也打西边升了起来。

那一年，那些年。

那一年，京城举办武林大会，各路武林豪杰纷纷前往京城将城内尚存的几间客房一抢而空，卖假药的商人权刀俎早一步闻风而动，带了几个护卫跑向城外破败的寺庙，在寺外设了个收费处，进一次收费一两银子，一晚上能赚上百两。一两银子在城内中上等的客栈住一晚绰绰有余，还有好酒好菜招待着，有热水澡可以泡，泡完澡可以舒舒服服地睡一觉；而在残破的寺庙里，一两银子不仅要挨饿受冻，还要和很多身上又脏又臭的绿林好汉挤在那方寸之地，权刀俎给客人们提供一碗清水，收费一百文，供一顿饭，五百文。为了抓住这次机会，权刀俎叫人在寺内烧水，用帘子另辟出一处"澡堂"，实则一个大木桶，洗澡的客人一人收八百文。

此际正值寒冬，寺外河水已上冻，冻了十八个月尚未解冻，纵然一屋子英雄好汉也没人愿意下水来一次冬泳。每个月都有人在谈论即将过去的寒冬，可每个月都有孩子在冰上滑行把屁股摔痛。

权刀俎规定每人泡澡不能超过一刻钟，超了就没热水供应。寺外树上的母猪可以透过墙上缺了一块的洞口看见水桶里男人洗澡的画面，每换一个人脱光衣服钻进去，母猪就发情似的嗷叫着，等到第四个人的时候，但凡是棵树，上面都蹲着头母猪在那一起观赏男人洗澡，然后一起嗷嗷叫。它们的叫声惨烈无比，很像是它们被屠户宰杀时才会发出的叫声，现在大家知道母猪不仅会上树，看到男人脱光洗澡时还会发出杀猪叫。

这件事情不光引起了洗澡客人的不满，满林子的猪叫让英雄好汉们失眠了，掺杂其间的还有几个是江湖上恶名昭彰的山贼恶匪，他们看着权刀俎这么肆无忌惮地剥削他们的钱财，又不让人好好睡觉，于是，几人互相示意了一番，默默向权刀俎走去。权刀俎正在数钱，银子归银子，银票归银票，铜钱归铜钱，这些钱他已经数了好几遍了，他自己用一张帘子给自己辟出一地，以为这么做就谁也看不到他的贪婪了。

权刀俎白天在寺外收费的时候，遇到一位十七八岁的灰衣少年，这少年用一种可叹可哀的眼神望着他，望得他寒毛直竖，权刀俎问他："年轻人，你这么看着我干嘛？"

少年说："我没钱，但我可以给你算命。"

权刀俎一脸不屑地往外挥手说："去去去，当我这里是善堂啊，有多远走多远，别耽误我做生意。"

少年又拿出一本《无字天书》对他说："这本书乃武学神功秘籍，练成此功者必能号令天下，一统江湖。"

权刀俎拿过那本《无字天书》翻了翻，书里一字没有，每一页都是白纸一张，少年朝他笑了笑，他也冲少年笑了笑，他的笑容在某一刻戛然而止，蓦地，拿书不停地在少年身上狠狠地拍着，道："去你妈的！武学！神功！秘籍！"他不光打，还用脚踹："一堆白纸，还《无字天书》，天你妈啊！"

权刀俎一路把他赶到百丈外，将《无字天书》扔到他身上，他转回身时，排队住庙的已经排了一条长龙了。

只听身后那少年的声音远远传来"今日你为刀俎，明日你为鱼肉。"

这话让权刀俎浑身一机灵，他急忙回头去寻那少年，却早已不见他身影。

权刀俎一个人躲在帘后数钱，不自觉地就回想起白天的这件事情。

帘动，帘外走进来三个人，每个人脸上都带着诡秘可怖的表情，少年的那句话又在他耳边响起："今日你为刀俎，明日你为鱼肉。"可哪里还有他的明日？

院内有一口盖着千斤重井盖的枯井，以前从未被人打开，以后也不会有人打开，即便有，也太晚了。

只是一众武林人士奇怪怎么没人向他们伸手要钱了，权刀俎带来的那些护卫由于找不到老板讨要工钱全都下山进城去了。

（二）

城里有家生意不错的书店，甚是气派，三层楼，第一层不卖书，卖纸，上好的宣纸，穷书生一般买不起，直接上二楼（二楼楼梯口写着：请君止步），二楼卖书，什么书都有，除了反书，二楼就是顶楼，还有一楼在地下，地下一楼黑漆一片，店里不允许点灯，怕着火，来这一楼的基本都醉翁之意不在酒，谁也不知道这一楼是建来干嘛的，明明刚刚进去两个书生，不消片刻竟传出女人的轻声叫唤。早在施工前，书店老板小滑稽就给包工头下过死命令，地下不准点灯，怕带去烟火气，又担心日后摆放的书籍受潮，必须通风。包工头昊所谓觉得可以挑战一下自己的极限，于是找了自己的几个徒弟开工。店主小滑稽用他那条罗圈腿很规整地在地上画了个圆圈说，就在这里挖，不用楼梯，方便客人直接往下跳。（关于小滑稽的罗圈腿，很少有人知道到底是不是真的，如果是假的，那么小滑稽就涉嫌歧视罗圈腿人群，对于很多冠以"涉嫌"的事情，大家都习惯性地来一句"你瞎啊，这么明显，你看不见？"所以一旦证明小滑稽的罗圈腿是假的，那么小滑稽就确凿无疑是在歧视罗圈腿人群；如果小滑稽的罗圈腿是真的，那么小滑稽应该时刻警惕那些假冒罗圈腿以此歧视罗圈腿人群的人）

包工头吴所谓觉得这个店主很有想法，表示非常支持。地下施工第一天到第十天的时候一切顺利，只是在第十天收工前遇到了点不大不小的状况，因为有个新手伙计实在分不清自己挖到哪儿了，砸通了一个泉眼，泉水喷涌而出，把施工队全都冲了上来。

还好店主小滑稽与工部侍郎陈氏美（陈侍郎的名字是由身为名门之后的母亲陈氏起的）相熟，陈侍郎得知好友小滑稽书店漏水，紧急动员了工部的大小官员开了场会，此次会议主要讨论如何有效的将地下的那个泉眼堵上，有人提议一不做二不休，把泉眼炸了，有人反对说万一泉眼越炸越大怎么办？况且炸药要怎么带到水下去引爆？有位开小差的侍中积极建言献策道，可以把炸药放油纸包里防水。这个提议得到了大家一致认同的掌声，有人说这个侍中的前途不可限量。

陈侍郎怒火中烧，拍案而起道，炸泉眼！谁他妈让你炸泉眼的！

众人沉默。

又有人提议道，我们可以先确定泉眼的位置，随后采取分流，分流分去哪，又是一个让人头疼的问题，而且一个问题往往引出其它若干问题。为了一个泉眼，开了十天半个月的会，最后大家终于统一出一个结果，在泉眼正上方凿一口井，随后将侧漏的那个泉眼堵上就没问题了。

　　这个方案很快得到了实施并一举解决了书店的问题。这次的泉眼事件解决之迅速，手段之高明，为朝廷节省了一大笔开支，陈侍郎甚至得到了他爹工部尚书徐氏美（徐尚书的名字同样是由他那位名门之后后来家道中落的母亲徐氏所起）的褒奖，并上报朝廷邀功，当皇上看到那份奏疏的时候，感觉自己有被戏弄之嫌，遂下旨封陈侍郎为漏水书店的第一功臣，钦此。徐陈氏父子领旨后，也感觉自己有被戏弄之嫌，来传旨的大吉公公和大利公公另外传了个皇帝的口谕，说是领旨后得大摆宴席三天三夜，以谢天恩，但不得有空席，否则诛九族。头一天进府的都是非富即贵，后来非富即贵的撑吐了也就婉言谢绝了，于是徐陈氏父子重金悬赏入府飨宴者，平日里食不果腹的乞丐农民纷纷前来，在尚书府免费吃住了两天两夜，吃饱喝足后乘兴而归。

　　小滑稽之所以与陈侍郎相熟，是因为小滑稽以前开酒楼的时候，陈侍郎隔三差五就往酒楼的地下一楼跑，作为酒楼掌柜小滑稽每每来不及寒暄两句，陈侍郎就十万火急地奔着地下一楼而去，拦也拦不住，若是让陈侍郎描述一下小滑稽的模样，陈侍郎还不一定说得上来，只是当他听到某个地方地下一楼被淹，陈侍郎凭着多年生活经验敏锐地察觉到了问题的严重性，这才召开了紧急会议。而小滑稽通过此次事件亦敏锐地感知到自己与陈侍郎的友谊已经有了一次难能可贵的升华。

　　自从酒楼让朝廷查封后，他做起事情来愈加的小心翼翼，书店开张前，小滑稽找到陈侍郎想着让这位好兄弟帮着给书店起个不俗的名字，陈侍郎大笔一挥，送了副草书给他，小滑稽接过陈侍郎的字，抑扬顿挫地念道：池不吊一栈。

　　小滑稽拿字的手不住颤抖，他激动地落下了两滴清泪，眼皮吧嗒吧嗒不停眨动，像是让洋葱熏到了。

小滑稽说道，好字，好名，不愧是侍郎大人亲笔所书，大人这般经天纬地的绝代才华，实在是让不才对您的景仰好比那滚滚长江都是水啊。

陈侍郎眼皮跳了两下说道，行了，你一卖书的能读对一个字已经算不错了，况且我今天状态好，超常发挥了一下，写得的确超越了这几个字本身的形态……

小滑稽连忙称赞道，超越得好，超越得好，依不才看，此手书法已绝不在王羲之之下啊。

陈侍郎朝自己那手超越形态的书法挨个指过去，一字一字道，地下第一楼。

小滑稽赞不绝口道，好字，好名，不愧是侍郎大人亲笔所书，大人这般经天纬地的绝代才华，实在是让不才对您的景仰好比那滚滚长江都是水啊。

陈侍郎纠正道，是滚滚长江东逝水。

小滑稽道，是，是是是是是，都是水，都是水。

本来这地下第一楼的名字是没跑了，但也不知这小滑稽是真滑稽还是假滑稽，在嘱咐工匠制作匾额时特意向他们炫耀了一遍侍郎赐予的大名：池下吊一楼。工匠们听说这是工部尚书给起的名字，虽然乍一听，不明所以，但人家尚书读书多，博古通今，人家讲的话听不懂也正常，自己这帮都是没什么文化的粗人，二话不说就动工了。完工前一天，小滑稽赶来对工匠师傅补充道，把"工部徐尚书赐"也给加上，工匠师傅如其所言。

后来书店顺利开张，陈侍郎一看，发现是父亲写的匾，气了大半个月；陈侍郎父亲徐尚书一看这匾，气派不凡，还很顺畅地念出了上面的字：地下第一楼。徐尚书暗道，我这书法是又精进了不少，可始终想不起来自己是什么时候赐的字。

不仅仅徐尚书看成了地下第一楼，但凡出入这家书店的饱学之士也看成了地下第一楼，人家一看这名就知道地下一楼大有玄机，于是一楼排了长长的队伍在那儿，队伍的前端有个牌子写着：地下一楼，往下跳。于是，排在队伍前面的人总要对着脚下那个洞口大喊一声：我要跳了，大家小心。等他一跳下去，下面就传来：你好，你好，你好……等跳下去才发现下面除了人什么都没有，想想还是上去吧，刚想上去，就听上面大喊一声：我要跳了，大家小心。接下来，又是一连串的：你好，你好，你好……

等到地下一楼实在挤不下人的时候，大家就看到不停有脑袋从那个洞里伸出来，然后是一整个人，接连不断的人，一些小孩子在门外探头探脑，以为这家书店在变戏法。

之前说过，小滑稽因为酒楼被查封的事情一直心有余悸，所以书店开张一个月内，都是本本分分地卖书，却一本没卖出去，然而书店一楼却总是排着长长的队伍在那里，大家都怀揣着一个念头，昨天没有，不代表今天没有。直到一个月以后，他们才发现地下第一楼的确是一个神奇的地方。

而一个月以后，书店终于迎来了一位会往二楼走的客人。

这位客人是个灰衣少年，一开始以为书店的规矩就是排队，所以也在长龙后面排了起来，等终于轮到他往下跳时，小滑稽急忙上前阻止道，去去去，你一小孩子也往下跳，一边待着去。

灰衣少年相貌英挺，十六七岁光景，百思不解道，这么大间的书店怎么还嫌弃年岁小的客人？别人都能往下跳，我怎么就不能跳？

小滑稽道，你要买书？

少年道，来书店自然是为了买书。

小滑稽道，买书二楼请。

少年道，你少唬我，我人小但我不笨，你这明明就叫地下第一楼，说明好书都在下面，再者说这里排了这么多人，凭什么我上二楼，他们去地下一楼？

小滑稽急中生智，将自己毕生的闭眼说瞎话的本事发挥到极致，他解释道，因为地下没有灯，黑漆一片，什么都看不见，没有灯是因为……在这里排队的都是盲人，我们这家店之所以叫地下第一楼，其实归根究底是因为我们是一家盲人书店，主要服务对象是盲人。

排着队的人突然整齐划一地看向少年说道，是啊是啊是啊。

少年道，太假了吧，你们看上去完全不像盲人啊。

排队的人突然一起伸出双手在空中乱摸，随后一并说道，这回像了吧？

少年：……

少年指向洞口的牌子说道，那个牌子要怎么解释呢？

小滑稽道，是啊，要怎么解释呢？有了，是这样的……

少年呢喃道，现想的吗？

小滑稽解释说，如果这里没有牌子，那么像你这样看得见的客人不就可以避免不小心掉下去了吗？

少年道，那么看不见的客人呢？

小滑稽道，看不见的客人本来就要掉下去啊。

排队的人突然停止伸手乱摸，再次异口同声道，对啊对啊对啊。

说完以后，又恢复伸手乱摸。

蓦地，门口有人高声喊道，陈侍郎到！

听到这声喊后，排着队的人一致闪到一旁，让出一条道来，随后，只见从门外的阳光中冲出一个黑影，这个黑影在进入书店时纵身一跃，在空中做出一个优美的三百六十度转体外加大地母亲赠送给他的一百八十度转体，最后以头朝下的姿态准确无误地扎入了地下一楼。

接着从地下一楼传来有什么东西碎裂的声音。

这是陈侍郎最新想出的出场方式，之前陈侍郎还尝试过翻跟斗出场，滑行出场和被十八个人抬着出场，这些出场方式都受到了大家颇多好评。

少年问道，这个陈侍郎眼睛也看不见吗？

小滑稽支吾道，啊，累的，操劳，侍郎爱民如子啊。

小滑稽话音还未落，就听门外又传来一声，徐尚书到！

刚刚闪到一旁的那些人并未有所动作，可能早就知道后面还有一位。

徐尚书不像他儿子，他迈着如沐春风的脚步走入了书店，他伸出右手和蔼地与店里的每一位打过招呼，最后在洞口站定，说道，先走一步，先走一步。

只见他轻轻一跃，临去时还不忘调皮地喊一声"哎呀"，徐尚书于是消失在了洞口。

少年问道，这徐尚书也是盲人？

小滑稽道，那不能，这徐尚书毕竟已近垂暮之年，视力大不如前，所以向他儿子陈侍郎学了如何阅读盲文，说起《如何阅读盲文》，二楼就有一本，还有一本卖的比较好，叫《三十天盲文速成》，不知这位公子有没有兴趣？

少年道，你这二楼压根没人上去，你是卖给谁的？

小滑稽道，少年郎啊少年郎，我说它卖得好，不代表真的有人买，我要说皇帝老子对哪本书爱不释手，你还真想闯进皇宫当面去向天子求证不成？你听到外面街上的叫卖声没有，哪个小贩不是把自家的东西夸上天？我这也是叫卖，文人的叫卖。

这话一说出口，小滑稽油然而生出一种自己也早已跻身于文人之列的优越感。

少年从怀里掏出一本蓝皮册子，册子封面上写着：无字天书。他将书递给小滑稽让他翻看道，说来也巧，我其实是位初出江湖的侠客，我身怀绝世武功，一个打十个都没问题，我的武功正是从这本《无字天书》中悟出的，你看看这书值多少钱。老板，我看您慧眼如炬，是行家错不了，给开个价吧。

小滑稽轻蔑地翻了翻书，又哂笑地看着少年，道，少年郎啊少年郎，想学人叫卖，首先你的无字天书得有字或图，最起码得用隐形墨水，方便读者用水或者火使其显现，可懂？至于你这书嘛，几张废纸罢了，想我闯荡江湖几十年，不要说是隐形墨水味我没闻到，就连这纸张的质地都像极了茅厕的用纸，走吧走吧，这位少侠既然不买书，就上别家行侠仗义去吧。

少年道，我行侠仗义也得有钱呐，没钱我就得饿死，您再好好瞧瞧，绝世神功，就在里面。

小滑稽无奈地重新翻看了一遍，叹口气道，这样吧，册子呢我收了，看你挺可怜的，你这一身灰衣原先是白色的吧？破例给你十文，换件新衣服吧。

　　少年面色沉了下来，他实在搞不懂，书上清清楚楚写着武功秘籍，怎么除了自己谁也看不见？

　　少年跟随小滑稽来到二楼，二楼摆了很多书，小滑稽走到一个角落，那里摆了只纸箱子，他打开箱子，里面整整一箱子的书都叫《无字天书》，乍一翻看的确没有字，也没有画。小滑稽解释道，蓝皮的《无字天书》要用火熏，上面的武功秘籍便会显现，黄皮的《无字天书》要用水浇，才显现。这才叫做生意，这种书也就是给小孩子玩玩，上面的武功秘籍也都是些三脚猫功夫，虽说功夫不怎么样，但这些武功秘籍的作者也力求创新，每个月也能拿到不少润笔费。

　　少年立时大惊失色，自己的《无字天书》和那些像模像样的《无字天书》一比，的确寒酸不少，可自己这本《无字天书》里的才是绝世神功啊。

　　小滑稽故作高深道，即便你这本《无字天书》真暗藏着不世出的武功，在我这里它也一文不名。你要知道我是个商人，在商言商，没有回报的生意我从不做。再者说，真要有人买了你的书，他学的会吗？绝世神功真要那么好练，那岂不人人都是大侠了？

　　小滑稽见他呆若木鸡的样子，又走到一处书架前道，我这店的规矩，二楼不能上，要什么书我来拿，店里的书目就在外面的牌子上写着，一旦放任他们上来，一个个都是只看不买，我还做什么生意？我这店卖得最好的便是这位玉面剑客小白龙的书，满满一架子都是他自创的剑法，其中以《超好学的剑道》，《非暴力不合作剑法》，和《大治天行罗汉不灭不死华真天君乾坤环宇谁来也没用剑法》最为畅销，连西域人都爱不释手。

　　少年道，看来这位玉面小白脸一定是一顶一的剑术高手。

　　小滑稽冷笑两声道，那你可就错了，你要是凭着书里写的这些狗屁剑法出去和人比试，碰上同样的蠢蛋还好，顶多打到最后也就是扯头发撕衣服，若是碰上真的剑术行家，对方只用刺出一剑，那你就归西了。

少年奇道，既然这些书里写的都是不入流的功夫，怎会卖得这么好？

小滑稽道，问得好，一开始我也想问这个问题，但后来当我见到那位玉面小白龙的时候，我就明白了。

少年道，这位玉面小白脸……

小滑稽道，是玉面小白龙，果真是人如其绰号，这种人其实靠脸吃饭就行，但人家偏偏就是爱好剑法，更爱自创。其实只要他的爱好不是挑起战争，破坏和平，那谁也管不着。

少年道，那么有没有那种实用的武功？

小滑稽道，倒也是有的，不过是另一个极端而已。比如说这位绰号苦尽无甘的郝腾，此人对玉面小白龙之流败坏武林风气十分不齿，身为后起之秀，他自创了另一类提倡自省的武功，他的书一出，登时引起江湖轰动，比如这本《佛法与拳法》，还有《论语拳》，以及那本很少有人能练成的《无拳》。他的武功有一大特点，练的人很痛苦，看的人也很痛苦，通常练着练着，练武的人和一旁观看的人会突然抱成一团痛哭不止。由于这位郝腾从小便失去了家人，而后但凡据说练成书中武功之人，不久便会家破人亡，于是大家纷纷猜测，郝腾的武功最高境界便是惨绝人寰吧。

少年道，那么有没有人和这位郝大侠比过武呢？

小滑稽道，据我所知倒是有两个，不过下场都很惨，听说他们在比武时，打着打着，突然痛不欲生，跪地嚎哭不止，郝大侠哭惯了也没什么，倒是对方因为实在痛苦不堪，一个自戳双目，一个割喉自尽。所以，我劝你啊，以后若是见到郝大侠，还是绕道走，他的武功在哭和惨上的造诣远远高过了我们这些凡夫俗子。

少年道，我这本《无字天书》暂时还是不卖了，听你这么一说，我就更是要去武林大会见识见识了。

小滑稽大惊道，我劝你千万别去，因为郝大侠是一定会去的。

少年坚定道，我必须去！

（三）

郝大侠没有去，郝大侠本来是准备去的，凭他的武学修为（大家见到他就哭，也就懒得去计较他到底有没有武学修为了）是一定可以在武林大会上大放光彩的，但是因为他的书涉嫌传播消极情绪，被当地衙门的书吏郑嗯亮逮捕归案了。逮捕他的时候，捕快们一见他拳法耍起，就哭倒在地上胡乱打滚，连路人都掩面痛哭，一时间仿佛整条街道都在为一个不存在的人哭丧。郝大侠也悲从中来跟着他们一起哭，书吏郑嗯亮红着眼把此事报告给了县令金大寿，县令金大寿解决事情唯一的法子就是花钱，所以他决定花钱解决这件事情，至于怎么花钱是书吏应该想的事情，于是书吏郑嗯亮一拍脑袋拿着一堆银票去了哭丧现场，他举起手里的银票，哭着让大家不要哭了，谁知大家哭得更凶。正好此时县令金大寿坐着轿子过来了解情况（由于路况不太好，路上没少耽误时间），结果他一出轿门立刻被众人感染抱头痛哭。书吏郑嗯亮哭着哭着，灵机一动，和县令商量了一下解决办法，县令金大寿悲伤过度也就点头答应了。于是书吏郑嗯亮哭着吩咐捕快将郝大侠塞入轿中，一群人边哭边跟着轿子浩浩荡荡地朝衙门而去，不知道情况的路人交头接耳，以为坐在轿子里的县令死了，纷纷回家杀鸡宰羊庆

13

祝一番。

县令金大寿死了的消息很快传到了吏部，吏部的人听说后奇怪衙门怎么没人上函通知一声，便派人去查证。吏部官员来到当地衙门外见到了触目惊心的一幕：人山人海，人头攒动，哭声震天。吏部官员急忙赶回报告上级，上级听说后急忙上报朝廷，朝廷听说后感触不已，原来民间出了一位如此深得民心的好官，即刻下诏追赠当地县令金大寿谥号为忠泉。

皇帝对传旨的宦官说，务必要快，顺便让内阁拟两幅挽联送过去。

当县令金大寿看到圣旨和挽联的时候显得非常震惊，这一点与来传旨的大吉和大利两位公公看到活着的县令时是一样的，于是双方自然而然地理解为皇上要赐死县令，这是县令无法花钱解决的事情，非常难办，难办的原因之一在于皇上没有明确表示要怎么个死法。

金大寿问公公，皇上赐酒了吗？

公公回答，没有。

金大寿又问公公，皇上赐白绫了吗？

公公回答，也没有。

县令金大寿和书吏郑嗯亮困惑地看着圣旨和挽联，绞尽脑汁寻思这两样东西可以带来怎样的死法。大吉公公出主意道，圣旨的角轴可以当棍棒使用，但打起人来满头鲜血，脏。大利公公出主意道，这挽联是写于长纸之上，我们可以将长纸叠成方形盖在脸上，随后倒上水，这样死起来就简单了。

县令金大寿和书吏郑嗯亮一致同意大利公公的主意，金大寿死前特意拜托两位公公道，请二位公公向皇上回旨时说下官走得很安详。

两位公公非常实诚，回去见到皇上就主动提起说，县令金大寿走得很安详。

皇上满意地点头道，有这么一位为百姓做主的好官，朕甚感欣慰啊。

金大寿的死是一件非常玄妙的事情，没人说得清他是怎么死的，什么时候死的，有说他是早晨坐轿子的时候被轿子晃死的，有说是夜里公公来传旨时被赐死的，还有的说他是在过三十七岁大寿时寿终正寝的，没人说得清。可惜那个年代还没发明"抑郁症"一词，要不然就可以用来解释金大寿的死因了，因为"抑郁症"往往可以用来解释很多事情，无论通不通。而衙门里的人从来不去想这些无聊问题，死了就是死了，反正每一任县令都会莫名其妙地死掉，算算日子，金大寿的日子本来也差不多了。这是今年死的第八个县令，比后来乾隆朝时顺天府尹被发配宁古塔的速度还快。

但金大寿的死归根究底是郑嗯亮害死的，如果郑嗯亮不逮捕郝大侠，后面的事情就不会发生，皇上不会下旨，金大寿不会死（算算日子，早晚还是得死）。

郑嗯亮的嗯字如果按照我们现代汉语的发音标准，应该发第二声，但由于郑母起了个非常不好的带头作用，所以现在很少有人能叫对他的名字。郑嗯亮小时候便秘，郑母就会待在茅厕外，鼻子里叫着嗯（第一声）嗯，嗯嗯地帮他通便，这直接导致在郑嗯亮便秘后的好长一段时间里，郑母还习惯性地发第一声，通常打破这个习惯的是当他背不出课文时，郑母会发第三声提醒他：嗯……亮？嗯……亮？嗯……亮？郑嗯亮有所警觉后，还是答不出就会被打屁股，这导致他长大后，对于那些动不动就要"嗯？"一下的人厌恶至极；郑嗯亮犯错之后，郑母会异常严厉地喊他的名字（发第四声），而第四声更像是第一声的加强版，只要时机把握得当，郑嗯亮会当场失禁。

郑嗯亮的父亲很喜欢这个"嗯"字，从小就喜欢，可惜他的父亲没有把这个字放进他的名字里，后来他有了儿子，就迫不及待地把这个字给了自己的儿子，这件事情前期（长达十个月的时间）一直处于保密阶段（除了他肚子里的蛔虫谁也不知道，其实认真说起来他的保密工作严密到连肚子里的蛔虫也不是很清楚，后来的小蛔虫曾经问过那些老前辈关于这件事情它们知道多少，它们多半只是支吾着说，好像有这回事吧），并且逢人就吹嘘他儿子的名字。他喜欢"嗯"字的原因如上所述，可以发四个音。很多左邻右舍知道后都羡慕地说道，哇，好厉害，居然可以发四个音！

郑嗯亮当上书吏没有靠任何人，完全是他自己的本事，他小时候也立志要考取功名，但后来发现自己的确不是那块料，他写的文章被考官们戏称为香屁文章，当时的主考官是朝廷以直言敢谏闻名的言官，一看到郑嗯亮的文章先是大笑不已，于是交给其余同僚共赏此文，大家又是一阵哄笑，随后那张考卷被非常暴力残忍地肢解成碎片，它最后出现的地方是厨房，在那里它贡献出了自己最后的光和热。结果三年后，同样的情形再次发生，郑嗯亮一直以为是自己上回马屁没有拍到位，这次挖空心思准备拍一个前无古人后无来者的马屁。

关于郑嗯亮的这两篇香屁文章是这样的，当时的皇帝一心想着修道成仙，不理朝政，而且身体一直处于重金属中毒的状态，但天下之事都通过锦衣卫之口传达到这位神棍的耳朵里，这些生活习惯逐渐导致这位一国之君走向极端，甚至心理变态。言官们的本职工作是上书骂人，以不带脏字却字字取人性命者为佳，对于自己君王的所作所为敢怒不敢言。而郑嗯亮的第一篇文章洋洋洒洒写得慷慨激昂，大致意思是修仙好修仙妙修仙呱呱叫，还从国法国策等刁钻角度切入，理论依据十分扎实，若是皇帝看到都会忍不住和他当拜把子兄弟，幸好他没有。这篇文章实在不愧香屁之美称，但第二篇文章性质就变了，郑嗯亮的一腔马屁热忱使他怀疑自己已经受到了朝中某位高官的赏识，于是在三年后的考场上他奋笔疾书，写到动情处竟还潸然泪下，隔壁和对面的考生听到了他惨烈的哭声，还不忘关怀一句：节哀啊，朋友，人死不能复生。这第二篇文章不仅把近年来的自然现象（无论好坏）都归结为是皇帝陛下修仙成功的预兆，还在文中大骂被奸人害死的前阁老，说他妨碍皇上修仙，罪该万死，当诛九族，诸位考官原本都是微笑着把前一半类似科幻网文风格的文章定着心思看完，当看到后一半时差点没组团抄家伙去灭口。

郑嗯亮考完试以后认定自己此次定能高中，优哉游哉地躺在床上一口鸡一口酒地享受着，飘飘然矣，谁知店小二鬼鬼祟祟跑进他房间让他快跑，官兵来杀人了。这个店小二其实是被人收买，楼下也的确有官兵，不过不是来杀人，就是奉命来客栈底下晒几分钟太阳，晒完还得回去复命。郑嗯亮估摸着是前阁老在朝中的余党，偷摸打开窗户一看，楼下一个个都是带刀的官兵，吓得他当场尿了裤子，腿脚酸软走不动道。店小二说后面没官兵，你赶快去对面房间跳窗逃跑。郑嗯亮将烧鸡揣怀里，整个人像一团鼻涕虫一歪一歪地跳窗逃了，连夜赶回老家。

回老家后，郑嗯亮惊魂未定，整天疑神疑鬼，把家里的门窗关得死死的，也不出去见人，等过了几天（俗称避风头），他突然想起自己怀里还有只烧鸡，不过已经臭了。在他母亲好说歹说下，他终于卸下心房，开始了一场为期一个月的大病，在大病期间，他不断看到前阁老的冤魂来向他索命，问题是他也没见过前阁老，但他就是一口咬定那个白胡子老头就是前首辅，由于这位前首辅长得过分和蔼可亲，每次出现都以一种十分温柔地口气询问郑嗯亮：你何时下来陪我啊？这么有礼貌的鬼魂郑嗯亮都不好意思回绝，每次都只好说：快了，快了。

一个月后，他的病好了，前阁老没再来看过他。但他好像天生就有一种整人的癖好，包括后面他与郝大侠的事情，更能体现山他"虽然八竿子打不着但我就是想要整你你能怎么样"的精神。进京赶考这件事情提醒他，朝廷首辅你是不能整的，前首辅也不行，已经定罪的也不行，死了的还不行。但是没有一官半职的就不一定了，于是下一个目标出现了，这个人是江南富商，叫沈移时。

当时东南沿海一带倭寇猖獗，他们的作案程序一般是这样：杀人放火强奸抢劫（顺序不分先后）。为什么要说是一般呢，因为这次事件的关键点是疑似少了些环节，当然只是疑似，而这个问题是由一位叫沈移时的商人提出的，他觉得这件事情极不合理。

这次事件里出场的倭寇只有五十三个，这五十三个人都是武士出身，相当于五十三个武林高手团伙作案，他们一路按照一般程序向前进，后来走着走着就迷路了，鉴于语言不通，又人生地不熟，想叫声"老乡"问问路也不太切合实际，稀里糊涂的这条血路一直杀到了南京城下，关键点出现了，当年庚戌之变时，俺答从蓟州一路攻到北京城下，有一批非常重要的国家宝藏在暗中被火速运往南京，如今倭寇来犯，南京又以同样的速度运往北京，只是这次太过匆忙，只运了七八成。南京官兵拼死守城，最终还是城破，倭寇听说城内有个叫御金阁的地方守着一批宝藏，便风风火火赶去了，结果扫荡一圈，整个阁楼差不多都空了，剩下的虽然不是价值连城，也都比他们一路劫掠的花瓶、儿童绘画等高级得多，五十三个人能拿得走的也有限，再加上阁楼外有哪个缺心眼的用日语喊了句"戚将军来了"，吓得他们随便拿了点东西意思一下就跑出城了，城里听不懂日语的百姓还纳闷，怎么刚进来就跑了？

当沈移时见到剩下的国家宝藏时，感慨道，不曾想倭寇竟没有把这御金阁付之一炬，连宝藏都没拿，这符合"寇"的本性吗？就这一问彻底引来了后面的滔天巨浪。

这场巨浪是以一群热血激昂的年轻书生的抨击文章开始的，文章的意思大同小异地在质问沈老板：你知道倭寇杀了多少人吗？

沈老板看到这些文章的时候就像参与了两次"火速运输国家宝藏"的人员听到沈老板说那句话时一样莫名其妙。莫名其妙的质问声还包括：你知道我为什么会在而立之年成为一个孤儿吗？你知道我的爱妻是怎么死的吗？你知道倭寇让多少人家破人亡吗？

如果这些质问多少还靠点边的话，接下来的呼声就让人不知所以了。有人为了打倒沈移时，专门派人将他查个底朝天（有些事情没人敢查），随后他们将查到的资料公之于众，这些资料隐去了很多沈老板小时候天资聪颖，有"神童"之美称，本可进京做大官，却毅然辞官回乡的感人事迹。资料七七八八写了沈老板贪慕虚荣，作为商人道德败坏疯狂敛财，着重轻描淡写了一句：沈母为东瀛人。公布资料的人深谙人心，愈是轻描淡写的一句话，愈会被人无限放大。

于是，一众爱国书生发文疾呼：沈移时是东瀛人，应让沈移时滚出天朝！怎可让东瀛人挣天朝人的钱？

关于沈母为东瀛人一事，与沈移时交好的很多朝廷高官早已知晓，甚至连一心修道的皇帝都有所耳闻，居庙堂之高者还没让人滚蛋，一群穷酸秀才在这起什么哄！朝廷当时就下诏让沈移时公开澄清并致歉，此事应当早结。

朝廷之所以没有要找沈老板晦气，是因为沈老板是他们很多人的摇钱树，而且客观上讲，这件事的确不至于闹大。

如沈老板这般说大不大说小不小的人物，做什么事情都得讲一个动机。身为一个商人生意做得好好的，但凡没有失心疯或是基因突变，不太可能和自己的国家与国民对着干，更何况是凭他一己之力。就算他图谋不轨，若指望靠几个疑问就为国（日本国）争光也不太合理，很多人幻想出来的这么一位"沈老板"更像一个不会思考的傻子，或是任人捏造行事的死人。

其实我们仔细想一下寇的本性是什么？烧杀抢奸。而沈移时质疑的是其中的烧和抢，很多人质问沈移时的是杀和奸，这属于道德层面的问题，应该口诛笔伐。口诛笔伐的点在哪里？肯定不能说沈移时暗指倭寇有一颗公德心，爱护公物（御金阁），尊重一国之文物，那么就只能将抢和烧这俩步骤转换成其它两个作案步骤，经过这么一转换，就能名正言顺地口诛笔伐了。

就算这么说，沈老板的无知也是展露无遗，无知的同时有点自负，自负的同时还很有钱，有钱的同时其母还是东瀛人。假若换做一个天朝普通人，问出同样的问题，大家给他普及一下常识，问题也就解决了，顺便再以瞧不起的口吻说道，无知就多读点书，不懂就别瞎问。以显示他们的博学与处事练达。这件事之所以被闹大，主要还是沈老板的性格与身份的复杂性。性格一复杂，我们就会看到很多性格比他好的人来教他怎么做人，身份一复杂，我们就会看到很多身份显得正当的人来让他滚。

朝廷里的都是精明人，皇帝更是自认为开国以来最聪明的一位皇帝，这么简单的一件事情还是搞得清楚的。至于沈母的事情，朝廷一向以天朝大国的心态海纳百川，自然不会去计较。

本来朝廷派人下来调解纷争，沈老板低声下气向衣食父母们抱声歉，事情也就过去了，毕竟以和为贵嘛，只要沈老板没有通敌叛国，辱骂朝廷，一切都好说。官方说法是大家不要乱扣帽子，沈老板忠君爱国，一时语失，悔恨万分，天朝子民应以大国之心态待人接物。官方说法的意思就是不允许有其它说法了，除非官方说法说允许有其它说法，但官方说法一般不会这么说，当官方说法这么说时，大家也会多加警惕。

　　于是发文章的人少了，如无意外，三天后这事基本不会有人想起。然而，郑嗯亮此时刚刚大病初愈，在了解事情的前因后果之后，发了篇十分复杂的长文，复杂到什么程度呢？复杂到作者郑嗯亮觉得这件事情很复杂而且越讲越复杂的程度。这篇长文很长，总结起来归纳为这么几点（排名不分先后，也分不清）：

　　1. 这个叫沈移时的我压根不认识。

　　（为了不让大家上下翻看，我还是逐条分析吧）沈移时在看到这篇文章的时候也冒出了和郑嗯亮同样的疑问，这个叫郑嗯亮的，我也压根就不认识，而且中间那个字应该读第几声？后来沈移时向朝廷的好友打听这个人，人家告诉他，这个人进京赶考时差点被谁谁谁灭口。

　　2. 沈移时作为东瀛人居然堂而皇之顶着一张天朝人的脸欺骗天朝子民。

　　3. 他的惊人言论是作为一个东瀛人理所应当的观念，他这是在刺激我们大天朝，是在向我们挑衅（原文是为他的国家出出气，我觉得这个解读过于孩子气）！

　　这两点我们要连起来看，沈移时的资料不是保密的，沈母是哪里人一查一个准，而南京文物运输记录也都有备案，以沈移时手眼通天的身份，也一查一个准，所以第二点的逻辑沈移时欺骗天朝子民成立，那么南京方面欺骗沈移时的逻辑也成立，和第三点的刺激挑衅自然就矛盾了。关于第二点中沈移时东瀛人的身份，我想请一个和尚小师父来讲解一下，小师父请。

　　小师父：阿弥陀佛，菩提本无树，明镜亦非台，本来无一物，何处惹尘埃。

　　好的，我想小师父已经说得很清楚了。大家如果还是不太理解的话，我就厚着脸皮解释一下：一个人无论他的身份是什么，他的名字是什么，他始终就是他，他不会成为别人，即便是在现代社会哪怕是一个亚洲人换欧洲国籍，那也是国籍会变，人脸是不会变的。若中日混血就叫欺骗，那么如今的各种跨洲混血儿没一个能幸免吧。因此，第二点的逻辑之复杂，矛盾之丛生，世所罕见。

4．沈移时的道歉肯定是因为他背后有一股巨大的压力，外加民间舆论的迫使，他的言论赤裸裸在美化倭寇，他的道歉我犹豫要不要接受，他肯定不是发自肺腑的。

关于一个人认错道歉到底是不是发自肺腑的思想审查问题，我们可以参考我国某一特殊时期。

5．……（省略掉关于道歉的社会学定义）我接受沈移时的道歉。

沈移时松了口气，幸福来得有点突然。

6．我郑嗯亮，差点和尊敬的皇帝陛下拜把子的这么一号人物，郑重提醒民间各位从事各行各业之人，关于此类国事，以后勿要妄议，国事复杂尤甚，绝非尔等名扬四海之上策。

以居高临下的角度把此次事件定义为讳莫如深的国事，国事照道理参与人员应该是文武百官以及皇帝，而此次事件这一群体只是负责私底下调解，并未直接或间接参与。即便国事是指运送国家宝藏事件，参与者也只有少数官员及少数负责运输的官兵，相关官员也有出面提供资料进行详解，不得妄议的"国事"应该不会由官方进行此等操作。

至于复杂尤甚的"国事"，我只用了几个段落几百字就描述清楚了，简单明了，还指明了事情的要点，而郑嗯亮长篇累牍不仅把事情复杂化，而且还把朝廷好不容易安抚下去的民情一下子给激了起来。

7．沈移时应该站在东瀛人的立场对天朝进行批判，当个有骨气的东瀛人（此条最为杀气腾腾）。

　　朝廷看到以后，也是杀气腾腾，倭寇不够我们烦的吗？你他妈还要让整个大和民族跟我们搞对立？

　　此文观点大致如上，好不容易平静下去的舆论瞬时被拔高，众人又是一片对沈老板的喊打喊杀。朝廷紧急召开会议，会议的要点是怎么处置这个和官方说法不太一样的郑嗯亮说法。武官主张说杀，文官反对说会给他造势，不能杀，要用。

　　郑嗯亮终于凭着自己的本事混了个书吏，书吏这个职位没有任何品级，相当于师爷，衙门里大大小小的事情都得管，朝廷的想法是得给这个无业游民兼社会闲杂分子一点活干，活少了估计又得出乱子，得让他天天忙得昏天暗地，争取一年之内积劳成疾而死。可郑嗯亮是死过一次的人，如今的身体素质就算天天九九六，再干一二十年也没问题。

　　沈移时此种身份的人下场都不会太好，但有人若是拿他的下场来评价他在此次事件中的是非，不免有牛头不对马嘴之嫌。

　　当郑嗯亮听说朝廷给了他一个衙门书吏的职位，他随即便意识到是自己写文章写出明堂来了，连朝廷都对他分外的重视，朝廷对他的任职公文里写道，沈老板的事情就不要管了，一切论调和上面保持一致就行。郑嗯亮感动得一把鼻涕一把泪，连夜赶出一篇安抚民心的文章来，论调保持和上面高度一致，大意是自己深思熟虑之后，察觉沈老板为倭寇辩解的动机不足，大家稍安勿躁。郑嗯亮还没走马上任，就已经深谙和稀泥的精髓，不评价不鼓动，保持绝对中立。这要搁现在，绝对是媒体人的良心。

　　当上书吏的郑嗯亮可谓是大权在握，书吏主管三班六房中的六房，六房与中央的六部相对应，相当于衙门的"内阁首辅"，主要负责文书处理和文案管理，任此职位者，若心术不正，为害一县之民自然不在话下。郑嗯亮从没想过要当一个坏人，他对正义比较感兴趣，但他对正义的理解往往出乎所有人的意料。

每当上面有什么政策传达下来时，郑嗯亮便会将这个政策讲得非常复杂，这样一来，下面的老百姓也就听不懂是什么意思了，郑嗯亮的行文逻辑常常是上下左右前后都很矛盾，乍一听，甚至还饱含着哲学性。郑嗯亮这么做的理由很简单，朝廷的命令必须复杂，复杂以后就没多少人懂，争取做到懂的人再怎么讲解，不懂的人也还是不懂的地步，懂的人少了，敢于议论这项政策的人也就少了。这和沈移时事件异曲同工，但有时候上面政策下来，郑嗯亮也不懂，这就更好办了，自己都不懂，下面的人更不会懂，自己可以省去加工的烦恼。

在那因言获罪比较盛行的时代，为了规范当地百姓的用语，这位"内阁首辅"专门提拔了几个人进入"内阁"，负责撰写《通语》，《通语》主要收录一些比较流行和不流行的避讳词，比如说皇姓朱，通语为肥肥，猪肉得叫肥肥肉；内阁首辅是开国以来的第一奸臣，通语为那位大人；所有关于生殖器的称呼统统改成发不出音的画，这一点主要用于书籍，至于一些淫秽动词则取消了代替法，而采用十级法，用一到十表达淫秽程度，通常一本淫秽读物中会有这么一句"他用他的（类似于6的画，代表男性生殖器）十得她呻吟不止"，这就是为什么我们现代人有时会觉得十这个数字很淫秽，这是书吏郑嗯亮的首创。

郑嗯亮的《通语》总共收录了二十多万条通语，其中有民间收集的，也有自创的，比如十级法和十二时辰法。《通语》甫一出版，便受到朝廷的赏识，内阁命令下面加印发往全国各地，所有书商必须严格按照《通语》执行通语修改，否则罪犯欺君，问斩。

照理说，郑嗯亮这么多工作已经够他忙得了，可他偏偏敬业爱岗，工作热情十分高涨，他最匪夷所思的一项操作是以书吏的署名给朝廷写奏折，内阁里的那位大人（通语）看了都哭笑不得，他要奏的假如是什么大事也就罢了，偏偏是鸡毛蒜皮的小事，比如谁家的鸡被偷了谁家的房子失火，他对此沉吟一番，深觉朝廷有必要统一一种防火防盗的举措。郑嗯亮上奏的主要目的就是痛斥没有按照他的《通语》进行修改的书商，其实这一点真不能怪书商，书商为了保命该改的都改了，没改的实在改不了，因为书商也理解不了他的什么十二时辰法和另外那些鬼法则。这一点连那位大人都懒得计较（主要他也看不懂），郑嗯亮还是坚持上奏，搞得人头大。后来内阁里看到郑嗯亮的奏折一律当看不见。

照道理书吏是没资格上奏本的，可县令金大寿不管事，他喜欢花钱解决事情，金大寿让郑嗯亮以知府的名义上奏，郑嗯亮嗯了声，他生怕别人不知道奏折是自己写的，所以署自己的名。他每次上奏，金大寿还给他钱，何乐而不为。

最近一段时间京城要举办武林大会，一位郝大侠途径此地，路过也就路过，可这位大侠家境实在悲惨，为了点进京的盘缠费，居然在街上摆摊卖艺，他那几套拳一耍，整条街跟死了亲爹似的哭得水泄不通。县里的交通陷入瘫痪，金大寿没法坐轿子出去花钱玩，就让郑嗯亮去探查情况，结果郑嗯亮因为到场以后所有人都给他让路，使他得以近距离观赏郝大侠打拳，就是由于这份特殊待遇，使他哭得过于伤心，当场休克。身边的衙役哭着把他抬去医馆，还好送诊及时，要不然郑嗯亮也就告别他瞎折腾的人生了。

郑嗯亮恢复神智之后，决定让人把郝大侠逮捕归案，可问题在于，郝大侠声望太高，摆摊也是交了钱的，这人硬动是动不了的。郑嗯亮急中生智，在郝大侠不远处的地方摆了个微笑大赛擂台（光用银票解决不了问题），评选本县笑得最开心的一百人，奖金不菲，为此金大寿没少花钱。但他们估错了一件事情，郝大侠不会法术，他的拳法强调的是人的自省，是情绪的发泄，而当地百姓的内心都积攒着对世道的不公，对亲人的不幸离去和自己碌碌无为的一生的负面情绪，他来这里摆两天摊，让大家哭两天，情绪发泄完了，他也就要进京了。郑嗯亮和金大寿只要这两天老老实实待在衙门里，后面什么事都不会发生，可他们就是觉得下面的老百姓不能哭，不能有消极情绪，他们一哭一消极，万一上面的人下来视察，肯定是要问罪的，除非视察的人也跟着哭，但视察的人高高在上都是一句话就能要人命的主，让这种人哭，简直天方夜谭。

微笑大赛办了两天，上台的人都没凑满五十个，更不要说每个人都哭丧着脸。令金大寿头疼的是他的钱花不出去，令金大寿最头疼的是，他的比赛没人来，令他很没面子，他让郑嗯亮把比赛撤了，当什么都没发生，郝大侠待两天就走，别管了。息事宁人不符合郑嗯亮的行事作风，金大寿的一席话急得郑嗯亮只能硬着头皮先抓人，抓了人再想罪名，编个理由谁不会编。

于是我们之前讲述的事情就那样发生了，金大寿死了，郑嗯亮吓傻了，这是死亡离他最近的第二次。

郝大侠为了赶着进京，把牢里的墙给震破了，足见其内力之深。他这么一逃狱，罪名自然就有了，可衙役并没有要抓他的意思，这人好不容易走了，再把他捉回来这不有病吗？于是郝大侠顺利走入下一个县，又不太顺利地被关进了牢里，然后震碎墙壁，又逃狱，还是没人捉他回来……郝大侠进京的时候，武林大会已经圆满落幕。

（四）

武林大会正式举办的那一天，整个会场人山人海、人声鼎沸，人山人海的同时不停有人被请出场地，一群穿着喜气洋洋的秩序维持者向每个被请出去的人派发一本叫《武林大会会章》的书和一本《通语》

（少了这本，《会章》基本就不是给人类看的）。当有人问起说自己究竟违反了哪条会章时，穿着喜气洋洋的秩序维持者便含糊其辞道，就在这本会章里，请仔细阅读。

阅读对于这么一群爱好看武功秘籍的人来讲并非难事，只是《会章》很厚，《通语》也很厚，全部看完不知道要到猴年马月。更有甚者，《会章》翻完也没意识到自己到底违反了哪条，这类人主要还是不够机灵，所以没法领会《会章》的奥妙。

为了不被无端请出场，人声鼎沸很快成了鸦雀无声，连咳嗽都要使劲憋下去，眼睛不敢乱瞄，手脚不敢乱动，连大口喘气之前都要先估算一下被请出场的概率，因为随时都有可能违反一条不知道是哪条的会章。

本次武林大会由泰山北斗级的三位德高望重的武林前辈所主持，他们分别是江湖人称"绝顶高手"的花一川花老前辈（很明显，他是一位绝顶高手），江湖人称"平生不见肖张张，今日照样不见"的肖张张肖老前辈（这个称号主要强调肖老前辈身法招式的快），以及江湖人称"金嗓不坏"的大声吼大老前辈（身怀武林失传已久的绝学狮吼功）。

三位老前辈端坐于比武台的另一端，不怒自威的三张脸仍然拥有着台下众晚生后辈所不具备的魄力，距离他们三个较近的一些人隐约可以感受到来自那边的一股冷冽肃杀之意。

在一片死一般的寂静中，大声吼大老前辈忽然长身而立，随后腾地飞身而起，落于比武台上，稳如泰山。他先是介绍了自己和另外两位老前辈，随后又介绍了此次比赛的规矩，两两对战，比到最后剩下的两个人假如打平手，就由他们三位老前辈做决定谁是这一届的武林盟主。当然，既然是比赛，一定不能使用下三滥的招数，可大老前辈并未特意指出这一点，原因很简单，没必要。第一场比赛就能解答这个没有必要。

首先上场的是薛式剑法的传人薛吟和自创北斗八星八剑法的齐八斗，这两位也都是武功秘籍热销榜榜上有名的人物，江湖上很多人都在期待他们今日的这场比武。

首先出招的是薛吟，只见他的剑先是往上轻盈盈一挑，随后又如雷电般疾砍而下，嘴里还一边缓缓吟着自己早上新写的诗句"白光一闪冲天去，雷鸣狂作势万均"，那把剑离着齐八斗还差着好远，在台下众人看来，他就是原地蹦跶了一下，连手里的剑都没握稳，差点脱手；齐八斗眼见薛吟出招如此老辣，自己也不含糊，一出手就是北斗八星八剑法第一式乱星式（也就是用剑在空中一阵乱舞），齐八斗就没有薛吟那么幸运，由于他的第一式就过于猛烈，手里的剑很自然地就飞了出去，台下一众武林高手见到一把真剑直面劈来，全都惶恐地闪避开去。而齐八斗的乱星式一旦发动就必须舞满一刻钟，他的剑飞出去不过眨眼功夫的时间，为了不自乱阵脚，他依然空手在空中乱舞，显得煞有其事。

薛吟连连感慨道，没想到齐兄的剑法又精进了不少，在下佩服佩服。

齐八斗一边舞，一边笑道，过奖过奖，薛老弟的剑法也大有长进，依我看薛老弟刚使的那手剑招似乎还融入了道家"道可道，非常道，名可名，非常名"的理念吧？

薛吟眉飞色舞道，哎呀呀，齐兄果然好眼力啊，我自以为把道家的精神藏得很深了，没想到还是没有逃过齐兄的法眼，惭愧惭愧。依我看，以齐兄现在的这招无剑胜有剑才是剑道的至高境界啊，就凭这一点，我薛吟今天就必须成人之美，输在齐兄剑下，绝对是我薛吟三生有幸啊。

齐八斗道，薛老弟过于自谦，薛老弟的剑招才是令齐某我大开眼界啊。

他们俩就这样你夸我，我夸你，夸了一刻钟，乱星式毕，等得台下的武林高手十分烦躁。

齐八斗舞完就不知道下面要干嘛了，北斗八星八剑法他才使了一招，后面的自己书上倒是有写，但他忘了，估计对方也一样忘了下面的招式，两个人就在台上傻站着，大声吼老前辈不耐烦地看了看他俩道，剑法点到为止，齐八斗手中无剑，薛吟胜。

两个人仿佛终于解脱了似的，薛吟拱手道，承让承让；齐八斗道，实至名归，实至名归。

是以，此类比赛完全用不着任何下三滥手段。

在第二场比赛侠路相逢的是"神鹤乱步"西熙熙（听名字就知道是个爱笑女孩，而爱笑的女孩运气都不会太差）和"猴王"孙武。这两位同样是畅销榜单上的名家，神鹤乱步讲究一个字"美"，武林高手西熙熙可以教你如何在比武时依然可以使出花俏的招式，制敌的同时又不失整体的美感，也难怪会畅销。孙武的猴王之称就没有那么多讲究，说穿了是翻跟斗翻出来的，一翻跟斗就得出汗，一出汗就会发臭，看上去脏兮兮的，很多人都觉得买他的书亏了。是以，这是一场美与丑的较量。

台上随之呈现的是这么一番景象，孙武不停地翻跟斗，逼近西熙熙，西熙熙则像只仙鹤一样在台上蹦来蹦去，美若天仙。约莫过了一刻钟后，孙武翻跟斗翻累了，西熙熙一介女流蹦了这么长时间也有点吃不消，于是两个人一致停下大喘气。花一川和肖张张两位老前辈一面观战，一面点头微笑，两人似乎都很看好这两位后生。大声吼看他们喘成那样，白己都有点接不上气，他威严地走上台道，武学博大精深，若只一味翻跟头，即便将来当上武林盟主又怎能引领群雄？这一局西熙熙胜。

就在第三场比赛的两个人站上舞台时，大家才发现有个名不见经传的少年出现在了那里，而且他一身白衣现已见灰，一副邋遢像。他的对手则是年少成名，据说打死过一头老虎的钢拳铁爪和昆。

和昆见到少年那副瘦削单薄的身体时，忍不住发笑道，孩子，我看你还是从哪来回哪去吧。

少年笑而不语，缓步近前，大声吼此时骤然出现，拦住二人道，这位无字少侠胜。

大声吼早已从少年眉宇间探查到他那高深莫测的武学造诣，他即时制止，免得到时，钢拳铁爪变成废拳鸡爪。大老前辈自己也记不起是从什么时候开始，武林大会早已习惯了没有"受伤"这回事，每次武林大会结束，几乎没有人会因为比武受到一星半点的皮肉伤，更不要说是内伤了，只有个别不小心的，拿着真刀真剑上台，把自己划伤了，还哭着喊"血！血！血！"更让人意外的是，在台上还有人会自己绊自己，把自己绊倒，他记得有一届武林盟主似乎就是这样把自己摔死的。这些年来，武林大会基本上都是一团和气，以"你发财我发财大家一起发财为宗旨"。

少年道，我还没动手怎么就赢了？

和昆也发出了同样的疑问，只是后面跟了句：莫非这位英年才俊是大老前辈的什么人？

大声吼道，我和这位无字少侠素不相识，只是对你和昆近年来靠着编造出来的"打虎"事迹在江湖上骗吃骗喝甚为不满，你没有资格站在这个舞台上。

和昆先是一阵心虚，随后怒骂道，你胡说！老不死的，你有什么证据说我"打虎"一事是编造的？

大声吼道，你忘了我狮吼功是如何练成的？我家里就拴了两头老虎呢，你要能打死一只，我给你一千两，打死两只，两千两。（大声吼的狮吼功向来是对着狮子老虎之类的猛禽练的，所以他家的两只老虎在他面前都乖得像小猫咪）

大声吼说话的时候还把手搭在和昆肩上，似有要把他带去和他家老虎相会的意思，和昆也怕他把自己拿去喂他们家爱虎，便悻悻地走了，边走边诅咒。

大声吼对少年道，你可以下去了，还有很多人要比武呢。

少年道，不对，他没有资格，换个有资格的上来不就好了，还没比过，我为什么要下去？

大声吼道，我说过，你不用比，你赢了。

少年道，没交过手，不算赢。

下面自告奋勇要和他一较高下的人越来越多，大声吼并不清楚少年的为人，万一他是个心肠歹毒之人，下手阴狠，那么能侥幸从他的手里活下来的人寥寥无几。于是他准备亲自以身涉险来会会他，这一点换做另外两位老前辈是一定会有所顾虑的，毕竟资历摆在那，输了面子上下不来，赢了胜之不武。

大声吼道，看你这么嚣张，我来会会你。

听力不太好的肖张张老前辈道，哈？叫我？什么事？

少年道，好，前辈能有此打算，足见前辈为人宽厚，心怀坦荡，在下佩服。

大声吼道，你可要小心，我的狮子吼可不是方才那种三脚猫功夫。

少年道，请赐教。

大声吼马步扎下，即有地动天摇之感，他张嘴的刹那，瞬时风云变色，飞沙走石，没有人能忍受得了他发出的震耳欲聋的天音，内功不济者，在他面前随时都可能内脏炸裂，七窍流血而死。

狮吼功说到底就是施功者以内力碾压、撕碎对方，而少年有《无字天书》中的神功护体，内力惊天地泣鬼神，区区狮吼功在他眼里跟树上的小鸟鸣叫没多少区别。他欺身向前，还是面带笑容，以右手食指伸向大声吼的喉结，在距离两三寸的地方停住，他这一指下去，大声吼重则当场身亡，轻则狮吼功尽废。大声吼心底暗自感谢少年的不杀之恩，随即收功。

此时，台下众人早已东倒西歪，捂耳惨叫者超半数。

大声吼厉声道，还有要和这位无字少侠比试的就请上来吧。

大家一个个回过神来，只顾整理仪表，当没听到大声吼的话。

大声吼道，"西来一剑"西门孤城，你最近的孤高剑法练得如何，是否有大的突破？

西门孤城道，没有没有，退步了，荒废了。

大声吼又道，目空道人，可否上来对这位少侠指点一二？

目空道人道，诶，我这身份的人怎能上台去欺负一个毛头小子，赢了的话，也是胜之不武，各位说是不是？

众人道，对对对，不像话，这谁家的孩子也没人管管。

少年道，不如这样，既然阁下自认武功在我之上，那不如上台来接我一掌，若阁下受得了我一掌，我便甘愿服输。

目空道人一听，吓得冷汗直冒，他原本以为这次大会和前几次一样不过比划比划，意思意思，哪里会想到这次的大会有可能会出人命。既然牛已经吹出去了，不妨吹得更大一点，他叹了口气道，哎，其实看见少侠这般执拗，贫道本该成全你才是，无奈贫道所练的乃是金钟罩铁布衫，就凭你这窝头大小的拳头，打到我身上的那刻只可能有一个结果，那便是整条胳膊终身残废，贫道实在不忍啊，少侠还是速速归去吧，这里可不是你该来的地方。

少年饶有趣味地回道，那也巧了，我练的武功专克金钟罩铁布衫，乃江湖上失传已久的熔金掌，你的金钟罩铁布衫若是练的不够火候，我这熔金掌准能在你胸膛上开出一个洞来。

目空道人摇头叹息道，哎呀呀，现在的年轻人不好好刻苦习武，把功夫全花在了耍嘴皮子上，武林中若全都是你这般空逞口舌之快的人，武林早已堕落不堪，哪还有今日这番群英汇聚的场面。

少年身子一闪，轻如飞燕，快如脱兔，众人只听得传来一句"群英们，领教了。"

他人影忽现忽灭，在众人间穿梭如入无人之境，片刻间，他已再次回到台上。台下的众人如一具具石像般定格在原地，有的作惊慌状，有的作逃跑状，有的还没意识到发生什么。

花一川和肖张张两位老前辈一脸怒容地离席，也来到了台上，这两位的轻功身法丝毫不亚于大声吼。

花一川道，好你个不知天高地厚的臭小子，老夫到现在还没出手教训你已经算是慈悲了，你还不快把他们的穴道解开！

肖张张道，花兄说得对。

少年道，没个说法，我不解。

花一川道，说法？你这年纪还没我孙儿大，哪来的什么绝世武功，熔金掌更是闻所未闻，我看你就是个招摇撞骗不学无术的武林败类。

肖张张道，花兄说得对。

少年道，不学无术要怎么招摇撞骗？老前辈这不是难为人吗？再者说，你孙儿有多大，和我武功有多高，这两件事情八竿子打不着，你是怎么联系到一起的？你想知道我师承何人可以直说，不必说些有的没的，还有你，我一看你就是个不学无术偏爱学舌的老腐朽。最后那句他是对肖张张说的。

肖张张一听，怒从中来，抬手就要出掌，他的掌法虽然及不上熔金掌，但威力也不容小觑。大声吼是近距离见识过少年武学境界之高的人，老朋友的这一掌打出去，速度再快，对少年来讲也慢如湖中小舟，面子事小，伤筋动骨事大，上了年纪的人谁也经不起这种折腾。是以，这一掌刚提起，便被大声吼死死按住。

大声吼道，既然少侠主动提起，我们也不妨一问，不知少侠师承哪门哪派？

少年将怀中的那本《无字天书》拿出，递与他道，我的武功尽数来自于这本书。

三人忙将《无字天书》一通翻看，却迟迟没有翻到一个字一幅图，自然想起是隐形墨水所写成。

少年猜出了他们的心思，道，并非隐形墨水之顾，在我看来，上面的每一个字每一幅画都清晰可见，三位前辈难道一位也看不见？

三人面面相觑，脸和脖子顿时袭上一阵莫名的灼热感。

花一川经过一番精心的盘算后，说道，不如这样，少侠的这本书可否先借我等钻研一番，若一个月后我等实在朽木不可雕，看不透这其中的玄机，届时定当完璧归赵，并当面表示歉意。

这件事谁都看得出有诈，换了别人，死也不会轻易答应，可少年想都没想，一口应了下来。

少年道，不过，今天这武林大会还是得办下去，而我必须比到最后。

花一川支吾道，这……恐怕不妥，在我等尚未钻研出书中玄机之前，便不能轻易做出不负责任的决定。不如少侠先在江湖上扬名，待尔功成名就之时，再来参加武林大会，你看怎样？届时我们定当欢迎之至。

少年不忿道，可如今武林侠义之风已荡然无存，今日来到这里的，无非都是些争名逐利的武学白痴，一个个连兵器都拿不稳，这样的人都能当选武林盟主？这么大的问题摆在这里，老前辈居然视若无睹？

花一川道，问题？哪来的问题？现在的年轻人啊，就是喜欢走到哪里就说哪里有问题，你是那个制造问题的人吗？我没看到有什么问题，在场诸位的武功可能的确不及少侠，但他们每一位都一心钻研武学，发扬武学正道，以武会友，用侠义精神感染了一批又一批像你这样年轻有为之人，这有什么问题？谁说当武林盟主一定要身怀绝世武功，武林盟主最重要的就是要怀有一颗仁爱的心，如你这般锋芒毕露，好胜心强的人，要想当武林盟主，我们反而要有所顾忌。

花一川的一席话说得肖张张心潮澎湃，流下了感动的泪水。

少年道，老前辈这番话分明是诡辩。

花一川道，老夫不屑与你这乳臭未干的晚辈争辩，你走吧，一个月后还是在这，我们把你的书还你。

大声吼有心想帮少年一把，只可惜仅凭他一人之力，也是断然无法改变现状的，武林早已世风日下，不会武功的靠着各种手段在江湖扬名，一出场就好像踩着七彩云，众星捧月，好不风光；而会武功的很多就成了刺客，心中尚存一线道义的，便成了劫富济贫的刺客，被官府通缉；没有道义的，打家劫舍，杀害忠良，背后有着庞大的利益集团撑腰，官府怕惹祸，不闻不问。要不然当年的五十三个倭寇是怎么一路畅通无阻杀到南京城的？

少年唯有就此离去，留下一个落寞的身影。

这一届的武林盟主是谁，无人关心，因为大家都知道，选出来的那个肯定不是武功最高的，也不太可能会有一颗仁爱之心，他们只需要在当天傍晚去京城最大的酒楼找个位子坐下，武林盟主会请大家吃一顿丰盛的大餐，不醉不归。

这一届的武林盟主比摔死的那一届更倒霉，这人是在那顿宴席上被人灌酒灌死，据说他的肝脏不太好。

一个月后，少年如约而至，三位老前辈也如约而至，花一川交出了一本《无字天书》，少年接过，外表看上去就是他借出去的那本，他一页未翻，便离开了。三人心里暗自舒了口气，大声吼是因为内心有愧，怕当场被揭穿，其余二人是庆幸，他们准备了一百种方法阻止他翻书验货，而他们一种也没用到。至于少年若是事后拿着假的《无字天书》来找他们，他们就可以打死不认了。

出乎他们三人意料的是，少年再也不曾出现过，他们手里那本真的《无字天书》直到三人陆续离世，也未有一人参透。在他们死前，耳闻江湖上出了一位神龙见首不见尾的大侠，这位大侠的武功高深莫测，令他们确信这位大侠就是当年那位少年的证据是，他的掌力十分惊人，曾经一掌便在一个杀人无数的恶霸胸膛上打出了一个洞。还有曾经参加过那一届武林大会的人有幸目睹了大侠的真容，逢人便吹嘘，他被大侠点中过穴道。

若干年后，那本《无字天书》落到了花一川重孙花不虚的手上，花不虚出身名门正派，上三辈都是江湖名侠，受人敬仰，而他仗着自己优渥的家庭条件，出了不少武功秘籍，至于他本人不要说是剑，连把菜刀都没碰过，见血就晕，走两步就喊累，天天泡在窑子里，伺候他的姑娘得在两个以上，日子久了，花不虚日渐消瘦，虚不受补，窑子也不去了，成天睡在家里，一天要睡足十个时辰。

有一天，花不虚在梦中梦到了他父亲临终前（被他气死的）留给他的《无字天书》，他睡醒后翻箱倒柜一通乱找，终于在一堆女人的肚兜里发现了那本书，他速速翻开第一页，上面博大精深的武学心法、招式给他打开了一个新的世界。他懒得去想为什么之前都是一张张白纸，怎么现在就神功其上。他随即照着书中所写练了起来，本想着以此改善自己孱弱的身体，没想到他当天夜里便走火入魔而死。

大侠掐指一算，花不虚时辰已到，来此地一看，见他果然已死，闪身进入房间，将当年花一川交给自己的《无字天书》换回了自己的那本。大侠感慨花不虚有命参透神功，没命功成耀祖。

在新一届的武林大会上，大侠突然现身，当众烧毁了真的《无字天书》。与此同时，花不虚暴亡的消息不胫而走。武林中人但凡人脉稍广的都知道一个关于花家的秘密，那就是当年花一川他们三位德高望重的老前辈用假的《无字天书》骗了大侠，所以花不虚手上的那本才是真的，而大侠烧掉的无疑是假的。

大侠当众烧掉《无字天书》是不想在花不虚死后，武林为了这本书争得头破血流，他怎么也没想到，各武林人士暗自揣着一个从来都不是秘密的秘密，开始了一场为期长达几十年的腥风血雨——为了一本假的《无字天书》明争暗斗、拼个你死我活。

大侠眼睁睁看着发生的一切，想阻止却为时已晚，一股沉重的无力感袭来，使他自此隐退江湖，不问世事。

喜欢谈论伍迪·艾伦的贼

死亡是少数几件只要躺下就能完成的事情之一。

————伍迪·艾伦

序章

我在读书俱乐部认识了三个奇怪的人，如果算上我自己的话，应该是四个，你应该明白，没人会在读书俱乐部展现真实的自我，我扮演了一个很奇怪的角色，喜欢一个非常啰嗦的老头，他的书幽默风趣，涉及政治、宗教、哲学还有伦理，他自己最著名的丑闻就是性骚扰自己的养女，当然他本人不太喜欢这种说法，反正他们现在生活得很愉快，你应该明白，我喜欢的是谁。

对了，他最著名的身份应该是电影导演。

我们四个奇怪的人自然而然被人孤立到了一起，你一定很奇怪，为什么喜欢伍迪·艾伦会被人孤立，这可是相当抢手的一号知识分子，很多人都会以喜欢伍迪·艾伦为荣，好像自己成了开过光，经过佛祖保佑的小天使。但是你知道的，当你和他们真正谈论他电影中的一些东西时，他们又是另一副嘴脸了。

我想先介绍另外两个怪人，因为这两个人在某一天上午被警察给抓了。这对组合比较像温家双煞，一个头发长一个头发短，至于相貌的话，应该属于低配版。我们四个怪人凑在一起的第一件事情就是给自己取个代号，我第一个取了"艾儿维·辛格"（《安妮·霍尔》男主角）。长头发的那个，文质彬彬，沉吟良久后取了一个盗版书作者的名字——古尤。短头发的那个，肌肉紧实，据说每天早晨要做一百个俯卧撑一百个仰卧起坐，跑三千米。他取的代号相对来说是带点女权主义的意思——J·A·罗琳（据他本人所说，全名应该是贾斯丁·安东尼·罗琳，可谁在乎他前面两个名字）。第四个人完全是日系范，就连和我们说话时，眼睛睁得都比日漫里的主人公还大，眼睛里随时闪着泪花，天生一副我见犹怜的模样。无论再小的可疑事件，都能通过他严密的思维逻辑推导出事情的真相。比如说读书俱乐部厕所维修的那天，我的水杯不见了，就是他推理出了案件的全貌，并在一个角落里找到了失物，里面盛着快溢出来的黄色液体。他的代号是御手洗圭吾。

古尤和罗琳被抓前一晚，曾经和我以及圭吾透露过，要去抢劫银行金库，并且诉诸银行的种种恶行，还问我们参不参加，赃款平分。我不太喜欢"赃款平分"这个词，这会大大降低我的格调，也不符合我的风格（这一点我后面会有所解释）。

被我婉拒之后，御手洗先生详细地帮他们规划了抢劫的大致细节以及注意事项，便也离开了。我知道推理小说迷都有一种身为业余侦探的觉悟，是绝不会加入到犯罪行列的，但不可否认，一旦古尤和罗琳被抓，不论主观还是客观，主谋都应该是御手洗先生。

庆幸的是，古尤和罗琳早就按照《业余小偷》的计划，租了房子挖了地道，御手洗先生的出谋划策并没有派上用场，而且有另一队人马率先挖通了地道，进入金库，触发了警报。警察逮捕了几乎所有参与盗窃金库的嫌疑人（呃，对，是几乎），同时，他们发现了另一条暗道，古尤和罗琳的面包房因此迎来了一批不速之客。

现在回想起来，当时古尤还神情惘然地长吟了句"人在江湖，身不由己"。

罗琳更是信誓旦旦地说道："我知道，此行全世界都会为我们加油的！"

我只能鼓励道："嗯，当然，我代表全世界为你们加油！"

第一章

主持读书俱乐部的是一位畅销书作家，他的笔名叫马修，取自大名鼎鼎的推理作家劳伦斯·布洛克笔下的名侦探马修·斯卡德，当然，如果你想理解成《星际穿越》里的马修·麦康纳嘿或者《老友记》里的马修·派瑞也可以，谁让他就叫马修呢。

马修老师年近四十，离过一次婚，用他自己的话说就是"不小心和她发生了关系"，她是他的书迷，或者时髦一点，是他的粉丝。他的妻子当时正好怀上了二胎，传闻她一气之下就把孩子给打掉了，她的闺蜜得知后，心情愉快地请公司的人吃了顿饭，她听了太多关于她们的婚姻是多么美好，马修的事业是多么蒸蒸日上，经常有粉丝给她们家送花送礼物，她实在想不通这世上怎么会有被一个已婚男作家迷得神魂颠倒的，福山雅治都没这么好的待遇，而且她们的家庭与她的婚姻比起来简直梦幻得不像是真的。

马修之所以暴露是因为他有穿女性内裤的习惯，其实这并不稀奇，每个人在性方面或多或少都会有一些自己的独特喜好，在这个国家，你不可能在外面以一副清教徒式的态度来伪装自己，回到家还要像个和尚一样不近女色。在解除性压抑的同时，关于性的很多新奇想法也会随之而来。《权力的游戏》里来自荷兰的红袍女卡利斯·范·侯登女士就是最好的例子，赤裸着身休在片场随意走来走去，不仅可以消除她自身的紧张感，也能让大家习以为常，不带有色情的眼光去看她。当然，如果你从没在剧里看到过她的胴体，那你应该感到自豪，因为你看的是正版。

马修在某个夜晚，误把那个女生的内裤当作自己妻子的内裤穿在了身上，不仅如此，而且他的妻子还在这条内裤上发现了一根女性的耻毛，在经过一番仔细的比对之后，她发现这条耻毛绝对不属于自己，这根耻毛像最后一根稻草，在她意识到这条内裤曾经现在以及未来都不属于她时，她就已经到了崩溃的边缘。这就是马修噩梦的开始。他原先的计划是可以瞒十年。

嗯，计划赶不上变化。如果是我，我也分不清女性的内裤，它们长得实在差不多。

马修的噩梦使他逐渐走上了桃花运。他的粉丝比他离婚之前猛涨了三倍，除了有很多女人说爱他之外，他的版税也达到这个圈子里数一数二的地步，一时风头无两。

他和很多女人的关系开始变得混乱，达到了当年塞林格的境界。比如上回坐在我们四个人前面的一个大三女生就和马修老师发生过关系，在讲到这件事情时，她的心情非常激动。

"你们知道吗？那种感觉简直欲仙欲死。我当时第一个想到的就是白嘉轩那能毒死女人的毬。"

我们四个都不能理解，突然冒出来的这个"白嘉轩"是谁？她的前男友？

"白嘉轩就是娶了六个老婆，六个老婆全死了，然后全村的人都说他的毬怎么样的有剧毒，怎么样的带着倒刺，可以把女人的器官扎得稀烂。"

"可是白嘉轩到底是谁？"

"白嘉轩后来一个人说退了 200 万清兵。"（这个知识点不正确）

清兵？这个年代就有点久远了。

"可你还是没说白嘉轩是谁？"

"哦，不对，好像 20 万。不对不对，50 万……"

在伍迪·艾伦很多电影里，男主角就是类似于马修老师这样的，当然可能马修老师有过之而无不及。

马修老师为什么办读书俱乐部？可能是更有利于他接近自己的女性读者。他甚至邀请了一批书迷去他别墅做客，据说他的书房藏书比市图书馆的藏书还丰富，你甚至需要借助梯子才能拿到高处的书籍。

由于我的身份是一家咖啡馆的老板，而马修老师是我店里的常客，御手洗先生是个行走的推理小说书库，在国内实属罕见，而马修老师也是浅度推理小说迷，我们二人有幸在受邀者之列。

除了御手洗先生，谁都没想到，我们此行会遇上一桩桩的连环杀人案。（鉴于御手洗先生早就做好了他走到哪儿，人死到哪儿的觉悟。）

第二章

我不太想像普通的推理小说那样讲述我和御手洗先生是怎么去的马修老师家，也不想一个个的描述我们先见到了谁，后见到了谁，我想先从我们遇上的第一具尸体开始说起。

我们发现的第一具尸体的主人是马修老师。他吊在图书室高不可攀的天花板巨型吊灯上，吊灯属于北欧风格，外观像个千层蛋糕，异常华丽，造价不菲，和客厅现代化的高科技吊灯形成鲜明对比。吊灯用结实无比的铁链牢牢地固定在天花板上，墙上的开关可以控制铁链下沉或上升，而我们刚进这座图书室时，就被马修老师告知，开关早在半年前就已经损坏，无法上下活动，现在的吊灯上坏了好几盏灯了，晚上打开这盏巨型吊灯时，华丽程度比以前要逊色不少。原先负责维修这盏吊灯的人听说出家云游四海了，一时很难找到专业的维修人员。

马修老师无奈地说："你很难想象一个维修灯具以及开关的人会突然跑去出家，就像一个玩赛车的人会突然跑去拍电影。"

"那也说不准，维修灯具的人说到底还不是电工，说不定他什么时候修好了一盏佛祖留在人间的佛灯，而这盏佛灯所释放的佛光使他悟性顿开，皈依佛门了呢？"

说话的是这间别墅的女主人北极花，虽然名义上是马修老师的女朋友，但马修老师强大的粉丝团压根没把她放在眼里。她也是一位获奖无数的畅销书作家，虽然曾经一度是滞销书作家。

两个搞文学的人凑在一起时，你就很难听得懂他们在说什么了，再加上这两个人完全是为了寒暄而寒暄的套话。

马修老师："嗯，我觉得你的这个想法很好，我突然想起来我看过的一本书……"

如果你有幸和一些搞文学的人在一起聊天，你很有可能完全不知道他们在聊什么，但你还要拼命点头保持微笑。

图书室的天花板上画着幅壁画，是意大利画家曼特尼亚的《婚礼堂》的屋顶圆孔画，几个人和几个小天使趴在阳台上向下看，一个小天使调皮地站在阳台外，光着屁股对着你，还有一只墨绿色的孔雀露出大半个身子站在阳台上。这幅画会让你有一种自己是笼中之鸟的幻觉，你在图书室里所做的一切好像都会尽收他们眼底。包括马修老师的尸体。

我和御手洗先生尝试拨动开关，然而吊灯依然不为所动。房子里唯一的一架人字梯高度也远远不够，我们只能和另外两位男士一起将房子里的桌子椅子拼叠在一起，其中一位男士奎因先生（马修老师喜欢给自己认识的人或者来家里做客的人起英文名字，就好像中文名字无法帮助他识别他们谁是谁，又或者他把自己当成了神父，踊跃地给别人起受洗名，区别是她们的名字并非来源于《圣经》）勇敢地攀登了上去，我们能感觉到搭起来的家具在剧烈地抖动，我们底下的三个人都在很努力地控制着将抖动的幅度减小到最低。奎因先生勉强可以接触到马修老师脖子的地方，顺利地将他释放了下来。

此时是我们来此的第二天早上八点二十，这个时间同样是我们发现马修老师死亡的时间。

由于马修老师对创作环境的苛刻，把房子买在了这种人迹罕至，十分偏僻的湖光山色中，所以就算我们想报警，手机也根本就收不到讯号。我们决定派一个人离开这里去警局报案，人选有这么几个：

北极花：房子名义上的女主人，应该留下，她的情绪是最不稳定的。

杰姆：马修老师的私人医生，和御手洗先生一起确定了马修老师死亡这件事，性格沉稳，思虑周全，也应该留下。

奎因：马修老师的大学室友，两人是至交，性格敦厚，待人友善，有时比较容易冲动。可以考虑。

御手洗圭吾：不会开车。留下。

艾尔维·辛格（也就是我）：假装晕倒。留下。

美莲达姐妹：双胞胎，据说连她们自己的母亲都无法辨认出她们，马修老师的死对她们造成了巨大的伤害。留下。

斯威夫特：马修老师的出版经理，就是上回和我们说起白嘉轩的那位女士，警察可能无法和她顺利地沟通。留下。

艾玛：清洁工，平日负责对房子的打扫以及泳池的维护。可以考虑。

福雷斯特：穿着十分性感的女人，全身名牌，我一直在考虑从她身上偷一件什么东西拿去卖，那应该可以抵我咖啡馆两三个月的收入。没有人可以叫她去做她不想做的事情。

安妮斯顿：马修老师的学生，文风诡谲，题材独特，出版的书籍却鲜少有人问津。主张"中国文学已死"的一批人。唯一一个和马修老师关系水火不容的人，是杀害马修老师的嫌疑人之一。留下。

安妮 文艺范十足，喜欢写日记和游记，穿衣风格酷似戴安基顿——白衬衣加领带和各种服装搭配出十分古怪的风格。她可能是这些女士之中唯一一个没有和马修老师有过床上关系的女人。可以考虑。

这是所有第一天留下来过夜的人，其余的小粉丝只待到在这里吃了顿晚餐就离开了。艾玛每天晚上都会像个守夜人一样在这大庄园内巡视一番，确认一切无误之后才会去睡觉，房子被硕大的铁门和高耸的铁栅栏所包围，所以应该可以排除有人逗留下来的可能。她和女主人北极花之间的关系比较冷淡，两人基本上没有交流。

御手洗先生的人选和我雷同，但我只能闭着眼，假装在看到尸体之后昏厥。我知道这是个大好机会，御手洗先生把我送回了房间，作为一个主要收入来源不明的人来说，我体内兴奋的神经在不停地怂恿我和着脑海里的音乐起舞，马修老师曾经说过，他喜欢收藏一些古董字画和艺术珍品，他专门腾出了一间屋子来安置它们，但我觉得他完全是把那些宝贝束之高阁，就像沃伦夫妇把那些作祟的邪物锁在一个房间一样。我真的应该挑一两件出来，让它们晒晒太阳。没错，我的另一个身份就是贼。

至于马修老师，我和他的交情很浅，其实他没有必要来我店里喝咖啡，他自己家的厨房里就有一台上万的意式咖啡机，他嘴上说懒得做，就是觉得那台机子挺漂亮才买的，当装饰。其实他来我这儿是另有目的。一方面他可以邂逅一些独自喝咖啡的女粉丝，另一方面是为了调查我，有好几次我在不经意间看到他用解剖白老鼠的眼神盯着我看，令我感到不寒而栗，他随即掩饰过去后，手指开始不安地打着拍子。我知道他想在我这里确认一些事情，但我自认从没去他的府邸偷过东西，他也绝不是什么便衣警察。我能肯定，除了他糜烂的私生活，那个人肯定还有一些不为人知的事情。

经过杰姆医生的确认，马修老师的死因是窒息死亡，这是在没有解剖的基础上做出的推断。通常情况下，勒死和上吊死脖子上的痕迹会有明显的区别，这也是《白夜追凶》里的一个 bug，马修老师脖子上的痕迹可以确定是上吊造成的，但依然无法确定的是这是自杀还是他杀，无论是哪一种，马修老师或者凶手是怎样把一个成年人挂到那么高的地方。绳子的另一端死死地系在吊灯的锁链上，在开关失灵的情况下，这根本就不可能做到。

在推理小说的熏陶下，御手洗先生最先要确保的一件事情就是这个死人不会"活过来"犯下其它的谋杀案。这一点御手洗先生已经再三确认过，除非马修老师真有什么还阳术或是吞服了什么假死药。

美莲达姐妹用图书室里的书搭出了一个长长的"棺材"，由奎因和御手洗将马修老师的遗体放了进去，并盖上了一块白布，白布上面有御手洗用花瓣做的标记，也就是说，尸体真如推理小说中所描述的"复活"后出来行凶，这就会成为他的致命破绽。虽说这一手并不一定管用，也没必要真这么神叨叨的，但谁让他是御手洗圭吾。

我现在所描述的楼下发生的事情，都是基于后来从御手洗口中得知的。至于为什么发生了一起命案之后，大家还要继续待在这里，而不是选择离开，这就要涉及到奎因先生的身份了。在我"晕厥"后，为了防止真凶逃跑，他终于还是表明了自己市刑侦队队员的身份。不过，北极花好像早就已经知道了。

奎因先生决定自己开车去警局调一支小队过来进行现场勘察，临走时，他吩咐所有人不得离开这所宅邸。

然而，他的车并没有开出去多远，就出了车祸，应该是撞上了路边的一棵大树，导致翻车，奎因先生当场死亡。御手洗和众人赶到时，奎因浑身是血，呼吸非常微弱。奎因先生呓语般的吐着类似"一百"的词语，随后咽气。

在御手洗和杰姆医生的配合下，奎因的尸体被拽了出来，当然御手洗早就对现场拍了几十张照片。御手洗在把人拉出来后，又着魔似的爬进驾驶室，经他检查，车子的刹车系统失灵才导致了这场灾祸，而且可以百分百确定是人为破坏。毫无疑问，这属于谋杀。

第三章

奎因死时，我正好已经找到了那间藏宝室，要知道这幢房子大得不可思议，每一条走廊都大同小异，就像你第一次去 KTV 时，上了趟洗手间就找不到来时的路了。

我之所以可以确定这扇门后就是藏宝室，是因为整幢房子只有这一扇门用的是密码锁。看来我的宝贝开锁器具这次是派不上用场了。当然，就算是密码锁，也难不倒我，我潜入了一间女性卧室，找到了一盒粉饼和刷子，这可完全是技术活，稍微一不小心就会把这道送分题给失掉。

好，起码我重新认识了一次马修老师，我在键盘上完全找不到他曾经按过的按钮，如果是我，我也会这么做，按过密码后随手把痕迹擦掉，或者戴着手套不留痕迹。

我开始慌乱起来，这是我职业生涯的一次巨大挑战，另一方面我担心其她人随时都会出现在走廊的另一头盯着鬼鬼祟祟的我。由于我完全不知道楼下发生了什么，自然无法知晓此刻所有人都聚在山路上，奎因尸体的周围。

没办法，只能用福尔摩斯的招数了。马修是个非常自负的人，他不会用自己的生日、手机或者社交账号来做密码，也不会用和自己上过床的女人的生日，那些女人会让他觉得自己很失败，他不配获得爱情，一份纯真的爱情，他很累，他想要有个依靠，那么……这个人应该是北极花，北极花是唯一一个没有用英文名字的女人。我试了试她的生日，密码错误。你不用奇怪我会知道她的生日，我的职业要求我在和一个人打交道时，最好先把对方的生日探问出来，一个人的生日可以有很多用处，包括一些骗局之类的小把戏。如果你有喜欢的人，最好也这样做，对你绝对没有坏处。

马修如果这么容易就被我猜透，那他就不是马修了。他身上有些不为人知的事情，密码很可能和那些事情有关。算了，我还是翻窗吧，这种事情最适合御手洗干，我敢说他不用二秒就可以猜对密码。不过，我还是准备再试一次。

北极花本来就是笔名，完全没有必要再起个英文名。我突然想起《安妮·霍尔》里有这么一个笑话：我不会加入一个有我这种人的俱乐部。在爱情里，翻译过来就是：我不会喜欢一个喜欢我的人。这种人类似胡铁花，高亚男喜欢他，他就四处跑，金灵芝喜欢他，他就再跑。所以他喜欢的应该是那个最不可能喜欢他的人——安妮。

"是安妮的生日。"一个突兀的声音犹如平地惊雷在我的心中炸裂。

安妮斯顿站在一片薄雾朦胧中，指间的香烟抖动间，一截黑白缠绵的烟灰陨石般坠落、碎裂，飘散在尾后的那些雪一般孤傲，在空中走走停停，最后也沦为尘埃覆盖下来。

安妮斯顿说："你不用紧张，这里不只你一个人有秘密，放心，我不会和别人说的。"

她闲庭信步地走过来，站到我面前时又吞云吐雾了一次。

我小心地试探着问："为什么？"

安妮斯顿笑了笑，伸手去摁密码："因为你不是凶手，我知道你没有杀他。"

"你知道谁是凶手？"

门开了，她输入的密码的确是安妮的生日。

我们走进去，里面真的摆了很多玉器古玩，有一些名画一看就知道是赝品，但仿真度极高，这种画在行情好的时候，出手的价格也相当可观。也就是说，进这间屋子的人若是没有一定的专业水平，根本分不清他手上拿着的是货真价实的宝贝，还是稍次一等的赝品，反正你要是有幸走了进来，又能有幸带一件出去，也绝对不是坏事。

这间屋子以前是有窗户的，但是应该被马修老师用铁板从里面焊死了。除非开灯，否则漆黑一片。四面墙上画着完全迥异的巨幅费雯丽的海报，虽与这金光闪闪的宝库不相匹配，但也不失为独特的收藏品。

安妮斯顿说："你要是看中了什么尽管拿走吧，只要不被别人看见就行。反正他已经死了，这些东西还不是便宜了那个女人。"

我很想张口问一声是哪个女人，但仔细一想，能够合理拥有这些东西的女人也就只有一位吧。有个猜想立刻在我心中诞生，随着这个猜想的出现，另一种强烈的不安感向我袭来，可怕的事情也许还会继续发生。

"可是，你是怎么知道这里的密码的？"

"他告诉我的。你一定又想问他为什么告诉我。"

她并没有直接回答自己的（或者说我的）这个问题，而是把剩下的一小截烟蒂摁在一副透纳的《海上渔夫》的伪作上，这个在她看来无足轻重的一个小举动，却是在灼烧我体内热爱艺术的那部分灵魂，透纳在我心里绝对是一位非常伟大的画家，每一个喜欢艺术的人对艺术都有着强烈的洁癖，我很难承受，这比吸二手烟还让人无法接受。

而诡异的是，当她把烟蒂拿开时，一个不大不小的灼烧后的黑色印记出现在微弱的月光下，那个印记登时给整幅画都笼罩上一层不祥的气息，像是一种诅咒。

安妮斯顿说："他以前就不喜欢我在这间屋子里抽烟，他这人有洁癖。"

我赞成："我也有。"

安妮斯顿嗤笑了一声，说："他喜欢把女人带到这间屋子里来做，地上铺条毯子，当两个人累得气喘吁吁时，那一刻，性似乎也成了他的收藏品。"

"我可不想成为他的收藏品"。我下意识挪了挪脚步。

我盯着地上可能是"性"的位置，想尽快离开这个地方，我不能透露我到底拿走了什么藏品，一旦我那么做了，便会使我陷入无穷无尽的麻烦之中。

我向她炫耀式地展示了一下我手中价值不菲的藏品，她毫不在乎地瞥了一眼就带着我向门口走去。

我问她："你是什么时候学会抽烟的？"

她说："初中，男朋友教的，早就戒了，时不时还是会抽。"

"因为马修老师……"

"哼，马修老师，他那种人才算不上什么老师呢，就是个彻头彻尾的骗子，人渣。算了，人都死了，说再多也没意思。咳咳。"

等我藏好东西，从房间出来时，她艰难地朝这边走来，她的咳嗽愈加剧烈了。

起先我还以为是香烟把她嗓子抽坏了，但随后，她咳着咳着就咳出了血，面部扭曲，像一副用色大胆的抽象画，她在地上挣扎抽搐的时候，不知道是不是因为心理作用，我眼前的事物仿佛被赋予了生命，两侧的墙壁朝我倾倒，洞开的房门张开血盆大口，凶猛地撕咬我无力迈开的双腿，然后就有一种从云端坠落的感觉。

第四章

我醒来的时候，房间里围了很多人，几乎每个人的脸上都聚着疑云。

第一个发现我醒来的是安妮。大家围拢过来争相询问我发生了什么。我不可能告诉她们所有的事情，我只能临场发挥。

"我不知道，我只记得我和安妮斯顿在门外走廊上聊天，然后她就开始咳嗽，我也……"我的身体记起了当时的感受，那是一种濒死的体验。

杰姆医生说"应该是氰化物中毒，幸运的是你只吸入了很少的量。"

我立即就猜到发生了什么："那么安妮斯顿……"

所有人沉默。

我记起来了："一定是那支烟，她抽了一支烟。"

杰姆医生说：“我们的确在走廊上发现了少许烟灰，可并没有找到烟蒂。”

我像被电了一下，这才想起她是在藏宝室抽的烟，还好我在圆谎这方面有一定的经验。

“其实……安妮斯顿本来是想让我保密的。”

北极花非常突兀地问道：“你们去了马修的收藏室？”

我点了点头：“不过，准确地说是我醒来发现你们人都不在，就在这里随意走走，结果就发现了收藏室里有人。”

北极花鄙夷道“我早就说过，要把密码改了。你们有没有说什么？”

“没有，我进去的时候，正好看见她用烟头烫一幅画，然后她就让我保密。”

御手洗先生精神矍铄地说道:“除了安妮斯顿，连奎因先生也死了，他的车被人做了手脚。”

这所有的一切都和我的担心不谋而合，这个凶手已经接连夺取了三条人命，没有人知道他会不会就此收手。

御手洗用开玩笑的口吻说道：“推理小说中，往往那个在其中一起‘命案’中存活下来的人，就是案件的真凶。”

说完，他就自顾自哈哈大笑起来。

我他妈还沉浸在差点被氰化物毒死的恐惧中，御手洗这货居然就在拿我可能是凶手的事情开玩笑。

我病怏怏地说：“那你要小心了，下一个死的就是你。”

谁会想到，下一个死的真的就是他，御手洗圭吾，享年28岁。当然，离他被害还有一段时间，这段时间里，我们又迎来了两位客人。

古尤和罗琳是怎么越狱的我不清楚，我只知道他们两人现在是通缉犯。

他们到来的时候，客厅里正吵得不可开交。福雷斯特和斯威夫特说要离开这个鬼地方，杰姆医生极力劝阻，也许是怕她们再发生意外；美莲达姐妹互相指责对方蒙骗自己和马修老师有一腿，我实在很惊讶她们之前居然一直都没发现；北极花在为游泳池的水变脏而和艾玛大发脾气，艾玛解下围裙，怒不可遏地数落起自己的女主人来，大有撂挑子走人的意思；御手洗不知道从哪里找到的鞭子，在后院里鞭笞着一头死猪——艾玛和他一起从厨房抬出来的；只有我和安妮安静地坐在藏书室里，那根曾经勒死过马修老师的绳子依然荡在吊灯下。

我刚去地府走了一趟，现在只想安静一会儿，但不敢再一个人待在楼上了，反正我想要的东西已经到手了。图书室比较安静，但仍然可以听见外面嘈杂的声音。安妮文静地坐在一张单人沙发上，翻着一本劳伦斯·布洛克的书，看封面应该是雅贼系列，旁边还堆着几本福尔摩斯探案集和东野圭吾的《白夜行》。

我的心绪还没有平复到足以静下来看书的地步，所以我很佩服她。我观察了她几分钟后，她察觉了，对我报以微笑，尴尬的气氛顿时荡漾开来。

我忙问道："呃……你和马修老师是……"

安妮轻快地说："哦，告诉你一个秘密，其实我不是马修的粉丝，我不喜欢他的书，只是我租的房子被室友烧掉了。"

"故意的？"

"不是，呃，不小心，好像是她的充电器一直插在插座上着的火，我以前也这样，但从没发生火灾。"

"她还好吗？"

"当然，她那晚正好住她男朋友那儿，我当时正好回家手臂被烫了一下，那时火势已经很大了，还好我现在活着。"

她给我展示了一下她右前臂上被烫出的将近十公分的疤，随后把袖子放了下来，遮住。

"然后我就在旅馆住了一晚，后来去了读书俱乐部，就想着有免费的地方住，带着行李就过来了。"

她讲述这个故事的时候，脸上始终洋溢着微笑，就像讲的是个十分有趣的故事，当然这的确非常有趣。

"你和马修老师应该认识吧？"

"是啊，以前我参加小说比赛的时候，他是评委，有过一些接触，在网上也经常会聊一些关于文学的事情，但我觉得他是个很肤浅的人，他对很多事情的看法简直是小学生级别，但谁让他名气大呢。"

"你以前很少看推理小说吗？"我问。

"是啊，我不喜欢这些……太烧脑的东西，但现在这里发生了这么可怕的事情，我就想抱着学习的心态看看，你看过这些书吗？"

"看过，你手上的是劳伦斯·布洛克的《图书馆里的贼》，是属于他的雅贼系列的一本，现在来看的确比较应景。马修老师的笔名就是取自劳伦斯·布洛克另一个系列马修·斯卡德这个侦探。福尔摩斯全集我都看过，至于《白夜行》严格说来其实并不是一本推理小说，如果你想看东野圭吾的话，他早期的本格推理你可以看看，比如侦探伽利略系列和加贺恭一郎系列，《新参者》绝对是我的最爱，我每年都要看一遍，搭配着阿部宽主演的电视剧。"

"你一定很喜欢推理小说。"

"难以想象地喜欢。"

"因为我以前也看推理小说，不过我看的都是国内的，刚开始看还有点感觉，但后来就觉得没意思了。我觉得中国的推理小说之所以发展不起来，可能就是由于那些推理杂志社，但恰恰是那些推理杂志社把推理小说带到了中国，让中国的作者和读者可以近距离去接触，这是他们为中国的推理小说做的贡献，但他们那种缺少文学性，纯粹为了推理而推理，为了悬疑而悬疑的风格限制了其自身的发展……"

我非常激动地打断她说："太对了，太对了，你知道吗？这正是我一直以来的想法，我觉得你就像伍迪·艾伦那篇《门萨的娼妓》里的那个妓女，你不要误会……"

"啊！我知道那篇小说！我看过，我明白你的意思！"

"你简直……你太 amazing 了，你知道门萨就是高智商的意思，书里的妓女只卖艺不卖身，你花钱就是为了和她们讨论有关哲学以及文学等各方面的问题，你也喜欢伍迪·艾伦吗？"

"当然，非常喜欢，但我觉得他现在的电影可能很少有人会接受。"

"对！太同意了，没法接受的人就让他们见鬼去吧！我之前看了伍迪·艾伦的访谈集，老头在里面讲了一件很有意思的事情，关于他的第一部电影《出了什么事，老虎百合》，其实那不过是一家公司买了那部日本电影之后想让他给电影配音，等他配完之后，公司就对那部电影进行了一些改动，他无法忍受，就告了那家公司，结果电影一上映，评论界一致好评，伍迪·艾伦只能撤诉。"

这个小笑话非常管用，我们两个人哈哈大笑起来。

随后，安妮问我："你对中国的文学是怎么看的？你觉得这片土地的文学死了吗？"

　　"这是个比较严肃的话题，我只能小小地谈一下我个人的看法。我觉得我们每个人与生俱来就有一种模仿的能力，模仿别人说话，模仿别人动作，模仿别人的写作风格。而我们在学校受到的教育，我们的阅读教材都是一些鲁迅、冰心、老舍那些作家，对于还是小孩子的我们来讲，我们无法模仿，我们甚至无法识别那些作家的写作风格，我们课外也必须要看一些名著，像《老人与海》、四大名著、《钢铁是怎样炼成》的那些，我们的模仿能力完全无法施展，所以对于学生来讲，写作根本无从下手，只能靠编，再加上我们阅历不足，对生活观察也不够细微。于是，大批的写作指导类书籍应运而生，包括一些知名杂志的收稿标准也不是以文学性为主，而是以作文风格、故事会的风格为主。再后来，网络小说彻底给大批学生打开了一扇新天地的大门，在学习的压抑下，他们在这里尽情地吸吮着那种另类的文字。我们的文学就是在这种背景下，开始逐渐走向下坡路。当然，我们不能忘了莫言和刘慈欣。"

　　"我觉得莫言相当啰嗦。"

　　"我也觉得他很啰嗦。"

　　"和伍迪·艾伦比呢？"

　　"呃……伍迪像下雪，莫言像下雨。"

　　"嗯，不同地域的人对下雪和下雨也都有不同的感触。"

　　"没错。"

　　"你叫什么名字？"

　　"艾尔维，艾尔维·辛格。"

　　"真名，我不喜欢这些愚蠢的英文名，什么安妮，安妮斯顿，斯威夫特，肤浅的人规矩倒挺多。"

"没办法，谁让他才是这行的大佬。白笃，我叫白笃。"

"胡心。和你聊天很愉快，最起码我能肯定你绝对不是个肤浅的人，你是个……"

"真正的文学爱好者？"

"小偷！"

我的心猛跳了一下，这太出乎我的意料了，我不知道和人聊聊文学还能暴露自己的身份。

胡心接着说："你进入文学的殿堂，偷出属于你自己的东西。"

她晃了晃手里那本《图书馆里的贼》，她要是知道我的真实身份，那个场景一定非常讽刺。

我们握了握手，她的手很小很柔软。

第五章

为了安全起见，我在离开时特意察看了一下美莲达姐妹制作的"书棺"，白布上的花瓣依然鲜活，没有要枯萎的迹象，也没有被风吹乱，白布下的马修老师依然面色狰狞地躺在那里。

奎因先生和安妮斯顿的尸体也被安放在美莲达姐妹制作的另外两具"书棺"中，同样盖着白布，摆着花瓣。我怀疑这对姐妹是天主教徒，因为所有花瓣都被摆成"十"字，一开始御手洗摆的 O 形花瓣也被改成了"十"字。

我出图书室的时候，外面依然还在无休止地争吵着，我已经毫不关心她们到底在为什么事情而争吵了。我趁机鬼鬼祟祟，是的，我鬼鬼祟祟离开客厅，上了二楼，我很担心自己到手的宝贝会不翼而飞，毕竟这房子里现在正有个杀人狂魔在用他血红的眼睛盯着每一个人。

同时我开始在脑海中整理发生在这里的三起命案，马修老师是最先遭到毒手的，他在前一天晚上被人杀害，准确的说是被吊在吊灯下，脖子上看不出有什么挣扎的痕迹，应该是被人迷晕之后吊上去的；然后是奎因先生和安妮斯顿小姐，他们几乎是同一个时间毙命的，奎因先生的车应该是在他到这儿之后被人动的手脚，每个人都有可能，我无法确定凶手在杀人顺序上是不是有什么讲究，比如说奎因先生在到达这里后，因为什么事情要离开，那么他就会成为第一个被害者，安妮斯顿的烟是哪来的？她说自己早就戒烟了，那么她再次抽烟这件事情应该也在凶手的设计之中，唯一可以确定的就是马修老师，他的死亡是在一个固定的时间，我不知道这意味着什么，我的脑子一团乱麻，就算我现在去问御手洗，御手洗也只会对我说，现在还不到揭开谜底的时候，或者抛两个八竿子打不着的事情出来吊吊我胃口，反正所有侦探都爱这么干。可以确定的是，他早就找所有的嫌疑人谈过话了。

还好，我的宝贝都还在，也许被御手洗精神感染了，我居然掏出手机打开相机功能，在拉卜窗帘关上门的黑暗房间里搜寻暗藏的摄像头，幸运的是我一个都没发现，但我发现自己的确有些神经质了。

我无法破解马修老师被吊在空中的谜团，除非凶手会飞；也无法查清楚奎因先生的车子是什么时候动的手脚，也就是说，要找线索，就只能从安妮斯顿的香烟上找起。

我猜测是由于马修老师的死，她为了缓解精神压力，才会重新抽烟的。凶手就是得知了这一点，才能设下这个局，而知道这一点的人除了原先与她关系最亲近的马修老师之外，北极花就成了最有嫌疑的人，但也不能排除北极花曾经向其她人透露过，比如女佣艾玛和杰姆医生。凶手为了能让她可以轻松就能拿到烟……烟可能本来就在安妮斯顿的房间里。

　　我同样非常警惕是不是有人在暗中窥伺着我的一举一动，在排除这种疑虑后，我悄悄潜进了安妮斯顿的房间。她的房间和我的房间并没有什么不一样，只是她曾一度来这里请教马修老师，所以一进入房间马上就可以明显感觉到她身上的那种气息。桌子上摆着几本书，一台电脑，纸篓里扔着一本马修老师的书。房间看上去没有什么不对劲的地方，如果有的话，御手洗也早就发现了，他那种人肯定在我被氰化物毒晕的时候就来这里勘察过了。我开始担心是不是有些证据被他抢先一步拿走了，毕竟很多侦探喜欢干这种不要脸的事情。

　　我搜遍了所有可能出现香烟或者烟盒的地方，一无所获。我失望地坐在床上，俯下身，无所事事地翻着纸篓，拿出了被丢弃的马修老师的书《迷失在时光里的女孩》。是的，我貌似忘了介绍马修老师是哪一类作者，毫无疑问就是这类言情小说。无论哪个作者，只要出了书，写了几个故事，就肯定会收获一群粉丝；电影就不同，如果编剧写了个非常烂的剧本，那就只能祝他好运了。就是这本书，绝无仅有的一本书，不是说这本书只出版了一本，而是这本书从本质上来说是绝无仅有的一本，因为它向我解释了一些我完全无从得知的事情，这本书隐藏着一个巨大的秘密。安妮斯顿一定是意识到了什么，才会把它扔掉的。我相信御手洗也早就知道了这个秘密。烟是怎么来的已经完全不重要了。

　　正当我满怀一腔热血走出去时，走廊上闪过两个鬼鬼祟祟的人影，对，鬼鬼祟祟。那两个人影好死不死偏偏钻进了我的房间，不过还好，我认出了那两个人影。

　　古尤和罗琳见到我时，像见了鬼一样，但随后就开心的和我打起了招呼。

　　我不太想像描述我和安妮，哦不，胡心的对话那样一字一句地描述我和他们的对话，他们的思维非常的别致，一件非常渺小微不足道的事情，他们两个可以七嘴八舌语无伦次地和你谈论两个小时，把你搞得七荤八素。就像你遇到一个非常蹩脚的数学老师，把一道二元一次方程硬生生当成是一道高数题来解，最后出来的说不定是一串 Java 代码。

我没兴趣在这次的事件中去塑造这两个人的人物形象，毕竟他们和这起案子没有什么太大的联系，你们只要把他们当成一道二元二次方程里的未知数 X 和 Y 就行，因为无解就被扔进一串代码里，代码有了他们，结果出了 bug，然后就会蓝屏死机，这样说的话应该就比较形象了。

我简单阐述一下，他们带来的几个消息。第一个，他们和另一组抢劫——准确说是盗窃银行的劫匪，一起被转移到市看守所的路上，车子被劫，但是那群犯罪分子劫错了车，劫的是古尤和罗琳这组的车，另一组顺利挖通地道，进入银行金库的劫匪的车反而被他们错过了，这个问题应该归咎于他们内部消息不够精准，或者配合不够默契。

就这一个信息他们给我编了大概一个小时的故事，期间御手洗和其他人上来看望我时，我只好把他们藏床底下。当然御手洗很快就发现了蛛丝马迹，我也完全可以信任他，于是我们四个人又重聚在了一起。

第二个消息，就像我之前说的，他们现在已经是通缉犯了。

第三个消息是最重要的，关于另一组劫匪，当时实行抓捕时，逃掉了一个人，这个人带走了大约一百万的现金，他也恰恰是策划这次盗窃金库案的主犯。

御手洗瞬间变了个人似的，铁青着脸说道："过了今晚，假如我也遭遇不测的话，你们一定要马上离开这里，我已经在网上报了警，警察随时都会赶来。"

当时我也是第一次知道网上还能报警，不过御手洗口中的警车直到第二天早上才出现，而在此之前，我们已经在阁楼上发现了他的尸体。阁楼的小房间是从里面上锁的，我和杰姆医生将门撞开，迎面一股浓浓的煤气味道扑面而来，庆幸当时在场的没有人抽烟，我们撞门的时候也没有引发大爆炸。御手洗死状凄惨地蜷缩在地上。

阁楼的窗户都是镶死的，无法打开，门的上下两侧黏上了橡胶，最大限度地减少了与门框间的空隙，使得空气无法顺畅流通，还有一个换气孔，警方随后便在管道里面发现了一个狭长的煤气罐和一些装置。整个命案现场酷似密室谋杀。

终章

警车的到来预示着我们终于可以活着离开这个鬼地方了。

在做完笔录之后，我们所有人都离开了那所房子，北极花也不例外。

事情发展到这个地步，早就出乎了所有人的意料，一起连环杀人案不仅夺走了四条人命，就连唯一可以看透真相的侦探也没能逃过凶手的魔掌。

工作日的咖啡馆，不像双休日那么有情调，没有各色人等的谈笑风生，没有情侣间的耳鬓厮磨情话挑逗，也没有我的同行来这里借机物色他的猎物（这种人我往往一眼就能认出来），还有些人喜欢来这里侃侃而谈自己刚刚达成的几百万的买卖，仅仅一个出版经理就可以拿到年薪 30 万以上的报酬，而他创造出的那点可怜的文化价值，可能压根可以忽略不计，最后还要哀叹一声这个社会太过浮躁。浮躁的书是他出版的，钱也是他赚的，作者更是他签的，完了他还要跟你来一句：这个社会太过浮躁。我如果是开书店的，这种人我一般不会放进来，恶犬倒是可以，训练它认人，那种人的气味基本上差不多，人模狗样，见到同类就咬。

　　店里只有一两个年轻人，总是喜欢拿着台笔记本来上网，即便是这样，他们也还是有很多地方供我观察。只要我店里不是太忙，这些来买杯咖啡就坐下蹭网的我都欢迎。我不想把咖啡馆改成书店的原因是太过安静，每个人看上去都有点迷失，像是在书本里追求一种即将到来的高潮，每个人都和他们的精神世界做爱，而你像个看 AV 只能自慰的傻子。

　　有只朋友送给我的猫叫陈皮，背部是橘色，恰如其名，始终一副傲娇小公主的嘴脸在我吧台乱窜，很多懂咖啡的人以为这还卖猫屎咖啡，只是这猫怎么看都不像麝香猫。

　　她喜欢缠着我逗她，而我就用淘汰掉的虹吸壶的塞链系在搅拌棒上，另一端系个毛茸茸的玩具小动物，她就喜滋滋地跳啊挠。我突然想到一件事情，也许是御手洗在天有灵给我的启发，这件事情在脑海中犹如一粒种子，空气阳光泥土水从这粒种子开始，向四周弥漫，所到之处，立时春回大地，生机盎然。

　　我把两个年轻人无情打发走以后，关了店门，去了公安局，在向负责这起案子的刑警解释清楚后，终于拿到了我想要的东西，这证明了我的猜想。我现在就可以告诉你们，在早些时候，那几个劫了古尤和罗琳囚车的人就已经被抓了，古尤和罗琳考虑再三后诚实地去自首了，真不明白他们当初为什么要跑，仅仅为了跑进马修老师家？对此，他们讳莫如深。

　　可以肯定的是，劫车的那几个人并不是盗窃金库案的首脑，我们在其中一人的手机上发现了那个给他发劫车信息的号码，而这个号码在另一个人的家里被搜到了，使用的是一部廉价手机，这个人就是奎因先生。

　　我从没想过自己会是那个解开所有谜团的人，但是现在找这不能向刑警说出所有的真相，我还要去见一个人。

马修老师的房子依然是北极花在照看着，她没有权力处理掉这所房子，直到今天我去找了马修老师的律师后，一切的一切才终于可以在那所房子里画上句号。

我只通知了两个人来这里，一个是北极花，一个是安妮，也就是胡心。北极花的女主人身份使她不得不在现场，而胡心，从第一件案子开始就离不开她了。

我们三个人再一次聚在马修老师的豪华客厅里，我不得不让那两个女人重新回想起发生在这里的恐怖的凶杀案。

北极花和胡心警惕对方的眼神，暴露出她们以为对方才是这一切的罪魁祸首。

北极花依然不失庄重的以一个女主人的形象端坐着，但身体里已经有什么东西抽离了。

胡心往我这边靠了靠，以寄希望于我可以保护她。

我缓缓道来："我不想卖关子，我知道你们心里在想什么，不是的，完全不对，你们两个都不是凶手。"

我可以听到她们心里同时咯噔了一下，但同时又双双卸下了心防。

我继续道："真正的凶手其实是马修老师自己。"

北极花冷笑了两声，问道："我还以为你真有什么本事呢，结果把我们两个毫不相关的人叫来，就为了把罪名推给一个无辜的被害人吗？"

我笑而不语，她的反应完全在我意料之中。

北极花道："好，那你倒是说说，一个早就死了的人是怎么爬起来杀人的？你的那个朋友叫御手洗的那个，不是早就在白布上做了手脚吗？难道你要说是有人配合马修？"

胡心提出了她的想法："也可能是地下有机关，马修老师的尸体沉下去之后，通过暗道行动。"

我无情地制止了她们不靠谱的想法："不是的，马修老师的确死了，用我们在学校开玩笑的话来说就是早就与黑板垂直了。尸体下面也没有什么机关。"

北极花不屑地说道："不是不卖关子吗？赶快进入正题吧。"

我点了点头："现在进入正题还太早，我先要说个题外话，五天前，也就是案发前两天发生了一起银行金库被盗案，一个主犯带着一百万顺利逃脱，其余三个从犯都被抓，与此同时，我的两个朋友也被抓了，他们和另一伙人选择了同样的时间和同样的方法进入金库——挖地道。只是他们人少，挖的比较慢，还没挖到金库就被抓了。后来就在案发当天，转移这两伙人的囚车被劫了，他们接到了错误的指令，错过了他们同伙的囚车，反而劫了我朋友的囚车。"

北极花点了支烟，黯然地说道："我不明白这和发生在这里的几起命案有什么关系。"

那根烟在她的吸吮下，火星忽明忽暗地闪着。

我注视着她，接着说道："劫囚车的人已经被抓到了，警方在其中一人的手机里发现了那个主犯的手机号，而使用这个号码的手机也在一个我们熟悉的人的住所找到了。"

北极花夹烟的手指抖了抖，问道："他们是在这里找到的？"

我回答："不。是在奎因先生租住的房子里找到的，他的妻子和孩子应该不知道这件事情，那个房间只有二十半米大小。警方基本上

可以确定奎因先生就是这次盗窃金库的主犯，但是他们到现在还没找
到失窃的一百万。"

北极花将还剩下一大截的烟摁灭在烟灰缸里，说道："所以，你
是想说，奎因的车祸是马修动的手脚，马修在临死前破坏了奎因的刹
车，然后自己再自杀？哦，对了，还有那一百万，也是马修藏起来的？
马修知道奎因做的事，所以他就替天行道干掉了他？"

我很负责任的点了点头。

北极花被我一脸真诚的样子逗笑了，干脆顺着我的意思接着说道：
"那么安妮斯顿是怎么死的？也是临死前，他把带有氰化物的烟交给
了她？"

"可以这么说。我在安妮斯顿的房间发现了一本很奇怪的书，那
本书之所以奇怪是因为它的作者本应该是马修老师，但是那本书却偏
偏不是。"

胡心问道："那么那本书是谁写的？"

我回答："火烧云。"

北极花又抽了支烟出来，听到火烧云这个名字时，动作僵住了。

北极花说道："火烧云是个非常神秘的作家，就连他的编辑都没
见过他本人，难道火烧云是……"

"没错，安妮斯顿就是火烧云，马修老师没有抄袭，而是直接把
那本书原封不动地冠以自己的名字出版了，而知道这件事情的人除了
他们两个当事人，就只有火烧云的编辑了，作者是火烧云的那本是唯
一一本样本。而马修老师在做这件事情之前，并没有和安妮斯顿有过
任何沟通，就这样，两个人的间隙才会越来越大。"

胡心歪着脑袋问道："可是为什么火烧云会甘愿来当马修老师的

学生呢？她在这个圈子里的影响力并不输马修老师啊。"

北极花解惑道："是为了调查马修。作家这一行最忌讳的就是抄袭，而抄袭是马修众所周知的一个毛病，她一定是想要拿到证据，而仅仅通过两种作品的对比很难给予他太大伤害，于是，她干脆潜伏进来，当他的学生，趁机记录下马修不能对外公开的语音和视频。可令她没想到的是，她居然也会成为被马修带进收藏室的藏品。"

胡心天真地问道："什么收藏室啊？"

我忙扯开话题："没什么没什么。我们接着聊案子。马修在死前应该去见过安妮斯顿，目的应该是为了和解，以及让她不要公开那些关于抄袭和对火烧云移花接木的语音和视频证据。目的就是为了让她心烦意乱，然后递给她带有氰化物的烟，对马修老师来说，安妮斯顿什么时候死已经不重要了，反正只要他一死，没人会怀疑到他的头上，安妮斯顿手里的证据可能永远也不会有人发现。"

其实，我很佩服安妮斯顿，作为火烧云时，她是个言情作者，作为安妮斯顿时，她又是个滞销的严肃文学作家，甚是讽刺。

北极花眼中已经有泪光在闪烁了。

北极花说道"那个整天觉得自己是个名侦探的人也是马修杀的？"

我回答："是的。马修老师不想有任何人发现这些事情，他不希望自己死后还要留下更大的骂名，所以侦探这一角色是他必须处理掉的，他之所以安排自己是第一个被发现死亡的，就是为了让侦探无法怀疑到他。御手洗经常和我们几个一起去读书俱乐部，马修老师对我们每个人也都有一定的了解，他应该是在心里非常惧怕这个人，一旦他莫名其妙卷进自己的案子里，那所有的真相都将会公之于众。我猜测，他一定比我们所有人都更早一步进入安妮斯顿的房间，发现了马修老师早就留在那里的线索，那可能是一张小纸条，让他在特定的时间去阁楼的小房间，让他进入房间后就锁上门，约他的人来时会在门上敲三下，大概就是这样的内容。所以，我相信当时的御手洗可能还没有想到马修老师才是这一切的罪魁祸首，又或者他只是被他发现的那张小纸条先入为主，以为凶手就在我们这几个人中间，现在回想起来，我可以明显感觉到他连我都有点不信任。"

"这是御手洗被算计的第一步，他只要按时到阁楼，打开门，就会在无意中触动开关，而那个开关正好连着通风管道里的煤气罐，在他等待的时间里，煤气已经在不知不觉中溢进了足够致命的量，没猜错的话，煤气罐里还混有迷药，当他察觉时，连走路都有困难了吧，这就是我们会在门口的地上发现他的原因，就算他走到了门口，也根本没有力气转开把手吧。这无形中就成了起密室谋杀案。让一个侦探死在密室中，也算是对他的一种成全了。这就是所有的真相，还有问题吗？"

北极花愣了愣，似是在考虑该不该问："这些都只是你自己的猜测吧？"

我毫不避讳地回答道："是的，没有任何证据。"

北极花道："那就好，我希望这些永远都是你的猜测而已，我先走了。"

"你不想知道马修老师为什么要杀奎因吗？并不是什么替天行道。"

"不想。"她真的迈着沉重的步伐离开了这里。

胡心吞吞吐吐地问道："所以，马修老师为什么要杀奎因先生呢？如果纯粹不想让自己留下更大的骂名，杀死安妮斯顿和自己就可以了呀。"

我好奇地打量着她："你真的一点都不知道吗？"

她摇头。

"我还忘了解释一件事情，走，我们去图书室。"

我们来到图书室，吊灯下的绳子还在。

"因为马修老师喜欢你啊，就是因为喜欢你，所以才把这么大的房子留给了你。"

"我不明白你的意思，什么叫他把房子留给了我？"

"既然所有的事情都是马修老师策划的，那么他的这些资产自然也早就分配好了。在这幢大宅子里，有个房间是专门用来收藏奇珍异宝的，那扇门的密码就是你的生日，知道那个数字是你生日的，还有安妮斯顿。你的生日不仅是那扇门的密码，还是马修老师上吊的密码。在这盏吊灯的正下方，有九块小砖拼成的一个正方形，这就是我们的密码键盘。九块砖代表着1-9，九个数字，没有0，我猜0可以用9代替。"

胡心仍是一头雾水，我把胡心的生日在九块砖上踩了出来，我们脚下的一大块正方形开始徐徐上升，一直上升到吊灯的高度。想通这一点，还要多亏陈皮。

"马修老师就是这么自杀的。"

我让她和我一起趴在地砖上，头向下看，她随即大喊了起来："这么多钱！"

"这就是那一百万。"

马修老师把奎因先生的一百万拿走了，这两个人的友情可能早就出了问题，马修老师本人说不定也参与了金库盗窃案。

没有人知道这一百万在哪儿，除了那个拥有这幢房子的女生，她会在某一天无意中将自己的生日在这九块砖上踩出来，那时，她将会拥有马修老师用生命换来的一百万。

马修老师的内心一定对这种内心文艺，心地善良纯洁的女生极度的自卑，和胡心这种对文学有着独特见解的女生交流，他望尘莫及，作为一名知名畅销书作家，他一定对自己的真实水平嗤之以鼻，他进入过太多女人的身体，每一个都让他感到空虚、焦虑，甚至窒息，他想结束这种状态，他想真正爱一个女人，但他不能给她完整的爱，那就给她生命和财富。

至于马修老师之前为什么会观察我，我现在也想通了，他的确参与了奎因他们的计划，而他自己则雇佣了另外两个人来干同样的事，那就是古尤和罗琳，三个人分脏，总比一堆人分要好，况且还是两个脑子不太拎得清的人，他观察我是为了决定要不要把我也拉入伙。他的盗窃金库计划和杀人计划全都把我排除在外，现在想想，总有些莫名喜感。另外，在他策划盗窃金库时，可能还没想过他会策划把自己杀死吧。

我伸手把不亮的几个灯泡拧紧了些，它们果然都亮了，谁把它们拧松的，我想这一点毫无悬念。我和胡心站在那高高的地方俯视着一切，想着应该聊点什么。

"你最喜欢伍迪·艾伦电影里的哪句台词？"

"哦？是吗？他们给那样的音乐还颁奖？简直不可思议，我恨不得把自己的耳朵塞住。最佳法西斯独裁奖：阿道夫·希特勒！"

揣本齐末的方法

（1）

陈连说坐在中央公园的长椅上，他本来不用坐在中央公园的长椅上。在他的对面坐着一个老头，黑框眼镜，银发生光得五颜六色，他一边跟一个女学生比着手势解释某种现象，一边试探性地坐近一点，这件事情持续了二十分钟，老头依然伍迪·艾伦。

右手边走来一个心宽体胖的大块头，遛着一条同样心宽体胖的狗，他们的脸上都带着笑，狗摇着尾巴向前冲，人开心地被牵着跑，典型的翁贝托·艾柯的日常，也是艾柯去世后的日常。

中央公园西路那边，又有一个人开着车冲进河里，周围的人都习以为常，十分钟后，从河里爬出来一具裸体，勃起着一个巨大阳物，又一个阳痿患者康复了。

陈连说有个结婚三年的妻子正在家里沐浴焚香，等着他回去行房事。一个三十岁的女人结婚三年都不知道性高潮是什么，陈连说也曾差点被这件有失颜面的事情吓出勃起障碍。

问题是对他来说，自己还是个十八岁暗恋着班花的高中生，青春期天天思春班花会勾引自己进小树丛，就地苟合、堕胎、事迹败露、请家长，是狗血一派集大成者。

突然某天从床上醒来，身边睡着一个不认识的美女，问她叫什么，她说，连你自己老婆的名字都忘了？

陈连说怀疑自己是不是不小心招妓了，看着姿色不错，活好价高，床上的衣服还算正经，应该没有群众会举报。

遍地找衣服时，他老婆指了指说，你的衣服。

陈连说看着衣服号太大，穿了正好，对镜一照，这张脸起码有三十岁。

他十八岁的灵魂姑且相信了这三十岁的谎言，自己是个面包师，在店里站五分钟，就可以收获一声"陈师傅"，还好是技术指导，什么都不要做，日子久了怕撑死，三天后辞了职。

妻子叫薛言，家里帮着开了家牙科诊所，很多人去那不是看牙的，是看人的。大多现场即兴发挥，进门前喊两个弟兄在一旁埋伏，手里必备板砖，路过诊所时，弟兄出场，低吟一句：大哥，忍忍就过去了。拍板就上。

客源不绝照理会发生些什么，但薛言性冷淡，一个从不知道性高潮的女人，对男人本来就不会抱多大兴趣。她和丈夫的工作是对立的，一个每天都在面对喷香可口的美味，一个整天都要面对人体最肮脏的部位——口腔内腐坏恶臭的牙齿。以前的丈夫只知道在性交时径自驰骋，完全忽略了她的感受，被人像泄欲的工具一样对待，时间长了，对婚姻也是一种潜在的威胁。

某一天，丈夫醒来像变了个人似的，行为举止十分怪异，好像失忆了一般。

那天晚上，两人上了床，丈夫从身后抱着她，温柔地亲着她的耳朵、脸颊、嘴唇、额角、眼睛以及脸上每一个可以勾起她性欲，让她欲火烧身的部位。

那一次，是她自医学院和同学通力合作完成一次活体解剖之后又一次享受到合作的愉悦感，从调情到进入，到缓慢抽送，再加入一些以前没有玩过的花样，直到最后堆积的情感一下子得到畅快地宣泄，还有什么事情会带来这样奇妙的感觉。

两个人颤抖着，喘息着，抱在一起，一夜好梦。

然而，这种日子并没有持续多久，那天夜里所创造出的所有美好的一切就又都消散殆尽。

(2)

陈连说坐在中央公园的长椅上，他本来不用坐在中央公园的长椅上。

他想当个作家，天是蓝的，云是白的，蓝的地方有鱼在游泳，白的地方有马在奔腾。

他想找个女人，随便哪个女人，除了她的妻子，最好是一个淫荡的女人，他想要性交，一个晚上干三次，第二天换一个。休养生息后，再换一个。

最好是破鞋，最好叫陈清扬，但就算你可以在大街上找到十个叫陈清扬的，她们也不一定就是破鞋，就算是破鞋，也不会想和他性交。她们觉得他有病。

他已经当了一年的三十岁男人，三十而立，他除了进入过一个女人的身体好像什么都没立过。他尝试当个作家，网络小说可以养活很多人，作家可以茁壮成长，读者借着它们散发出的养分更好地愉悦身心，更好地活。但养不活文学与艺术。杂志报纸出版社从来看不上他，没市场，于是杂志报纸出版社开始没落，说得好像都和他有关，他一个人决定了这泱泱大国整条文化产业链的兴衰。

他想死。他决定让自己在死后成名，他的著作可以在他死后得到升华，像王小波梵高亨利米勒。顾城的自杀则更像是他的最后一部绝世名作，然而千百年来死掉的作家可能有很多，没听说过的估计也有不少，想到这里，他又不死了。

这种事情总归要归功于炒作加跟风，前提是要有一群瞎了眼的在人家正主活着的时候死活看不见。

他开始明白自己为什么后来会跑去当面包师，一个人对自己钟爱的事情绝望了，就去做另一件事情。所以，他想着，都去死，死干净点利索点，只要他陈连说活着就好。

男人一旦得到了心爱的女人，就像拿到了一张长期饭票，反正饿不死。饱暖思淫欲，性爱成了三餐，淫欲就成了男人的事业，戒不掉扔不掉。

《告子篇》中所谓揣本齐末，女人想在性爱方面得到满足，男人想在事业方面满足女人。大家都不说破，得过且过。男人比女人更快也更容易进入高潮也是其一。

后来，丈夫的表现就开始变得十分糟糕，整个过程并没有持续几分钟，他看着薛言的表情就好像才刚认识她。一时之间，女人的猜疑之心便泛滥起来。

患者中有一位教师，擅长答疑解惑，并不是所有的教师都擅长答疑解惑，有的喜欢删疑灭惑，不喜欢学生多话，多话就是无知幼稚，扼杀想象力才是师道，一句钻牛角尖可以解决老师们很多烦恼，学生无论钻没钻牛角尖，只要能体现自己的高高在上就足矣。

这位教师似乎是这一季的新款，薛言心动了，她对丈夫从没心动过，但她不知道，她对父母向来言听计从，父母说世界上有很多凭借着自身的努力功成名就的，没有走别人走的路，那些都是少数，她只是一个普通人，所以从小十八般武艺熏陶着，熏成了一个香飘飘的冰人，打算让她以后也功成名就。

她也不知道自己到底是应该成为那不走寻常路的少数，还是应该在十八般武艺下也成为少数，她就听着，听着听着就长大了。

相亲的时候陈连说算是最正常的一类男人，不像怪兽，不像池塘里的青蛙，也不像英雄，不像月下李白，这符合她爸妈的标准，陈连说不是英雄，但盼着以后可以成为英雄。

这世上就是这样，爸妈从小望子成龙，子长大了，又希望她们留在身边，找个办公室坐坐，一辈子就搞定了。这符合所有家长的心态，也符合揣本齐末的定律。对女婿则正好相反，无论他小时候是死是活，想娶我女儿就看你有没有本事了。

薛言是异类，她从不点头，她父母负责点头。她怀疑丈夫早就看穿了她的本性。

把那句话改一下，就是：她做了家长要她做的一切，她依然过不好这一生。

女人看到自己喜欢的男人就会脸红，薛言看到了那个教师，像月下李白，他能给她醉生梦死的生活，只要她点个头，天天都能高潮，这分明是个英雄。

英雄张开嘴，蛀了两颗牙。英雄的嘴里都是芬芳的，像花丛，都是蜜。她拿起小钻子，准备除虫。

薛言的脸越来越红，英雄的嘴不用一直张着了，他站了起来，吻了她。

可能这才是薛言的初吻。

她的运气还不坏，她等到了这辈子她一直想等的人，只要她点个头。

（3）

陈连说还在中央公园的长椅上，"艾伦"走了，"艾柯"也走了，勃起的人挺着阳具走了。太阳走了。

走得很快。

家里摆着一桌菜，有一个不爱他的女人正等着和他做爱。后面一件事情他可以在餐桌上花个两三分钟解决，但等于什么都没解决。他才十八岁，他应该在学校里幻想着班花的裸体，而不是跑到三十岁来干自己的老婆，还要整天想着自己要怎么才能活下去，活得像个男人。

他也希望自己是皇帝，天天山珍海味，突然吃了一口寻常百姓家的炒青菜，可以感动到流泪。

他以前想像塞林格一样，打个电话给她最喜欢的女明星，然后自豪地跟她说，《XXX》是他陈连说写的，他想和她上床，然后这个女明星放下电话就一路狂奔而来。但现在不想了，如果自己是这副德行，就算把嫦娥给他，他也不想脱裤子。

他发现了一个很愚蠢的问题，他们在学校里学习了所有正确的观念，但到了社会上他们又必须把所有正确的观念全部抛弃去适应社会的生存法则。

我们花了十几年穿好衣服准备出门迎接寒冬，但开门之后却是酷暑，我们又要把厚重的衣服脱了。

他回到家，彻夜研究电脑桌前的烘焙资料，他要创造出美味的食物。

第二天他再次回到了之前的面包店，成为了"陈师傅"。

当上"陈师傅"的第二天，他又回到了十八岁。三十岁的他无法解决的问题交给了十八岁的他，十八岁的他和三十岁的他做了同样的选择。创造出美好的味道带给人们。

当然他们也忽略了自己的女人，这张饭票即将到期。到期之后，陈连说又找了一个女人。

薛言在那天晚上也做了选择，她点了头。

食色性也，身为牙医的她好像天生就对美好的食物不敢兴趣，一餐饭四菜一汤足矣，她不怕死，放不放鸡精味精其它有害身体健康的调味料对她来说都一样。就像她还没有遇到一道像那位教师一样的菜，也许那道菜永远不可能到来。

那位教师也的的确确能够满足她。看到她和另一个男人如此幸福，连她准备摇头晃脑的父母也点起了头。

当初也许就不应该相亲。她父母想着。

买到"陈师傅"研发的美味面包的人，可能会和自己的爱人一起分享，他们都是普通的恋人，也许会在听歌的时候想到前任，吃同一种美食时，又会想到前任，等他们回到现实，看着现在的爱人时，一切都不重要了，只有相爱才是最重要的。

也许选择本身就是因人而异，也许选择本身就是一种揣本齐末的方法。

努信先生的笔

1:1 这是一段野史，也有可能是一段正史。你没办法否定努信先生的存在，就像你没办法否定 UFO 的存在。可能每个时代都有一个努信先生。

1:2 公元前 213 年—公元前 212 年，秦始皇焚书坑儒，不仅烧毁大量古典书籍，更坑杀了两百多名方士、儒生，在这些命运悲戚的术士中，有一个人差点也难逃厄运，此人就是努信先生。

1:3 努信先生在当时的儒学家眼中地位之显赫，威望之高，已非常人所及，然而事实是，努信先生始终不承认自己是儒派的，这让很多仰慕他的饱学之士，包括许多位极人臣的达官显贵异常疑惑，他们的疑惑后来变成了扼腕叹息，努信先生不知为何原因与所有欣赏他以及不欣赏他的人长辞而去。

有人怀疑努信先生是被谋杀的，但当时被请去的医者坚持自己的判断：努信先生是死于肺部疾病。

为了纪念这位时代的伟人，饱学之士们把努信先生的遗体交给了一行西域商人，这行商人在到达西域后，把努信先生的遗体存放在了一口冰棺中，并缓缓将其沉入雪山脚下的冰河。

奇迹的是，在此漫长的旅途中，努信先生的遗体并未出现腐烂、发臭的现象，商人们以为是上天在保佑努信先生。

2:1 公元前 139 年，汉武帝登基之初便公开推崇儒学，招贤纳士。后听闻西域冰河下至今还安藏着儒学大家努信先生的遗体，历经几十载，躯体依然完好如初，便极想一睹其风采。

2:2 出冰河，走西域，入宫廷，揭棺盖，见其人，栩栩如生，好似酣眠。

汉武帝大惊，传太医，太医至，探脉。

汉武帝问：可见其脉？

太医答：需置温水中，方可见。

汉武帝允。

木桶，温水，努信先生。

武帝及太医与文武群臣围桶而观。

太医悬丝诊脉，捋须不语。

良久，努信先生伸了伸懒腰，慵懒说道："平儿，加点热水。"

众人皆退，武帝骑抱太医，太医扔下武帝，慌忙爬行而出，殿内大乱。

努信先生几十载未睁眼，这一睁眼万芒齐刺，先生缓缓起身，打量四周。

努信先生无所畏惧，在他人眼里自己是堂堂大殿上的一具裸体，这和他的信仰不谋而合，在自己眼里那是某些历经风雨只为绽放一夜的鲜花，美丽得不可一世，在最不可一世的时候被采摘，幸存的等待枯萎。

2:3 后努信先生与武帝相谈甚欢，武帝告之改朝换代风云之变，大赞高祖及文景之治，痛陈窦太后专政弄朝，大兴巫术之道；努信先生正色而坐，秦朝暴政，嬉笑怒骂间，句句见血。

长谈一夜，二人精神矍铄，未有疲乏之态。

临别，努信先生哀叹，未能忆起长眠时神往何地，哪怕一梦也罢，然均未有，实乃生平一憾。

2:4 努信先生以文章见长，是时，文人骚客听闻努信先生死而复生，均慕名前往拜贺。

2:5 努信先生交友甚广，不足一月，已有好友遍布大汉各地。武帝闻此，幸甚，悦然而曰：此乃大汉之幸。

2:6 努信先生回到故居，然而，早已物是人非，亲人朋友均已逝去，只剩其一人孤独于世。

3:1 史料记载至此，已有多处无法思议，然下文愈是离奇怪诞，却非生死复苏之术，而乃人性至劣之痛。

3:2 努信先生在南方找了一座土山，向阳，仿佛终日对着太阳，命名曰：向日山。村民们自愿为努信先生盖了间木屋，还送了条美狮犬给先生，以保障其安全。因木屋在山林环抱间，故名：绿林小屋。内藏武帝赠予的万千竹简。

3:3 东方朔常来努信先生处蹭书，蹭狗，蹭风水。谈起为何被贬，东方朔坦然道："那日伤寒，上朝前夫人嘱我多喝温水，到了大殿之上，果然知道水喝多了，无奈之下，在殿上找了处僻静的地方将就解手，甚是畅快。于殿上解手者，朔乃第一人也。"

努信先生有三宝，胡子、毛笔和找狮。找狮便是那条狗，努信先生说，狗也要有姓，不能随人姓，容易沾上人的毛病，死后要成精，大汉朝律法其中一条便是，自开朝往后，任何活物不得成精。于是树精和石头精开始在民间作乱。

窦太后迷信巫法，遂立此条令，待其临终，又下令不许死物成精，好似又管用了，民间再无妖精作乱。

回到绿林小屋，回到那只狮毛犬，人姓不可用，却见这狗无时无刻不在觅食，便为其取姓为找，盼其精壮，便以狮为名。

努信先生最得意的便是那精心修剪的一字胡，美丽迷人，以指拨弹，清脆悦耳。

努信先生此刻便在给自己的胡子按摩，听闻东方朔这番言论，登时大笑三声，道："你就是个泼猴。"

东方朔道："本来朔是可以瞒过去的，谁料王大人鼻子太灵，被他闻到了。"

努信先生道："王大人朝闻汝之道，汝为何夕未死？"

东方朔道："本来是该死的，幸好皇上早闻朔与先生乃至交好友，才躲过一劫。"

努信先生聊性正酣，便拿出自己前日所书之文，题曰：阿奇正传。文中记述了一位修道的巫士整日痴人说梦，称自己不日便可炼成长生不死药，世人皆以为此人已疯，唯有太后深信不疑，并重用他，将其封为国师，除为太后练成不死药外，还要为皇室卜旦夕祸福。后这位叫阿奇的国师为了一雪前耻，报复曾经辱骂他的人，便用巫蛊之说残害无辜百姓，朝堂之上，更是公然诬陷忠良。

直至此文最后，阿奇依然是一人之下万人之上，连皇帝都要忌他三分。

东方朔看罢，拍案叫绝，但隐隐有晦色。

努信先生自然明白他所担忧之事，只作他言。

3:4 一日，努信先生家的木门被踹倒，涌进来几个带刀侍卫，一名白发、走路生姿之人缓缓从侍卫间走过。

这人道："努信先生何在？"

努信先生正在对镜望须，一见此境，自知不妙，道："你猜。"

这人不屑道："看来你就是努信，洒家是皇上派来的，你叫我文公公就好。"

努信先生道："姚公公。"

文公公道："我叫文广教，怎么会叫姚公公？"

努信先生道："姚广孝。"

文公公估摸着这个努信先生耳朵听力有问题，便不再更正，只是拿出一卷竹简，道："此文可是由你所书？"

努信先生道："啊，对，此门就是由我所筑，其余部分都是村民帮我筑的。"

文公公气急败坏地晃着竹简道："书！这个！你写的！"

努信先生接过来看了看，道："不是。"

文公公道："谁写的？"

努信先生道："东方朔。"

3:5 文公公等人离去之后，努信先生找来村里的能工巧匠努班，重新装了一扇门。

第二日，努信先生的门又被踹坏了。

文公公怒气冲冲道："好大的胆子，东方朔说是你写的。"

努信先生有点不知所措，而且已有两把刀架在了自己的脖子上。

努信先生道："不，是他写的。"

文公公命人把东方朔带了进来。

东方朔道："就是努信先生所写，如此立意深刻的文章，我辈是写不出的。"

努信先生道："爽！"

文公公道："什么爽？"

努信先生道："我没有说爽，我说皇上，是皇上写的。"

文公公暴跳如雷，欲哭无泪道："岂有此理，你竟敢诬陷皇上，杀了他！"

东方朔忙劝道："姚公公，不可！万万不可！"

文公公道："是文公公，我要说多少遍！"

东方朔道："努信先生可是天底下最有名望之人，而且深得皇上宠信，你杀了他，你就等着凌迟处死，五马分尸吧。"

文公公冷汗直冒，道："再问一遍，到底谁写的？"

努信先生和东方朔异口同声道："我（他）写的，他（我）抄的。"

完全一样的答案：努信先生写的，东方朔抄的。就为了这么一个答案折腾了两天，踹了两扇门。

努信先生道："屎。"

文公公逼问他什么屎。

努信先生道："我没有说屎。我说字迹明显不是我的，是东方贤弟的。姚公公你耳朵是不是有问题。我们说的都是姚公公，姚广孝的姚，不信你问他们。"

文公公看了看身边的侍卫，侍卫一齐喊道："姚公公。"

文公公小心试探着问道："喊的是文公公？"

侍卫们道："是的，姚公公。"

文公公不再理会此事，只放了句重话："再有此类文章出现，删！"

努信先生道："幼稚！"

文公公道："不仅删，还要烧！"

努信先生道："低级！"

文公公道："我也只是奉命行事，为朝廷办事，洒家可鞠躬尽瘁死而后已。"

努信先生道："小人。"

文公公转身就要走，努信先生道："找狮！"

文公公紧握双拳道："有种你再骂一遍。"

东方朔道："哎呀呀，公公，先生这是在喊狗呢，没叫您。"

文公公道："努信先生，你可真是给你家狗起了个好名字。"

努信先生不理，只顾提高嗓门大喊："找狮！找狮！狗狗找狮！"

文公公再次转回身道："这明明是在喊公公找屎！"

东方朔再度劝导："没有没有，怎么会，巧合了，公公你也知道你耳朵不太好使。"

几个侍卫拼命点头。

文公公败兴而归。

3:6 能工巧匠努班再次为努信先生装了一扇木门，为了确保不再发生上述事件，努班仔细研究了两回公公踹门的落脚点，发现都在同一个高度，于是努班设计在此处将木门做成空心，公公下次再次踹门时，一脚下去，必定可以将脚踹进门内。

3:7 武帝微服出巡，本想看望努信先生，沿途好几次发现有人在焚毁书籍，便命左右前去探查。

武帝得知民间在烧毁的乃是努信先生的著作，一时间怒不可遏，立时下令回宫，严查此事主谋之人。

文广教从耳目中得知此事，早早安排了一位替罪羊。

武帝下令将此"羊"烹煮而死，文广教从手心一直冷到脚底，好几个月都寝食难安，唯恐纸不能包火。

武帝读罢努信先生的文章，夜不能寐，无奈窦太后权势无法撼动，他只能取消短期内所有再见努信先生的计划。

武帝感慨："身为天子，实无颜面见先生。"

3:8 公元前 135 年，窦太后去世，汉武帝执掌大权。

文公公心想这一劫算是过去了，但他知道，只要努信先生还在，早晚会把文章写到皇上的头上来。

汉武帝穷兵黩武，劳民伤财，后来也不知是巧合还是冥冥之中努信先生早已预见此事，巫蛊之祸起，太子刘据被害。

努信先生笔耕不辍，连书好几篇文章，抨击曾经彻夜详谈的好友——汉武帝。

文公公已经不怕再被烹煮，他的所有行为都是以自己的主子为中心的。

时隔多年，文公公再次带人前来质问努信先生。

踹门。

如努班所料，门的确被踹破了，只是这一脚正好踢在了找狮的身上，找狮怒极，一路追着文公公狂咬。

文公公失血过多，未及就医，卒。

巫蛊之祸罪魁祸首苏文得知此事，断定是努信先生放狗咬的文公公，便亲自派人去把努信先生捉拿归案。

努信先生毕竟只是一介书生，家门被公差踹了三次的书生，他怎敌得住这许多宵小之辈。

努信先生本打算逃跑，但他没有跑。当年他一觉从大殿之上醒来时，自己就是赤身裸体重新来到这世上的，就像当年他从娘胎里出来一样，高堂之上，除了东方朔敢坦荡一部分出来之外，剩下的也就他努信敢于全部坦荡出来了，他为什么要跑？

就不跑！

苏公公让人押着努信先生出来，门口正好有几个努信的好友前来拜会。

苏公公道："你们是干什么的？"

这些好友也不糊涂，努信先生写的东西他们也都传阅过，要搜的话，随时都能在家里搜出好几车努信先生的文章，遂忙改口道："路过。"

苏公公更不糊涂，道："这人你们可认识？"

众好友一齐摇头。

苏公公又道："难道他不像你们这些读书人最崇敬的努信先生？"

众好友又是摇头。

其间，长得贼头鼠目的一人乃申先生，以前得先生不少指点，文章更是得到了西域及匈奴学者的赞扬。申先生从怀里掏出一副努信先生的画像展开，道："公公请看，此乃努信先生本尊，眉目如宇宙苍穹，双唇入海，此时静彼时可覆黄土大厦，再瞧这鼻子……"

苏公公不耐道："可以了可以了，说重点。"

申先生道："他和努信先生完全不像嘛！"

苏公公让他把画像举到和努信先生的脸一般高，道："凑近点，再凑近点，不像吗？"

众好友摇头，道："完全不像。"

苏公公瞪着两张一模一样的脸，连他自己都有一种哭笑不得的感觉。

苏公公道："这明明……"

申先生抢着道："苏公公，申某觉得今后的文章还是应该侧重于表达对自己乡土的热爱上，毕竟申某文章写得好，全赖亲人的养育和乡土的恩情。"

苏公公开怀道："嗯，你乖了。"

另一人为江南名士耿夕楼道："苏公公，小人觉得写文章切不可自以为是，妄议家国大计，坊间愚民甚多，所思所想难免遭人挑拨蛊惑，易滋生出离间国与民的小人啊！私以为不如仅将这风花雪月，良辰美景以诗词文章的形式加以保存，岂不妙哉！"

苏公公更是欢快道："哈哈哈，你也乖，还有吗？"

第三人为风流才子华顾和道："如今边境虽已安定，但我们这些文人墨客也负有责任要让百姓记住当年强敌来犯的耻辱。我们应该多写文章，描述当年外敌入侵时对百姓所造成的伤害，更重要的是我们要让大家铭记住那些拯救国家的英雄人物。"

苏公公已经乐不可支，他渐渐平复情绪，道："你们呀，果然够乖，好了，都散了吧，只要你们记住，不给洒家找麻烦，好处自然少不了你们的。"

众友人亦乐不可支。

友人散，并未多瞧努信先生一眼。

苏公公道："我们走。"

侍卫松开努信先生，踏步离开。

努信先生道："那我呢？"

苏公公转身道："你是谁？"他又问众侍卫，道："你们认识他？"

众侍卫道："不认识，一个乡巴佬。"

3:9 公元前 89 年，汉武帝下《轮台罪己招》，反省过错，重启文景之治时期的无为而治，奠定了后来昭宣中兴的局面。

巫蛊之祸后期，汉武帝醒悟，命人捉拿苏文江充归案，后苏文被烧死于横桥之上。

4:1 东方朔是努信先生唯一的好友，并亲眼见证了昭宣中兴的发生，两人时常于绿林小屋对坐下棋，每每谈及焚书坑儒之事，两人总是感叹历史总是惊人的相似，只是人总是会变乖的，变乖的那群人就不用死了。

努信先生从不承认自己是儒派，这一点从未改变。

4:2 东方朔经常夸赞努信先生下了一手好棋，东方朔道：生于忧患，死于安乐。

努信先生就又开始写文章了，他要让这个时代时时处于忧患中。

三個和尚

一、莎丽

我喜欢莎丽，她是个姿色和胸部均不平平的女人。

我们曾经度过了很多愉快的夜晚，但是她说她不爱我，每次她让我进入，都说她不爱我。我希望她一直不爱我，因为我爱她。

我开始担心万一有一天她说她爱我，我还能不能进入她的身体。

我知道莎丽还和几个人保持着那种关系，我还知道她和她的干爹也保持着那种关系。莎丽的干爹是个很奇怪的人，他的身材臃肿，但是头却很小，根据质量守恒，很有可能是他的身体占了太多质量，所以脑袋的比重才会降低，可怕的是，他的身材每天都愈加臃肿，这使他练就了一身上好的崩扣绝活，这种绝活主要在生意谈不拢时使用：把衣架上那身洁白的西装穿上，对准生意对象，等三秒，西装上面的第一颗扣子会先飞出，六秒后是第二颗……直到最后一颗扣子拼死守在他滚圆的肚子下勒出一个形似阳痿的模样，此时你一定以为他的肚子会朝你喷出一条水柱。

莎丽经常和我说起她的干爹，说他的身材是多么迷人。每次他在她上面驰骋的时候，她都有一种窒息的感觉。而我趴在她身上的时候，她就说像一条垂死挣扎的小鱼。

这使我长期闷闷不乐，不愿见到生人，后来我在公交车上认识了一名心理医生，他说我很可能得了抑郁症，让我有空去一趟他的诊所，以便确诊。

我去了，结果心理医生那天豆子吃多了，不停地在放屁，我建议把窗户打开，医生说，不，这里是闹市区，很容易飘进粉尘和有害颗粒。同时他还向我抱怨他新雇的保洁阿姨有多好吃懒做，他的诊所永远一尘不染，她基本上每天只是过来吃工作餐的。

我说，那就把窗户打开。

医生说，你没有在听我说话。

我说，我听了，你应该把窗户打开。

医生说，不，这样会飘进很多粉尘。

我说，这样会让你的保洁有事可做。

医生说，不，你绝对没有在听我说话，我的保洁非常好吃懒做。

我说，那是因为你的办公室一尘不染。

医生说，对，所以不能打开窗户。

我说，可是这里真的很臭，你刚刚又放了很多屁。

医生说，你居然说我在放屁，我可是在和你讲道理。

我说，我没有说你讲话在放屁。

医生反驳道，你刚刚明明在说我放屁。

我说，我们没有必要再争吵下去，我是来看病的。

医生说，我当然知道你是来看病的，你是精神病患者，我已经确诊了。

我非常生气地说，不，医生，我是来看抑郁症的！

医生说，当然，所有的精神病都是这么说的！

我继续反对说，上回在公交上你明明说我有可能得了抑郁症！

医生说，所以才需要你来确诊，现在确诊了，你没有抑郁症，你是精神病。

我冲过去揪住了他的衣领，骂道，你是神经病！

医生依然不为所动地说，当然，在精神病的眼里所有人都是神经病！过两天我们会把精神病诊断通知书寄送到你家的。

我说，我不会告诉你我家在哪。

医生说，我不可能听信一个精神病患者说的地址，那是无稽之谈。我们会找到你家在哪的。

我非常沮丧又非常不甘的回了家，我对这个世界产生了信任危机，我担心走在马路上的时候，那些高楼大厦会挑准时机朝我身上砸下来。

我突然想到了自己的前女友赫本，她撒的最大的一个谎言是她不爱我。她当然爱我，那天我们两个人一起在沙发上看了《大圣娶亲》，看到紫霞仙子死的时候，赫本就开始抱着我的脖子哭，后来紫霞和至尊宝站在城楼上亲吻时，她又抱着我的脖子哭，导致后来我的脖子只有那被哭湿的一边是会出汗的。

那天是赫本失恋，我和莎丽性致勃勃地在床上玩了好几个回合，后来我中断莎丽所谓的"感情疗程"，以"赶赴下一个门诊"为由来到赫本的家，门一开，又是花花、泡泡和毛毛三只小猫怯生生地看着我，我从来都不喜欢它们，每次我和赫本在床上深入彼此时，它们总会神奇地出现在窗口看着，而不会有任何的生理反应，就像看两株植物在缠绕，最后到底谁会赢。由此我慢慢形成了心理阴影，一去赫本家就无法勃起。

我向赫本说明了情况，但赫本每次都说它们三只是多么可爱。后来我让赫本去我那里，但是赫本去了之后发现没有了三只可爱的小猫作观众，她一点都提不起性趣。为了解决这个问题，我去超市买了三只仿真度极高的小猫玩具摆在窗口，我们想试试效果，但我还没把我的家伙放进去，赫本就情不自禁地做起了瑜伽，每次我一放进去，她就开始换动作。

我问赫本为什么做爱的时候要做瑜伽，赫本说，她在接收家里三只小猫的信号，也许可以使她恢复性欲。

虽然我不是很理解，但我发现那三只玩具猫并没有让我失去勃起的能力，正如同它们丝毫没有增加赫本的性欲。

后来由于我们双方无法找到做爱时都能燃起情欲的方式，我首先向赫本提出了分手。但我无法拨通她的号码，去她家，发现她几天前就搬家了。这使得我无法向赫本提出分手。

所以，当门打开，赫本又再次回到以前的住处时，我想做的第一件事情就是和她分手。

但是她一看到我，就扑到我身上，那三只小猫在底下看着我的小帐篷顶着赫本，我很讶异在莎丽体内释放了三次之后还能如此凶狠地挺着，我们很快脱光衣服，在沙发上重温了美好的爱情。那三只小猫趴在窗台上，好奇地端坐着看。

我觉得我克服了那种心里恐惧，但是赫本说，她已经不爱我了，她爱上了另一个男人，而另一个男人不爱她了，爱上了另一个女人，她觉得这是报应，所以她回来和我上床，是为了让那个男人也回去和她上床，这也叫报应。

而我始终相信这是一个谎言。

我意识到莎丽要比其她任何女人都适合我，因为她可能是唯一一个说不爱我，却会和我上床的女人。

那天晚上，我做的最明智的一件事情就是偷走了赫本的花花，这只小猫的存在，使我总是处于勃起状态。而后来，我听说赫本由于找不到一只一模一样的小猫，而变得性冷淡了。

我不知道我为什么会在回去的路上想到我的前女友，也许是为了让我感觉到自己唯一不能失去的女人是莎丽。

二、百杰明

百杰明认为中国的第一大姓应该是姓百，因为《百家姓》是以百开头的。

百杰明是个非常具有魅力的男人，这是唯一一个莎丽说爱过的男人。

百杰明的学历非常高，可能是人类诞生以来的最高学历。他在大一的时候研发出了一种毒药，这种毒药无色无味，食用者会在三分钟内悄无声息地死亡，并且死因会让所有法医束手无策。这种毒药在拍卖会上被美国 CIA 和英国 MI6 争相抢夺，但最后还是花落俄罗斯情报局（即前克格勃），前克格勃情报员在会后采访时透露，这次能够竞拍成功，完全是因为国家负债很少的缘故。

不幸的是，由于这位情报员的坦诚，使得他没有能够顺利拿着毒药回到自己的祖国，中国的法医从这位情报员的身上发现了 MI6 常用的点 35 口径的子弹，但让法医正式确定这枚子弹所属部门的证据，要属现场遗留的子弹壳上刻着的"MI6"。另一个使人诧异的情况是，这名情报员在中弹前早已经气绝身亡，死因是氰化物中毒。

百杰明推测，事情的真相很有可能是另一神秘部门先下手为强毒死了前克格勃探员，随后为了栽赃嫁祸，从特殊途径得到了一把 MI6 的手枪，在尸体上补了一弹。但这种愚蠢的做法糊弄不了任何人，百杰明又推测，有可能是 MI6 的人毒死了克格勃探员之后，用自己的枪打在尸体上，从而造成一种有人栽赃陷害他们的假象。

百杰明还有一种最可怕的推测，凶手就是前克格勃的探员，他们杀了自己的同事，来伪造这一切，为的就是让别国的情报部门遭受舆论谴责，同时也有利于外交上的谈判。

但百杰明始终坚信一点，毒药在谁手上，谁就是凶手。

后来国际上出现了很多死因不明的人，甚至包括了一位吸毒的歌星和有政治丑闻的官员。很多国家派出代表前来与百杰明商谈解药的合作事项。

但百杰明并未研发过解药，而且由于毒药的不确定性（你没办法确定这个人是不是中了百杰明的毒药），研发出来的解药要具有无害性——哪怕每天吃饭的时候撒一包在汤里也不会产生影响。

在各国代表诱人条件的吸引下，百杰明毅然决然地开始制作解药。令人惊叹的是，百杰明只用了一周的时间便制作出了首批解药，在实验之后，百杰明发现这种解药的解毒性是不容置疑的，只不过需要五分钟才能发挥药效，而毒药三分钟内就会发作，一发作就会立即死亡。

各国代表听说了这一激动人心的消息后，一起合资举办了第一届地球妈妈杯世界科研解毒大赛，百杰明毫无争议的取得了第一名的好成绩，第二名是春药的解毒者如花，第三名是西药的解毒者仲要。

大赛过去一个月后，百杰明又宣布他把解药的药效发挥时间限制在了四分钟内。

为了庆祝这一分钟的巨大成功，各国代表再次合资举办了第二届地球妈妈杯世界科研解毒大赛，百杰明一路过关斩将，再次勇夺第一，二三名从缺。

自此，百杰明再也没能突破这四分钟的限制。

但却因此收获了莎丽的芳心。莎丽第一次见到百杰明的时候，百杰明也第一次见到了莎丽，当天晚上，她和他光着身子又见了一次，他们非常静距离地看着对方，感受着这种第一次的见面。百杰明想把莎丽整个人都含在嘴里，她实在太美丽太可爱了。莎丽也想把百杰明含在嘴里，但她能含的，仅仅只有一个地方。

我知道莎丽从没有含过别的男人，连她的干爹都没有。她一定非常喜欢百杰明，她对他已经死心塌地了，她可以为了他去死。莎丽对我说，她在含百杰明的时候，舌头感知到的是一种香草的味道。

每次莎丽提起百杰明，我就会非常伤心，但她每次都会提起。我问她，为什么有了百杰明还要来找我。

莎丽说，那怎么能一样，每个进入我身体的男人对我来说都是不同的身份，有的是情人，有的是父亲，有的是哥哥，有的是弟弟，有的是自己的孩子。

我问她，没有丈夫吗？

莎丽说，没有，丈夫会让我感觉到背叛。

我问她，我属于哪种？

莎丽说，孩子。

我相信百杰明一定是给莎丽下了什么特制的迷情药，我必须想办法拿到解药。

然而，正是因为莎丽对百杰明超于常人的爱，使得她越来越害怕失去他，也让她将百杰明和丈夫的形象重叠在了一起，她很快就被"背叛"的压力压得得了抑郁症，这是我一直都想得的病。

我劝说莎丽，让她停止再去找其他男人。

但是莎丽说，不，没有其他男人，我会得精神病的，我会死的。

我说，那就不要再去找百杰明。

莎丽说，不，我爱他。

我说，可你在背叛他。

莎丽说，你说的对，我必须做一次抉择。

这个抉择在两天后，当莎丽遇见释色小师父时，瞬间有了答案。

莎丽趴在我肚子上和我说，小师父的小和尚非常大，是她见过最大的，又光又亮。

我问她，感觉怎么样？

莎丽说，感觉就像遁入了空门。

三、释色小师父

释色小师父是经历过大喜大悲、大起大落的人，但别人看到的他，却还是以前的他，这就是佛家弟子，看淡尘世，心静，过去现在将来的他，谁也分不出他们谁是谁。

只是大家都没见过以前的他，所以觉得他还是以前的样子，那些见过的人觉得他是将来的样子，在莎丽眼中，他是现在的样子。

我抱着莎丽躺在浴缸里，这具优美诱人的胴体永远都散发着强烈的性爱气息，她如痴如醉地说着释色小师父的事情，就像在跟她的孩子讲睡前故事。

释色小师父兼具夸张和内敛两种性格，像这个国家的财政，对老外永远都是繁荣富强，对内永远都是节省开支，与国际接轨。释色小师父的国际不是佛法，是胜于佛法的东西。

那年，释色小师父和一个基督徒坐而论道，基督徒手持圣经侃侃而谈，释色小师父笑而不语，从自己的禅房拿出一本新约圣经说，你讲的我都看过，我的佛法你不一定听过。

基督徒从自己的行李中拿出一本《金刚经》，一本《法华经》，还有好几本佛经，他自信满满地说，你要讲的佛法，我说不定也都看过。

释色小师父坦然道，很好，我讲个圣经故事，你讲段佛经我听听。

基督徒面有愠色，释色小师父道，那你就听我讲佛经。

基督徒就听。

第二天，基督徒剃度出家了。他和释色小师父坦白道，一直都不喜欢耶稣的发型，经常被误认为是耶稣。

释色小师父问道，耶稣不是早就死了吗？

基督徒说，耶稣复活只要三天。

释色小师父说，达摩祖师复活也只用了三天，而且他和耶稣的发型酷似。

也正是那一年，释色小师父突然火了，一大批记者和作家聚在山顶，记者说要采访他，作家说要给他写传记，还有很多姑娘来寺里看他，找他要签名，有的和莎丽一样，也要尝尝遁入空门的滋味。

释色小师父非常慌张，他才 18 岁，他最大的忧虑是自己的传记不能写成一部佛经，而记者问的头一个问题竟然是，要不要帮他介绍对象。他觉得自己的人生走到了终点，他去征询方丈的意见。

方丈说，这是好事，应该感谢佛祖。

于是，释色小师父终于迎着终点走了出去，多家电视台由于播放了释色小师父的采访，收视率暴增，甚至赶超新闻联播，为了挽回声誉，新闻联播也开始报道释色小师父，所有国人都知道，所谓新闻联播就是多家电视台联合起来播送，无论换几个频道你都只能看见释色小师父一个人在讲解佛法。

第二天，好多党员因为收看了带有宗教性质的新闻联播而被通报处分。

为了收视率的直线上升，广电领导人亲自出面，要求释色小师父讲一些佛法中最为精深奥妙的东西，同时，各家电视台也会延长新闻联播的时长。

此举又为新闻联播赢得了满堂红。

为了争夺释色小师父的传记撰写权，几位作家互相聚众斗殴，残的进了医院，好的进了看守所，自由的被人报复，砍了双手，这是作家最大的悲哀。

最后因为没人再敢站出来为释色小师父写传记，多家出版社开始暗地里做起了走私交易，释色小师父的一个童年故事黑市上的价格在 10 万到 10 万之间，有的出版社仅仅竞争到了一个故事，就开始找旗下的作家撰写一本释色小师父的传记出来。一时之间，市场上冒出了很多有关释色小师父的传记，有的传记仅仅只有一个释色小师父的故事，但却被作者逐字逐句地分析研究了出来，哪怕是一个喝水的杯子，作家也是亲自去寺院寻找考证过的，而且还拍了很清晰的照片，只要是故事里出现的物件，基本上都能在传记中找到相对应的照片。

而且，作者还亲自揣摩了释色小师父童年经历中的心路历程，心理活动，可以说整本传记只能用无微不至，巨细靡遗来形容。

新闻联播就这样一直持续了下去，直到有一个孩子站出来说了一句谁都不敢说的话："我看不懂那个小光头在说什么。"

"他看不懂那个小光头在说什么？"

"他怎么会看不懂那个小光头在说什么！"

"你居然看不懂那个小光头在说什么？"

"太可笑了，他居然看不懂！"

"我好像也没看懂！"

"我也没看懂那个小光头在说什么！"

"我们为什么要看这个小光头？"

"都问我们干嘛，我们只是工作人员，不归我管。"

"哎呀我去，这事好像归我们110管一样！@新闻联播"

"环保局不背这个黑锅！@新闻联播"

"教育局不背这个黑锅！@新闻联播"

"文化局不背这个黑锅！@新闻联播"

"妈的！信不信我消防局来背！@新闻联播"

"我刚来，什么情况，都不背吗？我背！我卖锅的。"

一夜之间，仿佛所有和释色小师父的电视节目都消失不见了，书店里也基本上看不到和他有关的书了。

唯独莎丽。

莎丽翻了个身，骑在我身上，低头在我红豆般的乳房上轻咬了一下。

莎丽说，释色小师父突然明白了什么叫看破红尘，以前他不在红尘，所以他觉得自己看破了。

我说，很多时候，都是这样，没经历过，产生不了共鸣，于是就自己制造共鸣。

莎丽不理会我，继续说，释色小师父上过三个女人，第一个女人哭着求他，第二个女人用鞭子抽他，第三个女人被他强暴了。

这三个女人后来成了同样的人，吃斋念佛，对男人不屑一顾。释色小师父说，这三个女人感觉自己的心灵被他净化了。

我说，你呢?

莎丽模仿释色小师父的口吻说，净化你还需些时日。

我说，你呢?

莎丽说，我也净化了，可能我不会再碰男人了。

莎丽临走的时候，含了我一次说，你是草莓味的。

当我后来再次看到莎丽的时候，她和另一个女人养了一个女孩。我突然记不起我们最后一次的时候，到底有没有做什么措施。

达尔贝达

1:1 以前，我对青春的理解一直沉浸在很多青春小说的阴影里，堕胎、援交、分手、癌症、父母双亡、父母离异等等，总感觉我们的青春不来个谁比谁惨就好像缺点什么。甚至于当我们回首过去，除了满脸可以点成美人痣的青春痘，我们几乎和"青春"这黄金时代巧妙地擦肩而过了。

一语成谶！

不应该说"一语"，应该说那些作者的念力已经强大到了诅咒的境界。

1:2 这个时候只能响应老孕那句最经典的口号："阿弥陀佛，阿弥陀佛。"每次宿舍里有人半死不活时，老孕就会起头来两句口号，说也奇怪，喊完阿弥陀佛，那个人保证立马神清气爽犹如打通了他的任督二脉，然后整个宿舍的人都会像是一种邪教组织般整齐列队而出，神秘地走在大学的林荫道一侧，低垂着头，吓得路人四散，直到某个人突然大喊一句："草！吃饭！"我们就散了。

1:3 久而久之，我们宿舍不太吉利的名声就这样大噪了起来，有小道消息说，有人去图书馆查过校史，我们宿舍曾经死过人。其实我们的行为很简单就可以解释清楚，当我们在喊阿弥陀佛的时候，我们总觉得应该去干一件叫做"阿弥陀佛"的事情，就像有人大喊"我爱我的祖国"，他要么是准备去讨好上级或者给人民演戏，要么就是在诗朗诵，因为祖国说得再好听永远是个虚词，你找不到具体的指代，祖国的构成是人民群众，你爱人民群众，人民群众也爱你，不客气的。

我们说俗气一点，俗话说：爱国是用心去爱的，你说出来干嘛？

所以，我们默默地走在林荫道一侧做着"阿弥陀佛"的事情，这个口号很管用。

1:4 情人节那天，浓情蜜意甚嚣尘上，不敢上网，不敢出门。我的空虚寂寞在近午时分薄雾摩挲时沸腾到了极点，我一个人去了肯德基，点了份全家桶，我倒要去试试"有了肯德基，生活好滋味"这句广告是不是真的。

然后我的前女友就被那阵诅咒之风吹了过来，和她男朋友，坐我隔壁一桌。

1:5 我前女友叫方桦，大一时候认识的，体育课网上报名选修科目，我选到了足球，老孕选到了乒乓球，经过协商，上半学期体育课我和老孕对调。教乒乓的老师喊老孕名字时我喊到（后半学期我们又换了回来，除了几个认识的，谁也没有察觉），大学基本上就是这种行尸走肉汇聚之地。

我就是在这种机缘巧合下认识了乒乓球班里的方桦，她的球技一般，后来经我一手指导，水平远远超过了我，这种成就感与挫败感像两条灯芯般死死缠绕，足以耗尽我毕生的灯油。

1:6 什么是爱情？

我们先不考虑她无时无刻不在想着我，我无时无刻不在想着她这种浅显的理论，因为这可以理解为异性相吸精力充沛擦枪走火暗结珠

104

胎，总之由此而导出的事情发展往往崎岖坎坷，情节甚至可以希区柯克。我们不如这样来考虑，爱情最大的敌人是什么？敌人的敌人就是朋友，这也许才是爱情的真谛。

时间！

后来的事情证明我们的爱情败给了时间，真正的爱情经得起时间的考验，所以我们之间并不是爱情。

1:7 这场恋爱最甜蜜的时候，是她和我谈到毕业之后要一起过着怎样的生活。不知怎么，我的叛逆情绪自打初中以后就一直有增无减，她想和我谈以后怎样更好地生活，我的思维却随着潜意识走向了她的名字，我跟她说，你的姓很好，应该起四个字的名字，女生起四个字的名字多飒爽。

她问我，你说我应该叫什么？

我说，方华绝代。

看台上，她给了我一个辣烘烘的左勾拳，出手很轻，可能早已料到我能够平稳落地。

"你才绝代！"

中华文化博大精深，是我思虑不周。

1:8 我转回正题，我在家写小说，你在家相夫教子。

她说，流氓！我对你太失望了！

等我反应过来的时候，她已经走了。我也不知道我到底说了什么只有流氓才会说的话，但我相信我所构想的关于未来的美丽画卷是流氓所不能给予她的。

1:9 前一阵子老孕播了种，这一阵子以及将来很长一阵子都是他丰收的时候。

这些乌云一般的种子是这样种下的。老孕不仅体型像个十月怀胎的妇女，连毛巾都是内藏乾坤。他的毛巾使整只毛巾架气势磅礴，威武恢宏，鲜少有与之匹敌者。挂在那，层层叠叠，连绵数里，偶有小虫停留，也如万里山川间孤帆一点。

我们的毛巾唯有在衣柜里或床沿另辟蹊径摆放。老孕的神奇就在于他只要闭着眼睛，手往被遮挡的严严实实的毛巾架里一探，就能准确无比地抽出他想要的那条。

日子一久，老孕互为友邻的几条毛巾交叉感染，具体体现在老孕的脸部长毛的部位开始向四周扩散发黑，腹股间有疑似脚气的蜕皮与瘙痒，脚上发现了好几处唯有老孕脸部特有的大块色斑。整个宿舍的空气中弥漫着一股疾病防控中心才有的危机感，宿舍里我们其余的三人都好像活在腐尸遍地的受感染区域。

我们宿舍的水源安全吗？

不知道谁来了这么一句，吓得我们好几天都不打算碰一碰老孕接触过的任何物品，包括抽水马桶。

1:10 老孕却像个散仙一般，镇定自若，坐看浮云，阿弥陀佛一念，感觉他已超凡脱俗，于人间又增一龄。

老孕说，我们这四个人即将面对一场大劫，在劫难逃。

我们念道：阿弥陀佛。

老孕说，阿弥陀佛没有用。

我们念道：南无阿弥陀佛。

老孕说，此乃朱劫，红颜祸骨，阳者皆损。

我们三个秉烛夜谈，最后，决定将老孕定性为扰乱社会主义安定秩序的有害份子，这种人应该对他进行彻底的深刻的完全的沁人心脾的以及红色的思想教育。

在商讨的最后环节，出了一点小问题，这次的教育负责人迟迟未能决定，经再三讨论，我们最终还是想出来了一个解决办法。

石头剪刀布。

我输了。

我在宿舍门上用白粉笔写了"闹鬼"两字，然后不停有人拿着蒜头和十字架鬼鬼祟祟地敲门，打算来一窥究竟。我们和老孕坦白道："肯定是有人在整我们。"

老孕不语。良久才道，屋内是有邪祟。老孕体态丰腴，经常满脑袋汗珠闪得波光粼粼。只见他随后用手在腹股部一脸舒爽地搓挠起来，脸上的黑色部分又扩散了一点。

1:11 老孕当天晚上做法，三炷香，松枝浸润于碗内，走步仙气十足，嘴里经文四窜，屋内虎虎生风，像极了鬼片里的场景，随后房门被人从外用力关上，吓得我们三人抱作一团。

我们中有人感觉到外面的人已经把门上"闹鬼"两字改成"烧"，还圈了一个圈，我们甚至已经看到了门缝下的火光。

做法的最后一个环节是贴门神，如果只是简单地贴在门上也就罢了，外面的同学对于我们这间屋子的怪奇早就已经到了拭目以待的程度。卫生间有三张门神在瞪着你，个个横眉竖目，比鬼还恐怖，保证让你站十分钟都尿不出一滴。

床头的墙上有一排，神态各异，诡异嶙峋。

我只走错了一步而已。在这里，你一步都不能走错，走错一步都会让你生不如死。

为了防止我们三人大小便失禁，每次如厕，都要暗藏一匹白布帘于怀，将墙上的门神遮盖住。这种感觉愈加糟糕，仿佛置身灵堂。

1:12 第二天，方桦说，分手吧。

我耳边响起孙燕姿的歌声：好神……奇……

现在不是追究老孕算无遗策的时候，我整个人自分手后废了一个多月，看到女生就想上，像极了一只发情期的公狗。

1:13 那段时期，国内的审查系统一度走入了十分艰难的探索时期。初期，电视剧每集片头，都会如急于撇清法律纠纷一般注明：男女相爱乃危险动作，小朋友请勿模仿！

那阵子，即便只用电脑的大学生也不禁看起了电视，为的就是等那十六个字现身，还好电视剧里只要有男人和女人，这部电视剧每集片头和片尾就会给这十六个字将近一分钟的特写，白底黑字。然后网上一片赞美之声，这是一件我国政府几十年前就忽略的一桩要案，幸亏出台了这项政策，要不然任由电视中胡编乱造的爱情迷乱小朋友尚未成熟的心智，绝对是这个国家的不幸。

然而事情远没有这么简单，英明的 T 领导人在反复欣赏他这一举国欢庆的完美决策之际，突然虎躯一震，冷汗一滴，雪茄一吸一根，无比漫长地吐出肺部的缭绕烟雾，大笔一挥。

电视上片头和片尾的十六个字改成了：男女相爱乃危险动作，中小学生请勿模仿！

短短十七个字，掷地有声！

人民群众又是一阵亢奋，有成千上万的学生给 T 领导去信，建议把这犹如神注的十七个字添加到网络剧中，T 领导在接受国内最正规也最能体现国内政治方针的电视台采访时，慷慨激昂地陈词一番，应允了这一激动人心的请求。

然而艰难的探索时期才刚刚开始，教育部的M部长吹胡子瞪眼地给T领导通了电话，指责他在怂恿高中生早恋，这个行为是十分可耻的，彻底违背了国家的教育方针，是人民的公敌。

电话另一端的T领导虎躯连震，冷汗直冒，不停给对方弯腰道歉，好像M部长拥有一双千里眼可以看见他此刻虔诚的狼狈模样。

十七个字又改道：男女相爱乃危险动作，中小学生和高中生请勿模仿。

仅仅隔了一天，M部长又给T领导去电，道："经我再三思忖，大学正是所有学生的终点，也是教育体制中的重中之重，虚构的情情爱爱并不能正确地体现出健康的爱情观，爱情容易使人盲目，甚至荒废学业，这一点，我和D长官持同样看法，你知道怎么做了？"

于是，又改道：男女相爱乃危险动作，学生们请勿模仿！

然而这次探索依然没有完结，反而迎来了高潮，大批十几二十几岁的低龄青少年，因各种原因提前进入社会打工者感觉受到了歧视，联名抵制此次政策。这些人认为自己也应该享有这项权利，他们上街举旗游行，多家电视台竞相报道。

T领导再次做出调整，改道：男女相爱乃危险动作，二十四周岁以下人士请勿模仿！

这次绝对可以一劳永逸，永绝后患了。

T领导人还临时发挥了他蓬勃的幽默精神，在最后这条二十二个字组成的画面里，加入了一段与画面同样长达一分钟的歌曲：

五星红旗，你是我的骄傲……

五星红旗，我为你自豪……

…………

红底黄字。使老百姓在观看友情提示时，不至于沉闷无聊。

1:14 以前的审查制度不景气，我甚至提出过建议，在制片委员会——广电——文化部——教育局间，应该抓一点打假斗士进来构成一条食物链，让斗士们成为食物链顶层的男人。

看到现如今形势一片大好，我也就放心了。

这就是方桦给我的分手理由，响应政府部门的号召，从祖国的花朵成为祖国的栋梁。

虽然我不是很明白这条不三不四的进化论，但我接受了，也接受了自己成为一条公狗。照道理来说学校在绿化上下的成本要远高于教学楼，第一次进大学的时候，我还以为自己来到了欧洲悬崖边的某座吸血鬼城堡，随便一个拐角都能神不知鬼不觉地把一个女生拖到树丛里实施兽行。

后来我发现我之所以可以克制住自己，完全是忌惮于老孕恐怖的手段，每当我淫虫上脑时，立马大喝一声："阿弥陀佛"，随后几个人就开始做一些阿弥陀佛的事情。

1:15 失恋后的某一天，老孕的表情开始变得十分怪异，好像被别人附身了一样，看什么东西都是陌生的。

1:16 有一天，老孕突然跑进宿舍，这么臃肿的身躯跑了那么多路居然一点都不喘，他保持着十分冷静的神态，举手投足间充斥着一股007的谨慎感，他在窗台上四处望了望，拉上窗帘，宿舍骤然暗了下来，只勉强剩下几丝光线透过窗帘拼死挤进来。

我站在通往阳台的门前，配合着轻声问道，你有病啊？

老孕坐到地上，把我也拉到他身边，警告我，别站在门口，容易被子弹打中。

我愣了愣，还想再补一句，你有病啊？但他却一路狗爬着到了自己床边，打开柜子，拿出了一个粉红色的礼盒，交给我说，记住，一定要等到你死了以后才能打开。

我准备把疑问句改成陈述句，你一定有病！

然而在他小心地扯开一丝窗帘朝窗外看了几眼后，又突然站了起来，拉开窗帘，说，没事了。

我说，什么事？

他说杀手已经走了。

1:17 正常的日子就在那一天结束了。也许，在那之前就已经结束了。

1:18 有一天，当我在校园里走着的时候，无意中看到两三个黑衣人，他们每个人手里都有枪，其中一个人双手端着一把机关枪，他们都戴着墨镜，完全看不出他们的眼神在干嘛。

1:19 老孕失踪了，这是他失踪的第八天。我们是在他的酸奶过期前一天发现的，然后我们平分了他的酸奶。

1:20 方桦也消失了，我一度以为她和老孕私奔了。后来想想一个和我分了手的女生没必要和老孕私奔，我就继续玩我的游戏了。

1:21 第十八天的时候，老孕奇迹般地回到了宿舍，这次他完全变了一个人。他回来的第一天晚上又消失了。

1:22 第二天早晨，我们宿舍的电视和电脑在全都关机的情况下自行开机，画面都是一样的，一个蒙着面的黑衣人，脸上是海绵宝宝的笑脸。镜头开始转向一个穿着白衬衫的老头，看上去是个很重要的人物，因为他被绑在椅子上，面前搁着一小盆黄色的大便和一小杯黄色的应该是很稀的大便。

那个黑衣人说，这个是T领导，因为电视剧中最近经常出现"二十年后又是一条好汉"，"下辈子吧"，"奈何桥与孟婆汤"这些宣传封建迷信轮回转世，荼毒青少年思想的口号，而这正和他们之前颁布的政策背道而驰，所以应该直播吃屎。

政府部门发动了所有黑客以及电脑高手开始追踪视频信号，却全都惨遭碰壁，黑衣人貌似早就已经设好了陷阱，就等那些人往里钻。

外交部长连线英国首相府，指责对方国家的影视剧审查制度太过儿戏，导致本国现有人模仿《黑镜》中的桥段绑架T领导直播吃屎，以后因彻底断绝与英国的一切文化沟通。

英国首相幽默地指出，他正在吃早饭，能不能十分钟以后再谈这个话题，要不然很影响他的进食，首相还兴致勃勃地给外交部长讲述了一顿健康丰盛的早餐对一个人新的一天的心情和工作可以产生的无比美妙的影响。

外交部长只能在电话另一头玩起了愤怒的小鸟，毕竟吃屎的是T领导。然后英国首相开始发表他的个人观点，他对于本国一个有关部门的领导直播吃屎和《黑镜》中直播首相操一头母猪这件事情完全无法相提并论。而外交部长为了挽回颜面，开始以虚构和现实为辩护理由。外交部长提问完毕之后，英国首相又以外交部长的辩护理由驳斥对方，称既然虚构和现实无法混为一谈，那说明英国的审查制度并未出现任何儿戏的成分。外交部长拿起周总理的外交语录仔细翻看，尽管语录精辟幽默，大方得体，但没有一条可以移花接木过来。外交部长挂断电话，继续玩起愤怒的小鸟。

英国首相的这顿早餐吃得很不开心。

我们在宿舍里盯着电视机里的那个黑衣人，尽管他戴着一张海绵宝宝的面具，但他的身材和老孕十分相近，甚至举手投足间都能够感受到老孕迷人的气质，最重要的，果然还是看气质。

1:23 这件事情最后还是有惊无险地解决了，政府里的智囊团提出了一个《黑镜》中都没有想到的解决方法——停电。绑匪的目的是直播，没了电，你播给谁看？

T领导后来安然无恙地回到了家，一路上挤满了人，每个人都在等着T领导从车里探出头来，他们好上前闻个清楚。T领导站在家门前，义正言辞地说道，他没有吃那些东西，他是永远不会向恶势力低头的。

离得近的人闻到了一股牙膏的味道。

1:22 第二天，老孕还是没有回来，后来新闻上说，老孕自首进了监狱。

1:23 三天后，老孕带了一帮人越狱成功。外交部长致电美国白宫，指责美国对影视剧的审查过于儿戏，导致本国境内出现了模仿《越狱》的事件，要断绝一切与美国的文化交流。

D首长虎躯一震，意识到日本的动漫才是最血腥恐怖的，于是政府下令在还没有发生任何模仿日本动漫犯罪的前提下，断绝一切和日本的文化交流。同时，全国戒严，广发通缉令，逮捕老孕等人。

1:24 本国人民开始重新生活在闭关锁国的文化氛围里。

1:25 我在这种情况下，去了肯德基，碰到了方桦，他的男朋友长得很友好，但这恰恰是最可恶的。他如果长得獐头鼠目，我就可以无比欣慰。

方桦见了我很尴尬，你从一个尴尬的女人脸上是看不出她到底还喜不喜欢你的，她男朋友问我贵姓，我十分友好地回答，免贵姓北，叫大清华。

她男朋也友好地说道，北先生你好，敝姓冼，单名一个涤字。

我呵呵。

方桦说，我们正在被一个俄国的黑手党追杀，你一定要帮帮我们。

我说，一个黑手党，具体是指一个人还是很多人？

冼涤说，很多人。

我呵呵。

方桦说，下个月我们就要结婚了，希望你来参加。

我说，可你们这个月正在被追杀啊？

冼涤说，所以我们一直在逃啊。

我呵呵。

方桦说，千万不要报警，警察会以为我们疯了。

说着，她掏出一个咖啡色的礼盒，交到我手上，这是我最近收到的第二个礼盒，第一个礼盒据说要在我死后才能打开。

方桦说，记住，这个礼盒一定要打开，里面有很重要的东西，你一定要看，看了一定要藏好。

我怎么觉得剧情有点像《高堡奇人》，方桦和冼涤把这东西交给我之后就会被杀死，然后会有一个杀手假装成我的朋友，为的就是这个礼盒里的东西……

我说，是不是要等我死了以后才能打开？

冼涤说，没有啊，你随时都可以打开。

我呵呵。

我说，我要怎么帮你们？

方桦说，把礼盒打开。

1:26 好吧，你们以为莫名其妙的事情已经结束了吗？ No，才刚开始，从我打开这第二个礼盒的时候开始。

2:1 很久很久以前，世界被三座大山主宰，一座是银山，也是三座山中最为高大的一座，人类在银山的保护下，过着平平安安的日子。

2:2 一座是矿山，这是一座蕴藏着无限潜能的山，它给人类带来了希望。

2:3 最后一座是最普通的土山，又叫石头山，山上除了石头就是黄土，它无法保护人类，也无法给人类带来希望。

2:4 有一天，银山发现土山的几块石头在阳光的照射下泛着金光，它用钱收买了几个人类替它搞清楚那些金光是怎么回事。人类于是向银山报告说，那座土山其实是座金矿，每块石头里都是沉甸甸的黄金。

银山暗觉不妙，如果让人类发现土山其实是座金矿，那么自己的统治地位就会受到威胁，它命令那些人类不准伸张此事，然后它暗地里又买通了人类中的高级军官，让他们以"土山占地太广，且百无一用"为由，准备炸平土山。

有几个人类在得知真相后，欲告诉土山，却被其余人拦住，关了起来。

人类轰炸土山的计划已经开始实行，首先人类用飞机放了一颗小型炸弹下去，炸掉了土山的山顶。土山开始逃跑，飞机继续追击，放下了第二颗中型导弹，这一次整座土山还是只被炸掉了一小部分，而飞机导弹的毁灭性还远远不够。

人类换了高导弹，远程射击土山，土山目标过于庞大，又一次被击中，这一次土山几乎被炸掉了一半。

土山不明就里，只能继续奔跑，为了生存下去，很多石头都跳进了大海，它们以为到了那里就可以解脱，而那里才是真正的深渊。

最后是大型导弹，土山向矿山求救，矿山心有余而力不足。土山求助于银山，银山依然面不改色。

土山最终也无法摆脱粉身碎骨的命运。

幸存的一些土山石头后来被开发成了金子，发着耀眼的金光。

那么大的一座土山——金矿，经过几轮轰炸之后，就只剩下少得可怜的金子，其余的都成了炮灰，即便知道了真相，所有的人类也依然无动于衷，因为银山实在太过巨大。

3:1 礼盒里只有一张信笺纸，纸上写着的就是这个寓言故事，简直不知所云。文笔跟屎一样，情节低幼，逻辑混乱，结局突兀，我还不如去看奥特曼打小怪兽。我把纸裁得四四方方，和卫生间的卫生纸放在了一起。

3:2 下午上网的时候，一个认识了很久的女生，经常一起交流写小说的心得，她问我怎样把小说写得细腻。

我给她发了几部网上正在严打的色情小说，跟她说，好的色情小说文笔都是一流的，细节描写很生动，看了让人血脉喷张。

她问我，有没有别的办法。

作为女生看那些露骨的性爱描写肯定会不好意思，别的办法肯定有的是。

我回答，没有。

她回答，好吧。

她只打了两个字就下线了，害羞的两个字。

3:3 我心情很好，准备去超市。刚走出门，突然心底升腾起一种不安的感觉。

我这种行为算不算是在传播淫秽信息？听说对方还不满 18 岁，我是不是已经被人盯上了？这种糟糕的预感一直伴随着我，路上，原本就僻静的道路上，今天多了好多人，每个人都有点神色可疑。

左手边迎面而来的是个戴鸭舌帽，体格健硕的学生，耳朵里虽然塞着耳机，但是耳机的针头并没有插在任何播放器里，他虽然目视前方，但我知道他一定在注意着我。右手边迎面而来的是一对情侣，表面上看上去是一对情侣，但我能感觉出这俩人之间的感情非常疏远，况且二十四周岁以下的人不能模仿相爱这种危险动作，这么明显的破绽，以为我是猪吗？我会看不透？一定是我传播淫秽信息的事情被人发现了，现在正在被人围追堵截。

这时，我从身旁宿舍楼的玻璃窗上发现在我身后正有一个人悄声跟上来，他的右手正在胸前的大衣里掏着什么。

我的全身袭来一阵寒意，我做好了最坏的打算，逃跑。

我的举动出乎了所有人的意料，我神色慌张地回头望了一眼，发现那些人在说我有病！

我怎么会有病？我非常得正常，我知道有人要来抓我。

我明白了，他们一定是要强行给我一个"有病"的帽子，好把我抓起来，逼我吃药，然后将我送进精神病院。

我来到超市，我也不知道我还来超市干嘛，总之那些人没有跟上来。我要加快速度了，要不然一会儿等他们找到我的时候，只要把门口一堵，我就无路可逃了。

我买了瓶雪碧，我记得有一年在这里结账的时候，遇到了我的初恋，一个长得好像回到了远古时代的家伙跟在她身后傻呵呵地笑着，还留着鼻涕，还叫我的初恋"老婆"。

我初恋说，给我滚！用水遁滚！

然后那人就把一瓶矿泉水浇在了自己头上，学着鸣人他们结印，结了一半，忘了，重新结，然后双手后摆，跑了。

初恋看着我，先是很惊讶，随后露出一种违心的笑容，这种笑容的巧妙就在于她就是要让你知道，她才刚刚赶走一个傻逼，现在又来了一个。

我不觉有些心痛，拿着雪碧准备结账，突然发现整个超市的人都换了一批，这一批人身上都散发着一种黑暗的气息。

每个人都像是交赎金时，安排在四周的卧底警察。

在柜台上结账的一个女生手里拿着一个避孕套，还不时对我露出一种奇怪的笑容，大学生连早恋这种危险动作都不允许模仿，怎么可能会有人买避孕套？你当我傻吗？一定是卧底！她一定是发现我发现她露出了破绽，所以才对我不好意思的笑了笑。

什么牌子的？杜蕾斯？原来还有一盒被挡住了……杰士邦！

干嘛？拍电影吗？《志明与春娇》火了，你们就要来个《杰士邦与杜蕾斯》？

为什么还有一盒？到底几盒才够你们用的啊？冈本！干嘛，不是纯爱片咯，是三角恋？

那女生看着我，脸都红成和田玉大枣了，拜托你卧底也要卧得敬业一些好吗？怪我咯？

她买完单，一溜烟跑没影了，咳，一看就是新手，任务失败了吧。

其他人就不同了，看着都是经验老道的人，两三个穿黑衣服的学生假装聊天趁机挡在了超市门口，我要想从那里出去基本上完全不可能。

有两个面相极为不善的人慢慢朝我靠近，看样子是在试探我会不会再一次跑掉。他们的一只手都放在身后，眼神非常警惕。

我慢慢地向后退，退到角落的时候，那两个人站在我面前，与我完全僵持住了，其中一个人把藏在后面的一只手缓缓伸出，原来手里是空的，然后他神色紧张地拿起货架上的一件物品，等等，怎么是粉红色的？卫生棉？卫生棉！这两个大老爷们居然在买卫生棉！

另一个人和我解释道："他女朋友来那个了，让他出来买的。"说完呵呵地笑起来。还用胳膊戳了戳那人。

那人红着脸对我点了点头，就走了。

可以啊，连理由都事先想好了，而且想得滴水不漏。

我重新看了看门口，黑衣人还在，我一定要想办法离开这里。

我构思出了三个方案：

PLAN A：装作跌倒，推倒整排货架，这样一来就可以吸引他们的注意力，给自己制造逃跑的机会。

PLAN B：装作昏倒，有人上来试图叫醒我，我就劫持她，最好是个女生。

PLAN C：我要打十个。（作废）

新 PLAN C：装疯。

我琢磨良久，最后选定新 PLAN C，安全没有风险，也不会造成什么损失。

突然间，这条走道的两头都开始进人，来的人还挺多，前面五个，后面六个，他们已经把两头都堵死了，看来我只有坐以待毙了。

好在我灵机一动，拿起手中的雪碧，开盖，发现是再来一瓶，小心翼翼把盖子放在口袋里，然后……把雪碧倒在头上！

大喊一声：水遁！然后结印，门口的黑衣人被我这气势吓得连连倒退，退出了超市，我趁他们没有反应过来，夺路而逃。

3:4　惊魂甫定之际，我发现后面有好多人都追了出来，全都在说我有病。糟了，这群人越来越明目张胆了，而且他们已经同化了越来越多的人。

我继续我的逃亡之旅，宿舍明显不能回了，我开始朝着大学另一侧的校门跑去，没想到，那群人比我还要聪明，早就已经想到我会出现在这里，现在差不多整座学校的人都在搜捕我这个"有病的人"。

我只能在学校那古堡一般的绿化带里和那群人玩捉迷藏。突然，一双手伸了出来，是洗涤。

洗涤朝我嘘了嘘，将我拉进他的地盘，一块看似茂密实则空心的灌木丛。天色欲晚，光明也配合着落下了帷幕。

洗涤说，大青蛙先生，太好了，你没死。

我说，是大清华先生。

冼涤说，嗯，大清华先生，小桦在另一个地方等我们呢。

我推辞道，不用了吧，不是有黑手党的人在追杀你们吗？我去不合适吧？

冼涤盛情邀请道，合适，合适，不论什么时候，只要北大清华先生你想来，我们就欢迎。

我说，你太客气了，我真不去，还有别叫我全名，难听。

3:5　方桦见到我的时候，我的头上还是湿的，因为是雪碧，还有些黏黏的。

我们在围成一圈的教学楼第三层楼的走廊上汇合，方桦一见到我就问，你头上怎么湿的？

我说，出门太过匆忙，多打了点发蜡，你看还是黏的。

方桦说，怎么是雪碧的味道？

我说，对啊，最新产品，七喜牌的。

那个时候，她为了闻到我头上的味道，她的嘴几乎凑到了我的脸颊上。

她反应过来的时候，和我久久凝视到了一起。

冼涤探查了一下四周后，回来对我说道，大青蛙先生，现在没有人。

我说，是大清华先生。我知道没有人！我听得出来！

这句话说完，走廊上立马人声鼎沸起来。我们身旁的教室里不断有黑影闪出，一群人密密麻麻站在门口的走廊上，然后从人堆里走出一个肥胖的身躯。

老孕！

这次不是模仿《大逃杀》的情节，我也直播吃＊（我又不傻，关键字我不会和谐吗）。

主要是因为他们每个人的手里都有枪。

老孕拿枪口对着我说，你还没死？

我说，我也很开心见到你啊。

老孕又说，这么说，你还没打开我给你的礼盒？

我脱口而出，这辈子估计是用不上了（说完我开始担心"这辈子"会不会涉及到转世轮回的问题上）。

洗涤突然在我后面来一句，大青蛙先生，我们要不要开枪？

我实在忍无可忍地说道，请叫我北先生。

洗涤说，北先生，我们要不要开枪？

我回头看了看，差点吓得从走廊跳下去。

洗涤和方桦的手里也都拿着枪，我开始想通了什么。

我指了指老孕他们说，这就是你们说的黑手党？

洗涤和方桦摇了摇头，我终于长舒了一口气。

老孕一群人依然拿枪对着我们，慢慢地向后退着，然后逃离了教学楼。

3:6 一夜无事，天亮了。

我们一夜无眠，我们指我和方桦。洗涤在教室打着呼噜，我们上到了天台。

我和她提起《卡萨布兰卡》里的一个问题，这个问题她以前问过我，那是我们一起看完电影后，她问我，女主在那天夜里对男主说的话是不是真的，我说，不知道，也许是真的，但并不妨碍剧情的发展，无论是不是真的，男主都会选择让她们夫妻离开。

当时那么说，是因为我的重点是剧情的发展，而不是女主真正的想法。

我问前女友，女主当时是不是说的真话？她是不是想和男主在一起？

前女友说，重要吗？你不是只在乎剧情发展吗？

我们沉默。

前女友再次开口，没有人知道，随着饰演女主的 Ingrid Bergman 离开人世，恐怕就没有人知道答案了，因为只有她曾经当过女主，也只有她知道答案。在编剧的安排之外，她说不定也有自己的选择。

我接道，卡萨布兰卡后来改名为达尔贝达。

前女友道，是啊，电影和城市联系在了一起，当城市改变的时候，电影本身也好像失去了什么，就像发生在另一个空间里面……就和我们一样。

我无奈地叹了口气道，是啊，我们失去了卡萨布兰卡，迎来了达尔贝达。

但她始终没有告诉我为什么和我分手，又到底还喜不喜欢我，即便我们之间不是爱情，我也还是想知道答案，人类好像就是为了答案而存在的。

3:7 楼下浩浩荡荡袭来了一大波人，好像整个城市的人都聚集到了这里，为的就是把我这个"有病的人"抓走。

我问道，怎么办？

冼涤冲上楼来，对着方桦说道，小桦，动手吧，他已经走投无路了。

我好奇地看了看天台，除了我和方桦并没有别人。

我解释道，冼老弟，我和你未婚妻并没有做什么对不起你的事情，你理智一点。

方桦拿枪对着我说，时间到了。

这次我的确乱了分寸，如果这是一本推理小说，那我一定是那位从头活到尾，最后还死掉的侦探，因为我对这一切莫名其妙的事情完全一塌糊涂。

我还想再讲两句话拖拖时间，没想到方桦还真他妈开枪了，我的地理位置也不好，偏偏站在天台边上，我中枪后直接从五层楼上摔了下去。

卒。

3:8 我从宿舍醒来，床边放着老孕给我的粉红色礼盒。我觉得我应该是死了，虽然这个地方很像宿舍，这张很像我自己的床，但这里应该就是地府，我身上没有枪孔，骨架也没有摔碎。

老孕走进宿舍，对我说，打开礼盒。

我打开礼盒，以为里面又是一张破纸。

一把枪，粉红色的枪。

方桦和冼涤从阳台走进来说，他们来了。

我仔细想了想，用了一秒钟想通我还没死，因为这三个人不可能死。

我以为那群抓我的人又来了，没想到我出去一看……

妈的！都是丧尸（就是外表像腐尸，不能像活人一样思考的尸体）！

我吓得说不出话来，忙问他们怎么回事，有没有人可以解释一下，卫生间里是不是躲着一批人等会儿准备跳出来祝我生日快乐？

冼涤说，你中的是信仰的子弹，你现在已经无所畏惧，你是强大的。

我学青蛙叫了两声，然后说，说人话，你真把我当青蛙吗？

老孕说，这个世界已经被信仰主宰了，大多数人选择沉默，他们在我们眼中就成了丧尸，而在他们自己眼中他们只是普通人类。当你被另一种信仰的子弹，也就是我们的子弹打中之后，你就成了我们的人。

我说，那好办，用我们的子弹打光他们，让他们成为我们的人。

方桦说，不行，成为我们这方信仰的人如果处理不当，就会成为一群危险分子，他们会杀光这些在他们眼里是丧失的人类。这就是为什么我们要让你跟我们经历这些事情。

所以，老孕从转换信仰的那天起，就准备转换我了。而方桦给我的纸上面的寓意我也明白了，我们不能再沉默下去了。

丧失逼近，我们应该怎么办？

冼涤提倡发传单（也就是那张纸），老孕说继续逃亡，这就是他们双方上回见面时面色不合的原因。但我始终没有搞清楚，这两者到底在什么地方有冲突。

原来并没有什么黑手党，也没有什么人要抓我，是生活有的时候真的可以把人逼疯。

我拿起那把粉红色的手枪，和老孕一群人开始了逃亡，满眼都是丧尸向我们围拢。

3:9 下个月我还要参加　场婚礼。

该隐三记

第一章　该隐与恶魔签订契约并成为了恶魔

多诺从弟弟身体里拔出刀子，刀子上看不见一滴血，但弟弟的眼睛是睁着的——恐惧与不可思议凝结成的，像一具冰冷的蜡像，身体的温度在渐渐流失。

想骗我？刀上根本没有血！

多诺继续任由刀子蛮横地在弟弟身体里穿梭，同样没有一滴血溅出，弟弟的身休无论被捅了多少次，总是完好无损地躺在地上，像一团棉花裹着弟弟的衣服被弃在那儿，然后弟弟的眼睛突然被赋予了灵气，转过头来，看着他笑——嘲笑——妈妈回家又要骂你是笨蛋废物了，老是欺负我。

你给我闭嘴！

多诺拿过一张椅子，不断地砸向弟弟的头颅，什么都没有，还是什么都没有，为什么杀不死他？为什么杀不死他？难道他的身体里本来就没有血吗？十四岁的多诺毕竟体力有限，椅子在他手里就相当于扛着一抬大型机器那般沉重，他停下来，不停喘气，然后他的眼睛里像被人泼了颜料，对比之下，刚刚所有的画面都像是黑白的，他的目光所及之处，到处都是红色的血液，鼻腔里迅速涌入一股恶心的腥臭，他弯腰朝着地上不停地干呕，唾液顺着嘴唇一滴滴流到了水泥地上。

弟弟的声音从背后传了过来："你把我打死了，妈妈会不要你的，你是个没人疼的孩子，你是坏孩子，没人会和你玩，没人会做你的朋友。"

多诺随便抄起一样桌上的东西就朝门口的弟弟砸去，但是弟弟根本就不在那里，那东西砸到了门上，然后反弹到了桌子下面。弟弟还是躺在那里，他的头已经瘪了，脑内的组织流了出来，整个身体已经成了密密麻麻的马蜂窝。

十四岁的孩子用异常凶残的手法杀死了自己的亲弟弟，这对他来说是一件从未发生过的事情，没有人告诉他在杀了弟弟之后应该做什么，他也不知道，他呆呆地坐在地上的血泊里，把不成人形的弟弟抱在怀里，就像以前弟弟在他怀里睡觉一样。唯一的区别是，现在的弟弟再也不会醒来。他回忆起以前两个人在一起玩耍的时光，他们一起和泥巴然后扔到邻居家的墙壁上，不小心会打到窗户，然后窗户上就粘了这么一块不甚美观的脏东西，两个人说着快跑，就溜没影了。当然，无论他们跑得多快，大家都知道是他们干的。

母亲从来不会护着他们，作为单亲家庭的孩子，他们简直就是场灾难。别人家父母离婚，双方都是争着孩子的抚养权，而她们呢，巴不得在这对兄弟出生的时候就把他们扔进粪坑里淹死。他们母亲一定是倒了血霉，才会忍受抚养这对孩子的事情吧。所以在她眼里，两个孩子都是累赘，说不定，她会找个合适的时候，月黑风高，在他们熟睡的时候，悄悄地永久地解决这场麻烦。

讽刺的是婴儿也像毒品一样会让所有人都上瘾，而那些真正冷血禽兽的人，反而可以抵抗住这种毒品。毕竟母亲没有在他们还是婴儿的时候就下手，也许她也曾经怀有要爱自己孩子一生一世的时候。这就是母性，这就是母爱。

只有在孩子成长的时候，他们才会发现这种毒品的危害，如果父母是意志力不够坚定的人，那么这种毒品会渐渐消磨掉他们的所有。

多诺不知道在地上抱着弟弟抱了多久，他们身上的血已经变得发黏发稠，颜色也越来越深，浓浓的血腥味充斥着整个房间。突然，他听到了一阵不紧不慢的敲门声，然后是住在隔壁的查老板的声音。查老板是卖水果的，为人非常爽直，然而这只是他试图给别人留下的印象，其实他平时有一百种方法可以在卖水果的时候在价钱上占点客人便宜，由于手法娴熟，经验丰富，所以很难被人发现。但对于还是孩子的多诺和弟弟，依靠着他们矮小的身材，那些伎俩在他们眼前简直就像是慢动作一样，在谈笑风生间就被他多赚了一笔。如果仅仅是这样，查老板的生意一定做不了多久，妙就妙在查老板的脑子非常灵活、变通，一旦客人有所察觉，他就顺势多送两个其它水果出去，客人一旦见了这种甜头，哪里还会反应得过来。

多诺轻轻放下弟弟的尸体，慢慢地走到门前，伸出手，手上全是暗红色的已经快干涸的血。

门缓缓开启，天色已暗，而房间里却还是黑得没有一丝光线，查老板在敞开得不大的门缝中间瞥见一个黑乎乎的小人，这个小人一双发亮的眼睛也正在看着他。

查老板就这样站在门外，整个人莫名有些发怵，他勉强分辨出对方的身份后，说道："多诺吗？你妈妈还没回来？"

多诺点点头。

查老板又问道："多诺，你脸上是什么东西，是不是把墨水洒了？"

查老板一提到墨水，他的鼻子登时闻到一股强烈且恶心的腥臭味，他的心里已经知道屋子里一定发生了什么很可怕的事情。

然而，多诺还是点点头，不发一语。

查老板是个爽直的人，他特别喜欢帮助别人解决麻烦，所以他接着问道："家里是不是出了什么事？弟弟是不是生病了？要不要我带他去医院？"

多诺摇摇头，好像整个人都融进了黑暗里，使得他面上已全无人色。

查老板越来越不放心，用自己一半的身子抵着门，试图把门全部推开，出乎意料的是，多诺看出了他的企图，却并没有想要阻止，而是转过身，慢慢地朝里面走去，走到客厅，盯着地上的物体。

查老板愈感不妙，特意回身把门锁好，也走到客厅，眼前的场景使他倒抽了口凉气，整个客厅几乎全都溅上了血，一具血肉模糊的躯体像堆烂肉般横陈在地板上，气味相当冲鼻，他一个卖水果的哪里看过这种场面，胃里一阵翻江倒海，胃酸几度冲上他的喉咙又被他强行咽了回去。

查老板看着多诺，问道："多诺，这不会是你的弟弟吧？到底发生了什么事？"

多诺原本发亮空洞的眼睛突然变得格外凶残，他像念咒语般说道："我杀了他……我杀了他……"

查老板一个无比壮实的成年人，在这个十四岁的孩子面前居然忍不住打起了寒颤，他发现他的一双腿都已经发软了。

查老板以为多诺一定是受了太大的刺激才会说出这种话的，便安慰道："说什么傻话，当哥哥的怎么会杀死自己的亲弟弟？而且，这凶手一看就无比残忍，你还是个孩子……"

多诺突然大吼一声："是我！是我杀了他！"

这一吼把查老板彻底吓蒙了，他居然想当着这个孩子的面逃离出这个地方，他的脸上堆满了硬挤出来的笑容，他也许希望这种笑容可以使对方冷静下来。多诺的眼睛冰冷锋利，一直背在身后的手里，拿出了一柄闪着寒光的血刃。

多诺的弟弟又出现在了客厅里，他还是在用嘲讽的语气对哥哥说道："你又要杀人了？你是胆小鬼！你是坏孩子！妈妈不要你了！你是坏蛋！我最讨厌你了，我讨厌哥哥！"

"我讨厌哥哥……我讨厌哥哥……我讨厌哥哥……"

弟弟的声音不停地在多诺耳边响起，弟弟还不断向他扔各种杂物，多诺愤怒的火焰已经熊熊燃烧了起来。

查老板见多诺即将失控，迅速奔出客厅，冲上大门，他忘了自己之前上过锁，等他把锁解开时，他的人已趴在门上，缓缓倒了下去。那双眼睛一直睁着，满目都是不可思议，他经历了人生的起起伏伏，结果就是为了死在一个小孩子手上。

此时，大门正好从外打开，一个被岁月折磨得消瘦、几近崩溃的女人出现在了门口。

多诺的弟弟也站在门口，对着看到这一幕的妈妈说道："妈妈，哥哥又欺负我，他把我杀了，他把我弄得很疼，他是坏蛋。"

女人迅速关上房门，深吸了一口气，被吸进肺腔里的空气好似带着刺，不停扎着她身体里的每一处血管。

她一句话都没说，只是严厉地盯着自己孩子，多诺丢掉了手里的刀，害怕得蜷缩成一团，他坐在地上痛哭了起来。

女人放下手里的包，将门口的尸体拖到客厅，就在这里，她发现了自己的另一个儿子——一具不成人形的尸体。她还是没有任何反应，好像这种场景早就在她的脑海里出现过，她冷漠的面上像结了霜，她放下手里的尸体，坐进沙发里，点了根烟，静静地抽着。这完全不像是死了两个人的房间，母亲在客厅抽烟，作为凶手的儿子在门口哭泣，没有任何的交流，这里一片死寂。

女人把还剩一截的烟头扔进血泊里，那里一共有五枚烟头了。第六枚烟头落下，发出"呲呲"声后，她站了起来，走向门口。

"滚！滚出去！"不带任何感情。

多诺早已哭得没了力气，他无力地抬起头，看着自己的母亲，眼睛里满是绝望，他被抛弃了，他被自己的母亲抛弃了，就因为他杀了自己的弟弟，杀了她的儿子。

多诺的弟弟笑着道："你看吧，妈妈不要你了，妈妈不要坏孩子，妈妈不会要一个杀人犯当儿子。"

多诺冲着弟弟的方向声嘶力竭道："你给我闭嘴！你死了，妈妈没有为你流一滴眼泪！她也不关心你！"

女人诧异地看着自己的儿子，两个死人都没做到的事情，多诺做到了，他让自己的母亲震惊了。

女人狠狠地在他脸上抽了一巴掌，多诺无法承受这种力量，顺势倒了下去。

女人扯着自己被烟酒渐渐磨灭的嗓子低吼道："滚！畜牲！我从没生过你！"

弟弟蹲到多诺跟前，建议道："那女人真的没有为我流一滴眼泪，你杀了她吧，我们对她来说真的连狗都不如，她现在不要你了，她要抛弃你，还骂你是畜牲！"

女人的身体开始颤抖，她好像在忍受着什么巨大的痛苦，她回到客厅，找她丢在沙发上的烟盒与打火机，此时，之前被丢在地上的刀——杀了两个人的凶器，被捡了起来，多诺缓缓走向客厅，走向自己的母亲……

多诺像个魔鬼般敲响了邻居家的门，开门的人以为是一家之主查老板回来了，脸上洋溢着温暖的笑意，然而，出现在门口的却是多诺，一个恶魔，恶魔带来的只有死亡。

第二章　　该隐被逐出伊甸园并面临抉择

多诺把自己身上的血渍全部冲洗干净，换了身破旧的衣服——家里基本上没有新衣服。他从家里走了出去，他也不知道他要去哪，也许像他这样走着，就能走到妈妈去的地方，还有查老板一家也许也会在那儿。

他来到了一片沙漠，沙漠的入口处站着一个留着短须的男人，男人像个卫士一样昂首挺胸地站着，眼睛望着远方。

多诺从他身边走过，想进入他身后的那片沙漠，但那像卫士一样的男人伸手拦住了他。

男人说："你们不能进入这片沙漠。"

多诺看了看身边的弟弟，问道："你看得见他？"

男人说："当然，我可以看见任何人。"

多诺又问道："死人也可以？"

男人说："我不知道，我从没见过死人，我这辈子看见的一直都是活着的人，他们都活得好好地，如果你身边的孩子是死人，那他和活人并没有什么区别。"说着，他清了清嗓门，对多诺的弟弟说道："你是死人吗？”

　　多诺的弟弟说道：“是的，我想我已经死了。”

　　男人惋惜着道“哦，那真是太可怜了，你还这么小，你会去哪儿？”

　　多诺的弟弟说：“我也不知道，可能我会永远跟着我的哥哥。”

　　男人又问多诺：“那么这位哥哥，你要去哪儿？你会带你死去的弟弟到什么地方去？”

　　多诺耸了耸肩，道：“我不知道，我现在就想进入这片沙漠，我看到沙漠里发出了一道光，好像有什么东西在指引着我向它而去。”

　　男人回头看了看一望无际的沙漠，那些明明近在眼前一目了然的地方，看上去却那么遥远，遥远却并没有什么奇特的光芒。

　　男人说道：“不行，这片沙漠是属于我的，我掌管着这片沙漠，你们不能进去。”

　　多诺问道：“你说这片沙漠是属于你的？”

　　男人道：“是的。”

　　多诺道：“可是你要一片沙漠干什么？”

　　男人道：“我也不知道，但我会让每一个经过这里的人都知道我掌管着这片沙漠，这就足够了。”

　　多诺又问道：“可是这片沙漠很大很广，你具体掌管着这片沙漠的什么？沙子？风？水？还是沙漠里的动物和植物？你可以让它们停止一切活动吗？当你说继续的时候，它们又会再次开始？”

　　男人露出了困惑的神情，尴尬地说道：“我……我想……我不能。”然后他又理直气壮地说道：“但我掌管着这片沙漠！这就足够了！”

多诺垂下了头，他感到沮丧，他早就知道没有人会收留他，收留一个杀人犯，连这么广袤的沙漠都不能。

他继续向前走，掌管沙漠的男人叫住了他，他的表情好像比多诺还失落，也许是因为他刚刚失去了一个能够仰视他，崇拜他的人，他靠路人的信仰而活。

男人断断续续地说道："其实，如果你们身上有钱的话，我可以让你们进去。"

多诺回答说："我没有钱。"

男人又显得很忧虑，他开口说道："只要你们进去之后可以找到足够的水源带来给我，我就放你们进去。这交易怎么样？"

多诺说道："我进去了就不会再回来。"

多诺走了，男人后悔得直跺脚，他气自己怎么不想一个最为简单的方法来骗他进去。

多诺沿着沙漠边缘的围墙走了很久，很久很久，他们来到一家裁缝铺，裁缝铺的老板戴着又圆又小的金丝边眼镜，他已上了年纪，裁缝铺已经很久没有人光顾了，每一个客人对他来说都是罕见的，稀有的。罕见稀有的东西就需要珍惜。

他叫住了多诺和他弟弟，他也同样可以看见死去的人。

老板说："两位小朋友，我这里有上好的料子可以给你们做两套崭新舒适的衣服，你们要不要进来看看？"

多诺指着弟弟问道："你也可以看见他吗？"

老板笑了笑说："当然，我不仅能够看见他，我还知道他已经死了。"

多诺稍稍有些吃惊，这种情绪转瞬即逝，他转而又问道："可是我们身上没有钱。"

和之前的男人相比，老板就聪明得多，他还是笑了笑道："没关系，我的店从不收钱。"

多诺问道："那你收什么？"

老板意味深长地看了眼多诺身边的弟弟，说道："灵魂。"

多诺完全明白他话里的意思，他摇了摇头说："不行，我杀了他，我就不会把他的灵魂交给任何人。"

老板依然不为所动地笑着道："没关系，我知道你杀了他，我还知道你杀了很多人，你放心，我不会报警抓你，也不会对你怎么样，但在你听过我的交易之后，我相信你就会改变主意的。"

多诺听着。

老板说道："你知不知道，这里方圆几十里荒无人烟，我店里的这些丝绸布料是从哪里来的？"

多诺摇头。

老板继续说道："是灵魂，每一匹布料都耗费了一个宝贵的灵魂，这些灵魂使做出的每一件衣服都具有灵性，让它们看上去永远那么美，那么时髦，那么吸人眼球。每当夜晚你穿了一天之后，你只需脱下来抖三抖，它就又会变成一件新衣服，无论你想穿什么样的衣服裤子，这些布料都可以满足你的愿望。"

他顿了顿，继续道："但这还不是我的主业，我最拿手的是给灵魂做一具完美的躯体。肉体在你们看来是最珍贵的，但在我眼里是最最廉价的，就像你们自己所说，肉体只是一具臭皮囊，我挥挥手就能做出成千上万具。我可以帮你做一具崭新的肉身，让你成为另一个人，一个从未存在过的人……"

又是一次停顿。

老板终于露出了狰狞的眼神道："不过代价是……灵魂！他的灵魂！"

多诺的面上依然面无表情，他淡淡道："谢谢，不过我不想变成另外一个人。"

老板道："你不想过上另一种生活？美好？家庭和睦，十分疼爱孩子的父母？十分可爱，对你非常依赖的弟弟？你会成为某一学科的博士，迎娶一个美丽贤惠的妻子，生下一对可爱的双胞胎……"

多诺歇斯底里道："你别说了！那些不属于我！"

老板问道："难道现在的生活就属于你吗？我问你，你为什么要杀了你弟弟？"

多诺恶狠狠地看了一眼老板，疾步如飞地走了。

唯留下裁缝铺老板瞠目结舌地站在原地，他还从来没有遇到过这种事情，这种挫败感可能会影响到他的一生。也许他并没有真正地走入多诺的内心世界。

朝阳成了夕阳，夕阳成了月亮，月亮又成了朝阳，他已记不清自己到底走过了多少朝阳，遇见过多少夕阳，夜晚又错过多少次月亮。他想找一个地方好好休息一下，但他所到之处，都是荒芜人迹，他好几次怀疑地球上是不是只剩下他一个人了，他好累，也好想哭。

当他醒来的时候，耳边传来海浪拍打沙滩的声音，一股咸咸的海风迎面吹来。他朝大海走去，被打湿的沙滩紧紧抓着他踏下的每一步，他享受着这种空旷带来的美好，恬静，大海友好地和他打着招呼。

此时，远方传来一阵悠扬的乐声，婉转动听，唱歌的人一定是名非常美丽动人的女子。多诺举目四望，终于看到在海洋的深处漂浮着一位身材颀长、看上去不食人间烟火的美丽少女，他登时就被她所吸引，慢慢地朝着海里走去，歌声在引导着他，他的步伐愈来愈快。

突然，一只手拉住了他。多诺转过头，弟弟瞬也不瞬地看着自己，拉住自己的那只手孔武有力。

"你过来呀，你为什么不过来？"那位少女就算不唱歌时，声音也同样迷人。

多诺的身体开始与弟弟抗争，弟弟说道："你忘了你的理想吗？你想成为什么样的人？你想为这个世界做些什么？"

多诺开始动摇了。

弟弟又道："她是妖怪，她会吃了你的。"

海里的少女说道："你的弟弟早已经死了，连灵魂都算不上，他只是你心里的一道回忆罢了。你来我这儿，我可以给你一个你想要的家，我会永远陪在你身边，永远照顾你，没有人会来伤害你。"

多诺内心的渴望被看穿，他决心要向少女那边走去。

弟弟抱住了多诺，哭着说道："你知道妈妈为什么要让你滚吗？让你滚出那个家？"

多诺停了下来。

弟弟说道："她想让一切看上去像是她造成的，她想把所有的罪名揽到自己身上，她不是真的不要你，是想让你离她越远越好，永远不要牵扯其中。她是爱你的。"

少女说道："多诺，你为什么要杀了你的弟弟？你现在又要相信他说的话吗？"

多诺问道："你会怎么照顾我？"

少女沉默良久，道："我会给你一切你想要的。"

多诺说道："错了。你从来都没有照顾过别人吗？你从来都不知道如何关心别人，如何去爱一个人，对吗？"

少女冷笑一声道："你不要忘了你是一个杀人犯，你有什么资格来指责我？"

她邪恶丑陋的一面终于露了出来："我是从来没有照顾过别人，因为我是妖怪，我只吃人，我吃人的时候连骨头都不吐，一根根嚼碎了吞进肚子里，你看我还不是照样美如天仙，我的歌声照样灵越动听，在我的海上我就是上帝，我做着比你做的残忍一千倍一万倍的事情，我的生活还是什么都不用担心。而你呢？你杀了几个人，就变成了这副样子，堕落，颓丧，没有任何用处，没有任何未来，你和死了还有什么分别？"

多诺无法反驳，他的确是这个世上最没用的人，他和死人的确没什么区别。

少女又建议道："所以，你为什么不走过来，让我吃了你？至少你会是我最有味道的一顿午餐，那将足够我回味很久。"

多诺闭上眼睛，迈开了步子，海水继续拍打着他的裤腿，他决定舍弃所有的一切。

多诺去公安局自首了。

第三章　　该隐重回伊甸园与他最后的告别

根据未成年人保护法的规定，未满十八周岁的多诺在进行过一段时间的教育与处罚之后，重新回到了社会。

他在福利机构的帮助下，开始和一群陌生的孩子相处在一起。

他的身份被严密保护了起来，只有少数几个人知道。知道的那些人都对他的一举一动充满了警惕。

每次和他同龄的孩子在外面的操场上玩耍时，多诺只是呆呆地站在场地外，好像他并不真的在那里。那些小朋友并不知道他到底在想些什么，他们中也没有人知道他的来历，他就像一个陌生的访客，很少说话，也没有什么朋友。

一只篮球在地上跳了几下，跳到了他的脚边，随后一个胖胖的男孩满头大汗地跑了过来，对他说："可以帮我把球捡起来吗？我累得不行了，实在懒得弯腰。"

多诺犹豫了一会儿，最终还是把球捡起来递给了他，如果这样就能解决问题的话，他当然非常乐意。

然而胖胖的男生抱着球，非常热情地邀请多诺也参与到他们的运动中去。多诺的眼睛里露出了恐惧，他转过身，向楼道里跑去。胖胖的男生不得不承认，多诺像很多人说得那样是个怪人。他还听过一种说法，这种说法相当恐怖，甚至被认为是无稽之谈。

那种说法是，多诺是件连环凶杀案的犯人。

每当他看到多诺，又把这种说法与他身影重合时，他就觉得不寒而栗。

对于多诺身份的猜测在学校里犹如飓风般席卷而来，就在很多人都对他避而远之时，班级里的一个女生反倒对多诺产生了浓厚的兴趣，或者说对他产生了好感。她对那些不利于多诺的说法充耳不闻，觉得那些都是愚蠢的杜撰。

在某一天课间休息时，她看到多诺一个人站在走廊上，所有的人都出去玩了，她于是鼓起勇气向多诺走了过去，对他说道："多诺同学，你要不要听我唱歌？"

多诺被这突如其来的嗓音打断了思绪，女生看到多诺一脸不知所措的表情，自己也突然自卑了起来。她脸上堆满了尴尬的笑容，急忙解释道："我是说……一个人肯定会有一两样爱好的，比如我，我喜欢弹钢琴，唱歌，看漫画，多诺同学呢？你喜欢做什么？"

多诺冷冷道："站着，什么都不做。"

女生早就知道自己会像现在这样碰钉子，她已经有了心理准备，她又问道："那么……你愿意听我唱歌吗？或者弹钢琴？"

多诺面无表情的看着她，很奇怪这个女生为什么要让自己听她唱歌弹琴。

女生拉着多诺的手，带他跑进了音乐教室，她们来到一台闪着贵族光泽的黑漆钢琴旁，女生优雅地坐了下来，手飞快地在黑白琴键上飞舞着，多诺虽然不知道她弹的是哪首曲子，但他觉得这音乐非常得美妙，比海妖的歌声更动听，温暖得仿佛使他进了天堂，他的心好像终于找到了一个可以依靠的港湾。

弹钢琴的女生开始唱歌，歌声也充满了爱的气息，多诺以为他会就此在这种美好的旋律里重生。

本来十分陌生的女孩，在他眼里也突然间变得楚楚动人了。

那天之后，每当多诺和女孩再次相见时，多诺的心总会砰砰乱跳，愈是离得近，就愈跳得快。

之前那个让多诺帮忙捡篮球的胖男孩也在试图靠近他，可能他觉得这样做，会使自己变得很伟大。他在帮助他，他需要了解他，使他能像正常人一样交朋友，聊天，玩耍，如果他能做到，那就等于拯救了他。至于那些无聊的谣言，让它们见鬼去吧，他相信他所看到的是一个和自己一样正直善良的孩子，他们永远不会伤害任何人。

多诺无法拒绝任何人走近自己，同时，他却能够确保不会有任何人可以走进自己。他把自己当成了海上的孤岛，内心与世隔绝地活着。时间一长，胖男孩给了多诺很多帮助，女孩也总是带着多诺去琴房听她弹唱，他慢慢开始觉得也许自己可以重新开始自己的人生。

如果继续发展下去，他会拥有一个两肋插刀的好兄弟，和一个多才多艺美丽温柔的小女朋友。然而，他的余生注定不会像普通人一样安稳地过下去。

那一天，他的弟弟又出现了，自从他去自首以来，他的弟弟就没有再出现过。

就在多诺要入睡的时候，他的弟弟坐在小房间的椅子上看着他，阴恻恻地笑着说："哥哥，你终于过上我和妈妈都希望过的生活了，这可真是太好了，我真羡慕你。"

多诺的瞳孔极具放大，那些被他以为早已放下、遗忘的罪恶感又再次袭来，他又陷入了无比的痛苦中。他庆幸因为之前睡五人宿舍时总被人欺负，而被单独调到了一个单人小房间，现在他可以尽情地哭泣。

多诺的弟弟还在说着："哥哥，你以为你已经摆脱我了吗？我会永远跟着你，每当你觉得你可以改变自己，重新开始生活的时候，我就会出现，我会让你一辈子都陷入痛苦中，都活在内疚里。"

第二天，多诺把胖男孩和女生叫到了校园的一个角落里，他决定告诉他们一切，然后……

胖男孩和女生都很奇怪，多诺为什么要把他们叫到这种地方来。多诺一直把手放在后面，嘴里吞吞吐吐，显得非常踌躇，似乎在为接下来要说的事情下很大决心，虽然他之前已经下过一次了。

等了很久，多诺才郑重说道："我来之前想了很多，我把话都写在纸上，为的就是把我的想法全都告诉你们，但现在，我想尽量简洁一些。学校里的谣言是真的。"

胖男孩和女生怔住了，他们缓了好久才说道："哪句谣言？"显然他们心里已经有数。

多诺说："我是杀人犯。我杀了我弟弟和我妈，还有邻居卖水果的一家。"

胖男孩已经吓得退缩了两步，反倒是女生向多诺走了几步说："你是不是受了什么刺激？"

多诺恶狠狠地回道"我说是就是！我杀了他们！但我是未成年人，法律没有判我的罪。"

女生眼含着泪问道："你为什么要杀他们？"

多诺把经过全都告诉了她，然后她又问了一句多诺最不想回答的话，这是他一直在逃避的问题："你为什么要杀了你弟弟？"

多诺记得裁缝铺老板和海妖都问过他这个问题，现在他不得不做出正面的回答。

多诺道："那天，老师让全班的同学把自己将来要成为什么样的人写在纸上，我弟弟写了科学家，而我写了伟大的人。结果，老师点了我的名，让全班同学都来嘲笑我。"

女生问道："为什么？"

多诺继续说道："我弟弟回家后告诉我，你可以告诉整个世界，你想当医生，你想老师，你想当警察当科学家当演员，但你就是不能当伟大的人。我不明白。我弟弟就说，除非你为了救人而牺牲了，否则你就永远无法成为伟大的人。伟大的前提是你必须是个死人。你想当伟大的什么人？音乐家？作家？歌唱家？画家？还是发明家？在活着的人当中，没有人能称得上伟大。最重要的一点，那些蠢货才不会认为和他们一起学习一起长大的人会成为一个伟人，就算你真的是，他们也不会把你放在眼里。他们就是如此的肤浅，无知又愚蠢。”

"我问弟弟，你真的想成为科学家？弟弟说，当然不是，那只是做做样子，与其被人嘲笑，成绩差被人说笨蛋没出息，我还不如干脆就当个大坏蛋，我长大了要去抢银行，我要把老师全家都杀光，哈哈哈……我的理想是不是比你的伟大很多？”

"他一直在笑，笑得越来越大声，我不知道老师和妈妈平时对我们的打骂对他会造成这么大的影响，我怕他……我怕他真的会……成为他所说的那种人。”

女生的眼泪不停往下滴，她哽咽着说道："所以，你杀了他？”

多诺默认了。

女生又道："可你为什么要杀了查老板一家，如果说查老板和你妈都必须死，那么他家的人又为什么，她们不是死得很冤？”

多诺的眼眶也已红了，他嘶哑的声音说道："当你连续杀了三个人之后，人命在你眼里就和踩死几只蚂蚁没什么分别。老实说，我也已经忘了当时到底为什么还要杀更多的人，就好像杀人的不是我，有魔鬼占据了我的身体。”

胖男孩战战兢兢躲在女生身后，战战兢兢问道："那你现在告诉我们这些，是想做什么？”

多诺一直藏在后面的手开始动了，好像是在抽出什么东西，胖男孩和女生立时充满恐惧，向后不停畏缩着。

然而，多诺抽出来的只是一幅画，一副画有他们三个人的画，画的水平对于一个未成年孩子来说，简直不可思议，无论是色调布局还是人物的面部表情巨细靡遗恰到好处地展现在上面，三个人的身后是荷兰水车，还有一座冰山，他们的脚下绿草如茵，那是他们曾经讨论要去的地方。

就在他们欣赏着这幅画时，多诺早已消失得无影无踪。

多诺又回到了他以前的家，那间死了三个人的凶宅。他在吊灯上垂下一根绳子，将自己的脖子伸进打好的圈套里，他的弟弟就在下面看着他做这一切。

"哥哥，还记得老师讲过的圣经故事吗？该隐杀了弟弟亚伯，耶和华觉得他的品行恶劣，将他赶走了。也许，我才应该是该隐，我才是罪恶的那一个，其实是我杀了你。"

"该隐"把多诺脚下的凳子踢开，多诺闭上双眼，静静地等待着，等着做一个伟大的人。

侦探千层

第一章　　品味

寒月微隐，蛮雪大侵。

冬日已酣，灯火阑珊。

阑珊的灯火后，杜二开只有一个选择，按计划收拾好犯罪现场，把一切指纹全部擦除（他的一双手一直都很小心），然后和地上的这具"太平洋上的孟加拉虎"分道扬镳。

他一直以为他们两个是共存的，但他发现自己错了，错得离谱。

人总归要犯错的，而且杜二开犯的还是大错，这个大错他早晚都要犯，不是今天就是明天，明天太远，所以他选在了今天。大错已铸，重要的是怎么把后果降到最低。

凶器是随处可见的红色塑料绳，烧成一团碳球后就用抽水马桶抽走了。

杯子？自己用的杯子已经处理掉了。

脚印？这种人当然不会发现自己今天特地穿了一双大自己两号的鞋来，鞋子的鞋尖部分塞着一小团棉絮——一手好的书画当然不能让它留白。

尸体就在地上，就像落叶，你回首的时候，它就到了地下。

短短四季成了它的一世，一季幼一季绿一季黄一季落。

它知道黄的一季要来，落的一季也要来。他不知道，他以为自己可以盘根错节，四季常青，他知道的总是太晚。

人活着就是不能太糊涂，至少要分得清眼前的这个人眼睛里有没有杀意，要是糊涂了，他也就死了。

死寂的一片，白雪下的短暂盛世。杜二开就借着这纯洁的甘泉，洗涤满手的血腥。每一步刻在雪地里的脚印都是沉重的，每一步的罪恶感都在减轻，他走的越远，越感觉到那些罪恶的灵魂如开不尽的平方根后的无数位小数，没有到头的一步。

而这一切都来自第一步，多么绝望的一步。

第二章　　磨豆

千昼是个人，一个怪人，聪明的怪人。

一个人若是太聪明了，就会让人忽略掉他奇怪的一面，就像一个女人若是太漂亮了，就会让男人忽略掉她蛇蝎般的心肠。

并不是每一个漂亮的女人都有蛇蝎般的心肠，也并不是每一个聪明人都会有千昼这么奇怪。

"那你是怎么想的？"

"不错，你说的很有道理。"

"我不这么认为，我觉得真相应该是这样……"

你以为他在跟人说话的时候，他却在跟空气说话；你以为他在水池前发呆时，他却在等空气洗完脸；你以为他对面的那杯茶是给你喝的，他却是给空气喝的；你以为警局在录用他时给他做过精神测试？警局是把他抢过来的，慢一步都要多吃一次降压药（包括不吃的）。

现在，他的面前就有一杯茶，明前的龙井，好茶！等这个冬天一过，茶就不值钱了。

上好的茶具下躺着一具尸体，螃蟹般凸出的一双斗大的眼睛，脖颈上深紫色的勒痕周围有淤血聚积，敞开的棉袄胸口露出一件藏青色的保暖内衣。

死者名叫孟虎，无业，男，租住在这户人家的二楼靠北的房间。中等身材，短发，屋里随时散发的酒味已经有些年月了。

第一案发现场并不是这里——死者租住的房间，而是在向北走大约 20 分钟的路边，被雪覆盖着（按照昨夜大雪来说，并非人为，只用三四个小时便能将他遮住）。

他之所以会在这里，是因为一个人，这个人自然是千昼。

同样身为刑警兼警校同学的白笃还是一脸茫然地拿着小皮革手册，专心致志地记录下千昼所说的每一句话（因为怕漏记什么，他的额头已经开始出汗了）。

白笃虽然老被人叫成四眼，但他每次一到案发现场，千昼一讲话，他就恨不得自己有四只耳朵。

千昼说："好了，现在你说一遍。"

白笃愣了愣神，不敢发问，照着笔记一字不落地念了起来。

"等等，你在干什么？把那东西收起来，我让你说一遍我为什么要把尸体放到这里来。"千昼毫不顾念昔日同窗之情，当着其他正在忙碌中的同事如此说。

白笃擦了擦额头上的汗说："呃……"手心也已经开始冒汗了。

千昼说："你很热吗？我怎么感觉很冷。"

白笃依稀记得上回有一个罪犯被千昼问了同样的问题，但那时千昼的潜台词是"凶手就是你。"而现在，他完全没发现自己是在紧张。

白笃翻遍了笔记也没找到尸体被搬到这里的原因，他突然恍然大悟道："你好像并没有告诉我啊！"

千昼无辜地眨了眨眼，说："我当然知道我没说过，白笃君你也不能老靠我啊，看清楚，这个人里面只穿了一件单薄的衣服，外面这件棉袄可以说是特意披在上面的，也就是说……"

白笃抢着道："昨天晚上这里有客人！是在他已经上床之后！这里才是真正的第一凶杀现场。"

千昼没有露出任何满意的表情，他接着说："这里只有一个茶杯，泡的还是龙井，睡觉前还喝浓茶，真不知道这人在想什么，喝惯了也许也没什么，另一个人的茶杯肯定被清理掉了，但是我没有在垃圾桶里发现茶叶，也就是说那个人只喝了杯白开水。"

白笃说："也许他没有喝水呢？"

千昼说："一般来说，如果客人没有要水喝的话，主人应该不会喝，再加上他已经上床睡觉了。"

白笃又拿出皮革手册开始记起来，千昼继续说："当时的情况应该是这样，凶手在死者上床之后来敲门，他们应该是认识的，凶手趁着死者在泡茶时勒死了死者，死者就以现在的方式躺在了地上，谢谢你的演示。"

　　如果白笃没有听错，千昼最后一句话应该是对死者说的，而且在千昼的眼里，恐怕死者还对他点头说了声不客气。

　　千昼继续问："还有什么，这里还有很多东西可以做出推断，仔细想想，看看你的笔记。"

　　不是不让看笔记吗？

　　白笃绞尽脑汁，死了一大批脑细胞后，终于有了一个不大的突破："脖子的勒痕附近有抓伤，应该是死者在死前挣扎时留下的。"

　　千昼只当没听见，用戴了塑胶手套的手小心地从勒痕里取出了只有一厘米不到的红色线状物体（嵌得很深，扎在了肉里）。

　　白笃问道："这是什么？"

　　千昼选了个亮光充足的地方，仔细观察后说道："塑料绳，一种很普遍的塑料绳，这说明什么？"

　　白笃又是一愣，什么也说不上。

　　千昼貌似也没指望他能说出什么，他给的停顿太少了："说明凶手对自己很有信心，很明显他是有备而来，而他之所以选用这么不起眼的东西来杀人，说明他的体格一定比死者壮硕，就像弄死一只蚂蚁，只要抬一下脚就行了，而且这种凶器事后也很容易销毁。"

　　白笃刚想插话问些什么，千昼却依然滔滔不绝地继续说道："脚印是用来迷惑我们的，脚尖部分太模糊了，重力分布严重不均，凶手的鞋最起码穿大了两号。"

　　白笃目瞪口呆地站在那里，笔也停了，令他吃惊的不是千昼的推理，而是凶手那缜密的思维，白笃虽然没有侦办过很多案件，但他知道有很多犯罪者都是因为鞋印被抓的。但这个凶手还是留下了一大败笔。

千昼突然走回到那个玻璃杯处，问："能不能发现什么？"

白笃支支吾吾，连一个字都吐不出。

千昼说："仔细看看这个玻璃杯，不要看茶叶，看上面，在实际的水位线上面几毫米的地方还有一个干涸的水位线，但杯沿却找不到一枚唇印，这是为什么？"

白笃说："这个简单，是被碰洒的，死者为了方便没有用茶具，而是找了个玻璃杯泡茶，结果被凶手勒住脖子，洒出了些水，凶手把洒出的水擦干，放到了桌上。可是这个咱们已经推理过了。"

千昼说："这是我留给你的谜团，本来是希望你自己破解的。"

白笃一下子说不出话来。

但他立马转移话题道："这么聪明的人为什么要把现场布置成是熟人作案？"（白笃忽略了尸体是在外面发现的）

千昼说："他是个对自己很有自信的人，说不定他有一个无可挑剔的不在场证明。"（千昼的思维已经跳跃到另一个维度了，他们的对话就是这样才对上的）

第三章　冲煮与奶泡

做好一杯咖啡，就像和情人的一次接吻，时间、气氛、温度都要有精确的掌控。时间太快或太慢，会让这个吻流于形式；气氛不够浪漫，吻不出甜蜜；温度偏冷或偏热，多少暗藏危机。

好的咖啡需要温杯，就像接吻前的深情对视，把自己的诉求告诉对方，试探着接近，感受彼此的鼻息，然后相濡以沫。

这是一杯卡布奇诺，咖啡与奶油的一次完美邂逅，加上点肉桂与柠檬粒的点缀，很少有女性会拒绝这种诱人的尝试，以及尝试过后的爱不释手。

这是靠窗的第二个卡座的那位女士的，杜二开注意她很久了，从他第一天来这里上班，每周六都会见到她，前几个月杜二开是为了见她的眼神，后几个月他开始关注起她的穿着。

很优雅的一位女士，每次喝完咖啡都会来吧台前的高脚椅上坐会儿，和他聊会儿天，聊咖啡。杜二开看得出她对咖啡有一股难以言喻的热爱，他不敢多说什么，怕把这只美丽的白兔惊动，怕这惊动来得太早。不知不觉中，每周六为她做一杯咖啡已经成了他生活的一部分，他可以拒绝其她所有客人喝咖啡的请求，唯独她例外，他无法承受失去这一部分的后果，他知道这是为什么，他也希望她知道。

她还在窗边喝咖啡，凝望着七层楼外的孤高远景。

千昼和白笃就是这时候来的。

他们进了一个包厢，店长是名身材圆润的短发女性，光看外表就知道是属于精明强干那一型的，她站在门边等着凑热闹，却不料千昼来了句："请把门带上，谢谢。"

店长勉强挤出点笑容，很不情愿地关上了门，门中间的磨砂玻璃上还残留着一个黑影，千昼默不作声地走到门前，黑影立马褪去。

千昼用犀利的目光看着杜二开，杜二开完全像个上课开小差的学生，给人的感觉一片空白，无论老师要提什么问题，他都可能会说不知道。

千昼坐了下来问道："还记得我吧，今天上午我们见过面。"

杜二开说："记得，只不过那时是他负责提问的。"

杜二开朝白笃看了看。

在千昼数不清的人生准则中好像有这么一条是绝对存在的：寒暄的话只说一句，至多一句。

杜二开的回答貌似完全在千昼的意料之中，或者说千昼完全不在乎他要怎么接，他直截了当地把他们的发现告诉了他，说："杀死孟虎的凶手有房子大门的钥匙，而这一点作为同样租住在二楼的你来说是符合条件的。"

杜二开说："门可能没有锁，或者房东老太太听力不佳，并未听到有人敲门。"

千昼说："房东老太太每天晚上 8 点睡觉前都会检查门锁，据她所说昨天孟虎下午 4 点多就回来了，后来也没听到他出去过，你住在楼上也许不知道，即便是像老太太那样耳朵不好使的人也能分辨的出有没有人下楼。即便步子迈得再怎么轻，都会使木地板发出嘎吱的声响的。而且老太太昨天晚上睡得很晚，直到 10 点多才睡着。"

杜二开说："嗯，楼上只住着我们两个，而我的房间又在他的对面，所以我的嫌疑很大？"

千昼说："可以这么理解。"

杜二开说："我有思想准备。接下来你应该问我案发时我在干嘛？"

千昼说："案发时间是昨晚十点到十一点之间。"

杜二开说："那时候我还没有下班，我下午五点上班，晚上十二点下班，昨天下大雪，交通瘫痪，走路回去将近二十分钟，一来一回就得四十分钟左右，我可没有那么多时间去犯案。"

千昼默念了一句："会有办法的。"

吓得一旁的白笃以为自己幻听了，记录中的笔差点摔掉。

杜二开也是一副不可思议的样子说："什么？"

千昼转了一圈眼珠子，把他们关于犯人的体貌特征的推测也说了出来，特别是当千昼说到大了两号的鞋子时，杜二开的眼神明显是在掩饰什么。

千昼一看到那个眼神，就知道自己已经赢了。

杜二开尝试解释道："也许那个犯人的脚尖部分受了伤，只能靠脚后跟行走。"

千昼说："不对，脚印只有脚尖部分似有似无，其余部分的脚印很清晰，重力分布也基本上很正常，所以犯人故意穿大了两号鞋，这是毋庸置疑的。你也不需要这么激动。"

杜二开注意到自己用来比划说明的两只手还在空中，立马收了回来，解释道："我当然不是激动，只是在向你解释……"

千昼完全置若罔闻地问道："你知道为什么凶手在杀人之后还要把尸体运到外面去吗？"

杜二开愣了愣，像是没有听懂对方在说什么，他重复了一遍千昼的话："你是说把尸体运到外面？"

千昼说："是的，我们是在外面发现的尸体，距离房子向北走大约 20 分钟的地方。"

杜二开现在的表情才真的像极了一张白纸，他的脸色甚至比纸还白，简直可以和外面的雪景融为一体了。

过了很久，他才断断续续地说道："可能……可能……想要掩盖什么……"

千昼嗯了一声，说："对，我也是这么想的，我还在想一件事情，这件事情也许不是凶手本人做的。"

杜二开显然吃惊不小，他问道："为什么？"

千昼说："凶手把现场布置得很好，还有用来迷惑我们的鞋印，可以说没有留下任何蛛丝马迹可供我们搜查，但是把尸体搬运到外面就不同了，那会有很多不确定因素，而且马路上都是积雪，交通工具无法使用，很明显，像凶手那么谨小慎微的人不会犯这种错误。"

杜二开无法反驳。

千昼继续说道："对了，在上午的问询过程中，有一件很有意思的事情。"

杜二开问道："什么事情？"

千昼说："我这里有一张从死者房间里发现的照片，照片下面空白处写着日期，字迹还没查到是属于谁的。"

杜二开接过那张相片，看到相片上站着两个人，一个是老太太，还有一位长发女生在旁边搀扶着，两个人的脸上都露出灿烂的笑容。她们的背后是一家咖啡馆的玻璃橱窗。

杜二开问道："这张相片到底哪里有意思？"

千昼问："你看到了几个人？"

杜二开斩钉截铁地说："两个。"

千昼指了指老太太左边的地方，说："这里还有第三个人。"

杜二开仔细研究了那张照片之后又说道："只不过是个橱窗里的倒影。"

千昼说："有意思的是，这个人是老太太二十年前就被人追债打死的儿子，而这张照片是在去年拍摄的。"

杜二开拿着照片的手有点颤抖起来，他说："你不要吓我。"

千昼说："这是老太太自己说的，她的眼睛不太好，所以一开始没注意，后来当她反复欣赏这张值得回忆的照片时，她才发现了那个……幽灵。"

杜二开有气无力地笑了笑说"只不过是个长得一模一样的人罢了，最简单的物理学常识，镜面反射，我才不信世上有鬼。"

千昼说："真的有这么巧吗？"

杜二开不说话了。

千昼又补充道："据老太太所说，这张照片早就被扔掉了，她不想看到自己的儿子，后来……是你捡回来的吧？"

杜二开突然像是见了鬼一样，慌张地说道："怎么可能，我要这张照片干嘛？有个死人在上面，太不吉利了吧。"

千昼调侃道："你不是不信鬼吗？"

杜二开再次说不出话来："是……但是……"

千昼突然换了副面容，变得不像是他自己了。千昼说："能不能拜托你一件事。"

杜二开说："请说。"

千昼说："能不能请你今天请个假，回去陪陪老太太，毕竟她茕茕孑立半辈子，现在家里又出了这种事情。"

杜二开说道："好的。"

千昼又补充道："明天这个时候，我大概就会知道所有的真相，到时我们还是在这里见面，下次我想坐在外面靠窗的位子，同时，还想喝你煮的咖啡。"

"咖啡？"

"是的，听老太太说，你煮的咖啡很好喝，真不明白为什么像老太太这个年纪的老人会喜欢喝咖啡。"

三个人走出包厢时，杜二开还在不停地朝靠窗的位子看。

千昼说："她应该已经走了吧。"

杜二开有一种在千昼面前被一览无余的感觉，他冥冥中已经感到明天将会是自己最后一次做咖啡了。当他回到吧台时，那块土司面包大小的打印机上新出了好几张单子，上面又是好几杯咖啡要做。

当杜二开低头在吧台内做咖啡时，无意间的一瞥，使他整个人都往后跳了一下。千昼神出鬼没般阴恻恻地站在吧台外盯着他，眼神像是逮住了自己的猎物似的。

杜二开为了掩饰自己的慌乱，不耐烦地说道："你还有什么事！"语气显得十分冲。

千昼笑了笑，道："呃……是这样的，你……会滑雪吗？"

杜二开拿着奶缸的手突兀地抖了一下，部分奶泡洒了出去。

杜二开勉强笑着道："我完全不知道你在说什么。"

千昼凑上来，把怀里的一张折叠的旧报纸展开铺平在吧台上："是这样的，我在房东老太太那里无意中看到了她收藏的这份报纸，报纸是新泻的地方报，话说回来那里可是川端康成的《雪国》故事发生的舞台啊。报纸报道了在那里举行的一场中学生的滑雪比赛，而这场比赛的冠军恰恰就是你。真是完全看不出一个天天在吧台做咖啡的小伙子，原来还是名滑雪健将，我真是由衷地羡慕你有这么多傍身之技。不像我们这些警察，辛辛苦苦在外面查案子，抓犯人，工资勉强糊口也就不提了，有时还会有性命之忧，因为你实在不知道哪些人是亡命之徒，哪些人只是为了保护别人而别无选择。”

杜二开隐约察觉到了他话里的喻意，急忙制止道：“你要是再说下去，我今天连咖啡都不用做了。”

千昼含笑着说了声抱歉，转身离去。

杜二开的手抖得更厉害了，尽管谁也看不出来。

第四章　　拉花

雪花飘，北风摇。

长街已眠，新火无言。

十几层高的酒店大楼中，七层的咖啡馆尤其瞩目，玻璃墙外的霓虹灯就像这座大厦的心脏般闪烁跳动，很美。

周围被扫开到两边的雪堆染了一身污秽，就像人，晴天一出，就化成了冰水，蒸发消逝，就像离人。

隔着一条马路的地方是围起来的工地，由于暴雪而停止了施工。

酒店后面绵延出一长排的建筑群，大都低矮，一直延伸到几百米开外的一家小面馆。面馆的二楼楼顶随意分布着一堆散乱的雪块，千昼沿着面馆旁的楼梯走到了楼顶，上面地势平坦开阔，其中一边正对着酒店的后侧，在这一边的地上向上冒出了钢筋混凝土的一部分——一米多长的生锈的钢筋，貌似是当初准备用来在墙上造个爬梯的，后来不知什么原因又被废弃了。前面隔着几幢同样低矮的楼层后突然出现了一幢比较高耸的大楼，是幢小型的单身公寓，楼顶同样有个公共天台。

白笃看着千昼的背影，不明白他到底在想什么，突然只听千昼说道

"如果他真的可以做到的话，那么不在场证明可能就没有问题了。"

白笃刚想搭话，问他在说什么，就听他又说道："什么？后面？"

他们同时转过身，看到不远处就是那座被誉为"小镇之光"的大桥，桥身弧度恰到好处。虽然大桥不大，但是无论是什么年龄的人都会想在这里停留一会儿，享受一番尽收眼底的远景。今天早晨，大桥的雪已经被铲到河里了，不过桥上还是结着冰。

千昼说道："再加上这座桥，他离成功又近了一步。"

白笃这才知道他的老毛病又犯了，现在在这天台上的应该是三个人，还有一个他看不见。

千昼继续说道："如果所有的推理全都正确，那么……他为什么要这么做，为什么不直接说清楚？"

他停顿了一会儿，像是在等待回复，然后他说道："是吗？也许吧。"

第二天，千昼和白笃如约坐到了靠窗的位子上，手里各捧着一杯咖啡，他们对手里的咖啡完全陌生，只知道应该会很好喝。

杜二开此时也坐到了他们的对面。

千昼的寒暄开始了："我这杯是什么咖啡？"

杜二开说："摩卡，咖啡与牛奶的结合，再加点巧克力酱。"

千昼喝了一口表情愉悦地说："嗯，不错，你拉的这片叶子我也很喜欢。"

"谢谢。"杜二开很开心，无论发生什么，只要是有人对他的咖啡给予了肯定评价，对他来说都能开心一整天。

"嗯，的确比我以前喝的咖啡要好喝很多，这几颗心拉的也不错。"白笃随后说道。

杜二开想起了星期六女士, 她对自己的咖啡也总是这样赞不绝口。

千昼面上开始改变了颜色, 他正色道: "你一定很好奇旁边这个位子上为什么还有第四杯咖啡。"

杜二开点了点头。

千昼说道: "因为等会儿还有一个人要来。接下来请你品尝一下自己做的咖啡, 我听说咖啡师的心情好坏很容易影响到他所做的咖啡。"

杜二开在喝, 很认真地在喝。

千昼问道: "怎么样? 什么味道? "

杜二开说: "有点苦涩, 还有一点酸, 难道是牛奶变质了。"

千昼说: "牛奶没有变质, 变质的是其它东西。你在给别人做咖啡的时候总是投入了自己的感情在做, 而给你自己做咖啡的时候, 就显得随意了很多, 换句话说, 就是你的感情变质了。"

杜二开在听。

千昼继续道: "这件案子其实起源于二十年前, 你父亲被人追债, 不幸被当场打死。"

杜二开还在听, 他已经有心理准备了, 那件事迟早瞒不住的。

千昼道: "你奶奶那个时候还不知道有你的存在, 也就是房东老太太。"

杜二开依然不动声色。

千昼道: "这些年你一直在暗中照顾着她, 自从去年你母亲去世后, 她就成了你唯一的亲人, 所以你想干脆自己变成她的房客, 这样要方便很多。"

白驾因为寒冷而一直捧着马克杯的手伸到了空中，做了一个拦截的手势，他问道："等等，既然他和房东老太太是祖孙关系，那么为什么不相认呢？"

杜二开看着千昼，在等他回答。

千昼回答道："因为他和自己的父亲长得太像了。"

白驾笑了笑道："怎么可能，我们可是看过他父亲的照片的，还有那张幽灵……难道……"

千昼道："不错，他就是照片里的幽灵。"

白驾的眉头皱出了层层叠叠的抬头纹，他越听越糊涂了。

白驾刚想问为什么，一位有点面熟的女士就站到了桌子一旁。

白驾还在想着在哪见过这个人时，千昼就已经拿出了那张幽灵相片。

杜二开看见她的时候明显吃了一惊。

"你怎么来了？"

她微微一笑道："这位刑警先生让我过来的，我也不太清楚我来的原因。"

千昼招呼道："坐吧，你的咖啡，现在的温度应该正好。"

她又报以一个道歉的笑容解释道："不好意思，因为……"

千昼打断道："没关系，你来的时间刚刚好。"

现在，四个人都到齐了。

千昼戏谑地看了一眼身旁的白驾，说道："现在该你发问了。"

白驾正有此意："这张照片是怎么回事？这位女士是谁？为什么

你说照片上的这个人是杜二开？”

　　千昼回答道：“第三个问题，杜二开去年的确就长照片上这样，和他父亲长得七分相似，不过这张照片中由于光线和拍摄角度等问题使他看上去和他父亲简直一模一样。为什么拍摄的时候老太太没有发现他呢？因为她的视力不好。为什么她的视力不好呢？应该是她儿子死后哭成这样的。为什么会有这张照片呢？因为杜二开想在改变自己容貌前和自己的奶奶一起照张全家福，只有两个人的全家福。这位女士就是帮助他的人，也就是他的女朋友，她只要让老奶奶在无意中帮到她一个忙，她就可以名正言顺地请她吃顿饭，然后拍张照片留念。而杜二开先生就是在拍照时偷偷站在摄影师旁，好让自己的样子透过橱窗被拍进去的。这就是所谓的幽灵相片，也是他之前之所以那么激动的原因。”

　　白笃怔了怔，才想起还有一个问题，一个很重要的问题：“为什么要改变自己的容貌？”

　　千昼回答道：“为了不让老太太觉得整天和自己待在一起的是自己那可恨又可念的儿子。”

　　杜二开的眼眶已经湿润了，他的眼圈也已经红了。

　　旁边的女士看来早就知道了他要做的事，也已经偷偷掩着鼻子抽泣起来。同时，她开始后悔自己在他改变容貌之后选择了离开。

　　杜二开终于开口了，他哽咽着说道：“你们应该知道，要抓住我是需要证据的，我有不在场证明。”

　　千昼用锐利的目光逼视着他说：“滑雪。利用这边七楼的地势，和那边单身公寓和面馆的天台，制造出两条坡道，你知道那一天会有暴雪，就早早地做好了准备，一入夜，厚厚的积雪覆盖住了坡道，你只要从七楼滑下和单身公寓之间的第一条坡道，再滑下单身公寓和面馆之间的第二条坡道，惯性会让你滑翔出去一段较远的距离，在你飞出去之后，正好会落在大桥上，大桥又是一条坡道。这么长的路，如果光靠走，恐怕得十来分钟时间。回来的时候再滑行回来，把滑雪用具藏在外面，空手回到七楼，有人看到你了，你就说刚把垃圾袋扔掉，回来之后，把那天要扔的垃圾袋系在你的第一条坡道上，让它滑到单身公寓的天台。等下班之后，再去处理两条坡道。如果没有猜错，应该是类似于横幅那类的织布，比较坚韧之物，那类东西只要有点渠道要弄到不难。"

旁边的女人一副哂笑的模样说道："我不知道你们在说什么，到底发生了什么？还有从七楼滑下去是怎么回事？阿开是不会做那么危险的事情的。"

千昼说道："杜二开的高中和大学是在日本上的，那个时候他就获得过滑雪冠军，要不是出于对这项运动的热爱和自信，我也相信他绝对不会这么做的。就像你手里的咖啡，味道怎么样？"

那女人点了点头，却还是一副不可思议的样子。

杜二开说道："是真的。小琳，我做到了，我已经对那项运动很生疏了，但我还是做到了，我考虑到了各种风险因素，我也尽了自己最大的努力去排除，最终我做到了。而且……我杀了他，孟虎，和我一起租住在奶奶的房子里。孟虎一直威胁我要告诉奶奶真相，他已经问我要了很多次钱了。那张照片就是孟虎从我房间发现的，他也猜到了我和奶奶之间的关系，他对人脸的辨识力好像天生就与众不同，或者说是特别出众——他能够看清楚每个人的骨架，包括照片。而且最终让我起了杀心的，是孟虎就是杀害我爸的凶手。我回到中国的第一件事情，就是调查我爸的死因。我通过各种渠道花了不下上万元，才调查清楚事情的真相。当年的孟虎只是一家高利贷公司的打手，因为和我父亲私下结仇，所以在最后那次追债的时候，他下了非常重的手，他的同伙都觉得不能把人打死，但他偏偏一下比一下狠，直到我爸睁着眼睛躺在血泊里，再也动不了。后来参与这件事情的人除了孟虎都被抓了，也都被判了刑，只有孟虎改名换姓逃走了，一逃就是二十年，二十年前他在道上的名字叫细虫。"

女人和白笃的表情略微诧异，显然是第一次听说这件事情，千昼就显得格外平静，仿佛是在印证他的猜测。

千昼说道："我以前有个弟弟，但在他很小的时候由于我的疏忽而弄丢了，后来家里把所有的责任与怨气都放到我身上，也包括我自己，久而久之，我患上了精神方面的疾病——我可以看到他。在我成长的过程中，我发现我可以看到的本不该出现的人越来越多了，有的时候我实在忍不住要和他们对话，我在学校的同学也都爱嘲笑我，但我不仅没有自暴自弃，反而利用我的疾病帮助我做成了很多意想不到的事情，你要知道，一个精神病人的思维是非常可怕的。我想，你本来也可以做到的，如果你把所有的聪明才智放在如何解决问题上，而不是用来灌溉仇恨。我希望你给老太太做最后一杯咖啡。"

杜二开说："为什么？我知道她觉得咖啡很苦，现在的老人家怎么会喜欢喝咖啡呢？她只是照顾我的职业罢了。"

千昼义正言辞地说道："你错了，她是真的觉得很好喝。"

杜二开问："我不懂，就算她真的觉得好喝，你又怎么会知道？"

千昼说："你以为一个做母亲的感觉不到自己儿子的存在吗？你和你父亲太像了。你还记得尸体是在室外被发现的吗？"

杜二开的泪水淅淅沥沥地滴湿了衣襟，他着魔般地念叨着："不可能不可能不可能……"

千昼只当没听见道："孟虎太重，老太太搬不动，就用了行李箱，我在观察她房间的时候，特意察看了一番那只有点潮湿的箱子，老太太说是不小心把水洒在了上面，但箱子里面也是湿的，而且，如果把箱子交给法医化验的话……"

杜二开还在摇头。

千昼还在继续："她一定是感应到了什么……是你父亲，这种血浓于水的亲情。或许她从听见你声音的那天起，就知道了你是谁，为什么要来到她的身边。也许她也希望不要让你发现她知道了真相，她觉得像这样也很好，或者说这样才是最好的。这就是咖啡为什么不会苦，因为有你在身边，就像咖啡有了牛奶的融合，即便是像她那样的老人也不会觉得苦，她为你做的事情就像这片叶子，她要在这杯不会苦的咖啡上亲自拉上一片叶子。"

白笃问道："把尸体运到那么远，为的就是使你的不在场证明更可靠，这样一来，就又增加了二十分钟的时间来帮你洗脱嫌疑。你奶奶恐怕早就担心你会为了保住真相做一些过激的事情。"

千昼说道："再给她做一杯咖啡吧，拉上一片叶子。"

落叶总要归根。

"谢谢。"杜二开破涕为笑。

杜二开走的时候，问了千昼一个问题："你叫千昼是吗？"

"是的。"

"这个名字真的好吗？这个世界并不是所有的地方都需要光亮。"

千昼说："你太高看我了，我无法照到所有的黑暗，而对于一些灰色地带，有时候我也会很无力。"

第五章　浓香

又一个星期六，千昼和白笃再次光临了这家七楼的咖啡馆。

两个人好像从那件事之后就爱上了喝咖啡，虽然让他们爱上咖啡的人已经失去了自由。

这时，一名女士一身素雅地走进了咖啡馆，她有一头乌黑的长发，长发并不飘逸，却很精心地洒落在双肩上，她的眼神无比清澈，深邃空灵，好像无论发生什么她都能够坦然处之。她很纤瘦，脚步却很重。

她在吧台外边走了一圈探查着什么，又在吧台外的高椅上坐了下来。

千昼慢慢地走了过去，问道："你在等人吧？"

那女士回答道："是的。"

千昼说："他走了。"

那女士觉得两人之间的对话有误会，想解释，千昼怎么可能给她这个机会。

千昼说："那个做咖啡的小子是吧，我没有弄错。"

女人说："他去哪儿了？"

千昼说："他离开这座城市了，可能不会回来了。"

女人落寞的表情支使着她起身准备离开，忽而又转回身问道："如果你见到他，替我告诉他，我喝出了他在我的咖啡里所要表达的感情，如果有机会，我会继续喝他为我做的咖啡，继续接受……他的感情。"

千昼说："我记住了。"

女人说·"谢谢。"

她走了，脚步更重了。

注：杜二开的名字反过来念便是"没"开二杜，指杜二开父子。

大雷音寺序

第一章　傅香的刀

十月飘香后，桂子浮夜庭。

沈姬氏望着满庭落花，忆起青葱过往，内心有喜也有悲，她现在已为人妇，亦为人母。两年前，当她还没有遇到那个男人时，她那窈窕丰腴的体态，羞花闭月的容貌，让每一个见到她的男人都垂涎三尺，在她遇到那个男人后，这些美好的东西仿佛就都不存在了，她的爱情在嫁给那个男人后就死了，她必须像个仆人一样伺候他，他生气的时候，她必须近前来挨他的打，若是向后退，甚至是企图逃跑，她如玉如脂般的娇嫩躯体上便会多一道疤！如今，她的身上已有十一道疤。

桌上的茶具是出自景德镇的一位名匠之手，无论是茶壶还是茶杯，在月光的映照下都透着一股令人迷醉的华光，茶水倒进杯中时，就像是倒进一簇冰冷的火焰，即便是清水饮入口中，也仿佛如饮琼浆玉露，毋庸说壶里的茶都是千金难买的朝廷贡品。

现在，桌上的杯子少了一只，少的那只杯子是前一晚她在试图翻墙出去时被丈夫拽下来拖到厅堂里时摔碎的，她的丈夫就用那破碎的晶莹剔透的瓷片在她饱满挺实的胸口划了一道十公分左右的口子，这道口子并非一气呵成，那位丈夫故意以一种笨拙生疏的方式在她酥香诱人的胸膛上蹒跚而行，他很享受这一过程，也很享受看她痛苦的样子。

　　类似的伤口遍布沈姬氏的双臂、双腿、背部和腹部等，凡是衣物可以遮掩的地方无一幸免。每一次她都哭喊得声嘶力竭，甚至昏阙，而这一次，她却像什么都没发生似的，瓷片在她的胸口开垦出一条血路，她却呆呆地凝视着丈夫，尽管面部因为疼痛而变得扭曲，她却默默忍受着不发一语，她好像已经看透了这个男人，也看透了自己被蹂躏得伤痕累累的身体。男人的手停了下来，愕然，就像被人点住了穴道，妻子的手搭上了他那只拿着瓷片的手，霎时间，月光仿佛从她的手里飞泄而出，接着消逝在男人的耳旁。

　　一道血流横向喷射而出，鲜血烫人，艳丽如酒，男人的脖颈已被割裂，他平时爱喝西域的美酒，现在美酒股股从他体内流出。这一招是一个叫静舟的流氓教她的，那时她并不知道他是流氓，只因流氓是不会把她从流氓的手里救走的，会救她的，当然是英雄。英雄说要教她一招武功防身，教的就是这一招，秘诀是眼睛盯住脖颈最大的血管处，人在亢奋的状态下，那里会有明显的搏动，手要快，腕力要足，若见血流飞溅，八成救不活。女人练腕力有个较雅的法子，手心握生鸡蛋，蛋碎功成。她不练，说是残忍。英雄说还有一招，不过要光着身子练。英雄就成了流氓，他穿上衣服前，轻轻贴在她耳边说道："还有一招就是跑，也得多练。"

　　成婚的那天，自己不是处子之身的事情就暴露了，两人的爱就死了。她意识到得练，直到她杀了自己的丈夫，也没握碎一个蛋。前面十次她选择跑，每次都失败。

　　沈姬氏的过往哪里只有这些，还有很多她已记不清，只不过她印象最深刻，内心最耿耿于怀的，便是昨夜亲手杀了自己的丈夫。仆人见到老爷尸体时，有三个婢女当即吓晕了过去，有两个目光呆滞，从此神志失常；两个家丁赶着去衙门报案；其他经过大风大浪，见怪不怪的，拿了值钱的家当便不见了人影。

现已过去一日，吓晕的，醒来便跑了；报案的再没回来，官差也不曾来过；拿了财物的倒是来探过几次风，见院落依旧空荡死寂，侥幸溜进宅里寻思着再顺些物什去挥霍。

沈姬氏坐了一天一夜，看了一日的花开，一夜的花落，滴水未进，那些进宅出宅的仆人也像这花，香的时候在，香尽的时候散。她丈夫的尸体并未散，血迹已干，眼未闭，满堂血腥气，血腥气中仿佛渗着早已散去的桂子香。

茶已冷，茶已腥。

或许她等的便是这腥冷的茶，她的手袅袅如青烟般升起，是那只杀人的手，婀娜修长，手里举着杯，另一只手的中指沾了沾地上干如泥浆的血，指尖在杯中轻点，随后向身外弹出，这一系列动作优雅连贯，没有一丝犹豫，最后她将茶一饮而尽。

"叮铃铃"，只听一阵细碎的银铃声由远及近而来，血腥气中又多了一味脂粉香。

须臾，一位着花衣蒙花巾的魁梧人士悄然而至，方才发出声音的便是系在他发绳上的铜铃，铜铃小巧，以红丝线串起。他花巾上方的眼睛很亮，亮如星光。

沈姬氏冷冰冰地道："你不是官差。"

花衣人道："我不是。"

沈姬氏道："你是谁？"

花衣人道："我？你觉得我是谁？"

沈姬氏道："哼，我怎么知道你是谁。"

花衣人道："那你最好不要知道，你只要听我的话，跟我走，你就不会有事。"

沈姬氏朝地上的尸体瞥了眼，茫然道："我杀了人，他是我丈夫。"

花衣人仿佛在欣赏一件拙劣的作品般，说道："我看得见。"

他又补充道："手法很稚嫩，拙劣。"

沈姬氏道："这是我第一次……杀人。"

花衣人道："很好，有了第一次，往往会有第二次。"

沈姬氏以锐利的目光望向他道："你就不怕我杀了你？"

花衣人缓步近前，他一双刚健有力的大手温柔地打开她半敞着的衣衫，她的整个上身全都裸露在十月清冷的秋风中，她的玉体已很难再让其他男人亢奋，呈现在眼前的并非让人血脉喷张的美好景象，而是更像由道道疤痕组成的一块人肉砧板，这些疤痕有结痂的、溃烂的、淌血的，打开衣服的瞬间，腥臭扑面，衣衫内侧还沾着脓血。

沈姬氏没有动，她需要有人看到她的不幸，她需要有人知道她为什么杀人，她轻侧过头，她不想见到那双充满嫌恶的眼睛。

那双眼睛里没有嫌恶，只有怜惜，花衣人道："你杀人需不需要理由？"

沈姬氏依然侧着头，道："需要。"

花衣人道："你为什么杀你丈夫？"

沈姬氏哽咽道："理由你已经看到了。"

花衣人道："不错，那么，你为什么要杀我？"

沈姬氏答不出，她甚至怀疑如今唯一可以帮她逃离眼前这一切的人正是他。

沈姬氏吱唔着道："我……我不想杀你。"

花衣人温柔地把衣衫重新穿在她身上，道："那么，现在你可以跟我走了吗？"

沈姬氏道："可我并不认识你。"

花衣人道："我是个采花贼，我是个懂得如何怜香惜玉的男人，我还会帮你治疗这些伤口，这些理由够吗？"

沈姬氏点头，她已觉得足够。

她的玲珑小手搭在了他的那双大手里，就在她要起身时，突然停住，说道："我还没有请你喝茶。"

花衣人心头一紧，他猜不透这句话的意思。

沈姬氏为花衣人倒了杯茶，茶在手中，另一只手在血池中点出一指，指尖浸入杯中，向外轻弹，沈姬氏双手将茶奉上。

花衣人欣赏了一出诡异的茶道表演后，这才反应过来，她是要看自己花巾后的真面目。

花衣人嗤笑一声道："你想知道我长什么样？"

沈姬氏道："你怕茶里有毒？"

花衣人道："茶里没有毒。"

他沉吟片晌，又道："你可不要后悔。"

茶还在手里，这双手端得很平很稳，手上沾着血腥，她那双姣好的手上本不该沾染血腥。

花衣人接过茶杯，揭开嘴上的花巾，一饮而尽。花巾下露出的是一副似被岩浆淌过的脸，他的嘴唇像怪石一样坚硬丑陋，脸上其它部分是一块被烧焦的田地，寸草不生，他的耳朵又红又尖，像是恶鬼的耳朵。

他的眼睛还是很亮，她心中某些蠢蠢欲动的东西被这双眼睛点燃了，她想收藏这双眼睛。

花衣人道："你不怕？"

沈姬氏淡淡道："我连死人都不怕，为何要怕你？"

沈姬氏起身，欲随他离去。

花衣人道："你应该还有个孩子。"

沈姬氏淡淡道："有。"

花衣人追问道："孩子呢？"

沈姬氏哂笑道："孩子？从她一出生我就未见过，只闻其声，未见其人。"

花衣人道："男孩还是女孩？"

沈姬氏道："只听啼哭声，你辨得清男孩还是女孩？"

花衣人道："带走他的人应该告诉你的。"

沈姬氏笑了笑，道："我丈夫带走她的，他并未告诉我。"

花衣人不再问，已不忍再问。

沈姬氏又道："如今，我带走了我丈夫，哈哈哈哈哈……"她憔悴的身体似已令她失去神志。

花衣人闪电般出手，在她身上点了两个穴道，沈姬氏未及反应，便昏睡过去。

长街，月光，地上霜。

花衣人抱着沈姬氏走得很快，凭他的轻功就算再带一个人也一样很快，他很快的脚步随即慢了下来，直至完全止步。他方才似是听到一阵瓦片相击之声，待他停下凝神细听，传来耳边的却只有无边的死寂。他的听力比常人高出数倍，而附近的几条街又出奇得安静，他不免怀疑是否刚刚的那杯茶真的下了毒。他其实并没有十足的把握判断茶里到底有没有毒，他凭的是直觉，这些年在江湖上凭着自己的直觉，他救过很多人，也杀过很多人，他的直觉和他的听觉同样令他引以为豪。

瓦片声未再响起，他在盏茶功夫搜集到的一些证据使他相信自己的听觉并没有问题，附近的街道的确静得很诡异。再加上此时已是四更天，更夫早该在半个时辰前巡夜报时，但到现在，都未见半个人影。

他再次跑动起来，怀里的女人依然睡得很沉，无论他跑得多快，都不会影响到她。

霎时，有一股劲道十足的破风声从右后方传来，他的听觉使他很轻易地避开，他回转身，发现有个绿油油的物什打在身后一家客栈的红漆柱子上，那物什迎风上下抖动，一个人的名字随即出现在他的脑海。

"袖里藏风！"

袖里藏风藏在屋顶上，他一直很喜欢屋顶，被人称为四只手的他的确最适合待在屋顶。现在，有人在叫他的名字，他也依然待在屋顶。

"藏风大侠的一叶知天，某早已有所耳闻，今日一见，果然名下无虚。"

没有回应，袖里藏风似已藏在风里，风从耳边吹过，带来瓦片撞击之声，又是一声破风低吟，花衣人抱着女人轻盈盈一跳，人也已到了屋顶，屋檐下，客栈柱子上迎客招牌的一角被一片叶子切断落地。

"好功夫，只不过这种绝世武功最怕遇上的就是听力非比寻常之人……"

花衣人的话还未说完，一声动人嘹亮的乐声便在空中响起，如乐声般空灵，一片叶子堂而皇之地打来，取的正是花衣人的左眼。花衣人躲闪不及，堪堪被削去一缕鬓发。

"你刚刚是不是在叫我？"

突如其来的问话有如鬼魅降临，将花衣人吓退数丈。

只见一个青衣劲装的年轻人笔直地站在这歪斜的房顶上，他的神态自若，如履平地。

他的声音却不像他的人那样精力充沛，他懒散嘶哑的嗓音说道："保持距离，假若你要对付的是别人，这很可能是一个十分聪明的法子，但不巧的是，你的对手偏偏是我，这法子简直就正中我下怀。"

花衣人不以为然道："这你可就错了，你的招式我已见过，我的招式你却未必能挡得住。"

花衣人话音刚落，袖里藏风又是两片叶子攻出，这一次叶子在风中合奏出一阵多变迷醉的调子，分别取花衣人的左右眼。这一次，花衣人没有躲闪，只见他的花袍一展一收，这招式看上去并无甚稀奇，却奇妙地化解掉了叶子的攻势，两片叶子凋零般飘落屋脊。

他藏起的这一手妙招似乎恰在袖里藏风的意料中，刚刚才挑明说自己不善近距作战的袖里藏风，偏偏已闪电般再次出现在花衣人身后，他一只手出去，如探囊取物，一点一颠，沈姬氏便已悄然落入了他的怀抱，他脚尖轻点，人倒掠出去数十丈，与此同时，另一只手三片叶子向花衣人打出，这一切均在电光火石间发生，夸张点说，假如此时此刻有位看客在一旁，他根本分辨不出那一系列的动作哪一步在前哪一步在后。

花衣人的袍子一卷一舒，三片叶子飘然而落。

"藏风大侠四只手对付某一只手，不怕被江湖豪杰取笑吗？"

"你一大男人穿得花枝招展地上街，不怕被世人取笑吗？况且怀里还抱着一个良家妇女。"

"你怎么知道她是良家妇女？"

袖里藏风笑了笑，并未答话。

花衣人并未打算告诉袖里藏风关于沈姬氏的事情，只从穿衣打扮来看，她的确家境不俗，再看她雍容华贵的姿态，也不像是一般富商巨贾的夫人，那么她的身份袖里藏风究竟知道还是不知道？

袖里藏风直接岔开话题道："你是不是认为我使叶子的招式就是一叶知天？"

花衣人眉头一蹙道："难道不是？"

袖里藏风道："拿叶子当暗器纯粹是我的内功修为罢了，并非江湖上传说的一叶知天，这种程度就算得上一叶知天的话，那会一叶知天的人就多了去了，又怎么会成为我的独门绝活呢？"

花衣人道："哦？那一叶知天究竟是种什么样的功夫？"

袖里藏风道："其实这件事情并不是什么秘密，你连这都不知道，我真好奇你这个采花贼平时都做些什么，难不成整天和你掳去的可怜女子待在山洞里与世隔绝？"

花衣人愧怍一笑道："还请指教。"

袖里藏风道："其实你刚刚已经见识过了，当我把这位夫人从你怀中接走时，那一点一颤便是。"

花衣人化尴尬为豁然大笑道："藏风大侠玩笑未免开得过大，只那区区一点一颠便是一叶知天，借君方才所说，岂非人人都会一叶知天了？"

袖里藏风双手叉腰道："与其有空笑我，不如先看看你的袍子。"

花衣人的笑容并未散，但当他看到自己袍子时，笑容便立马散去，他的袍子上无端端多了三个洞。

"刚才的三片叶子！"

花衣人质问道："你是怎么做到的？"

袖里藏风道："你只要仔细揣摩一下一叶知天的天代表的是什么，便可理解现在所发生的事情了。"

花衣人摇摇头道："我不懂。"

袖里藏风道："人的身体，十二正经与任督二脉合称十四经，此外，还有任督二脉所在的奇经八脉，这些经脉共有七百二十个穴道，只要被我手指碰到其中一个穴道，那么那个穴道所在的经脉便会整条麻痹一个时辰，这便是一叶知天。对于习武之人来讲，若是在交手时被人点了穴道，那还有法可解，但若被人封了一整条经脉，亦即几十个穴道，后果是难以想象的。更何况，我能封一条，自然能封两条三条……"

花衣人有所顾虑道："仅仅只麻痹一个时辰？"

袖里藏风道："不错，我幼年拜师学艺时，对武学并无太大野心，以便于行走江湖为宜，伤人的招式一概不学。"

花衣人哼声道："你在暗器方面的造诣并不低。"

袖里藏风道："那只因，待我成年成名后，了解到你不伤人，人便会伤你，况且我方才所使，均不过为试探，所发暗器向来只用五成功力。”

花衣人又哼一声道："五成功力竟能有那般境界？"

袖里藏风道："你不信？其实你应该最能体会这一点，通过对功力的掌控，再配合风速、手速、角度等因素，叶子可以在风中无声而行，亦可以发出一阵短曲，你的听觉的确高于常人，但如果我把功力加到九成十成，即便你的听觉已达天人之境，而你的身体是完全来不及做反应的。"

袖里藏风用食指和中指夹出一片叶子道："这一次是七成功力，你刚刚挡下我三片叶子时，麻痹的效用并未遍及整条经脉，我之所以跟你说这么多只不过是在等你的那条经脉完全麻痹。"

花衣人晴天霹雳般说道："你点的是我的……"

袖里藏风道："孔最，手太阴肺经。"

话落，叶子已不在，七成功力，花衣人的听觉已难捕捉，但他看到了叶子出手的瞬间，打的是他的咽喉要害。花衣人闭上眼，静静等待着死亡来临，所幸来得并不会太慢。

"叮"的一声，叶子被一点寒星钉在了对面屋脊的瓦片上，瓦片并未裂开。

花衣人睁开眼，发现屋顶上多了五个人，五个黑衣人。他阴恻恻地一笑，他的伙伴们终于还是出现了。

花衣人摘掉自己脸上的花巾，露出了那张无法形容的面孔，他一改之前无辜者的姿态，展露出一身极具领导者的气势。

花衣人冷冷道："本想着凭自己的满身绝学，便可以轻松解决掉一个梁上君子，没想到我还是低估了袖里藏风的一叶知天。"

袖里藏风道："低估的又岂止是你一人。看来你之前的确是对一叶知天故作不知。"

花衣人亮如洪钟的嗓音说道："不错！我是轻敌了，但我想不通的是，虽然你的一叶知天不致命，但你为何要用暗器取我性命，你我素来无怨无仇，不是吗？"

袖里藏风没有回答，他望了望四周多出来的五个黑衣人。

花衣人这才恍然大悟道："原来你不是要杀我，只不过是要把其他人引出来。你是如何得知我们的行动的？"

袖里藏风道："三天前，仙凤布庄的梅老爷托人找到我，让我替他查出杀死他夫人的凶手，而这件事情怪就怪在梅夫人早在一个月前就已惨遭杀害，为何梅老爷偏偏要等到一个月后才来找我？我细问之下，来找我的那个朋友才透露出，其实一个月前这件案子已经报了官府，只是那边一直没有回复。这就更是奇怪，像梅老爷这种身份的人，家里如果出了命案，官府是绝不可能表现得这么冷淡的。所以这里面一定有问题，我顺着这条线索来到这个县的衙门，你们猜我发现了什么？"

花衣人冷哼了声，他当然知道那里发生了什么。

袖里藏风继续道："知县不见了，不仅不见了，而且已经不见了一个月。更怪的是，这县衙里每个人都知道县令不见了，这么大的事情，却完全没有走漏半点风声。你们应该知道，我这个人没有什么太大的爱好，就是喜欢待在房顶上晒太阳，这些事情都是我在房顶上晒太阳的时候发现的，我发现之后就假扮成一个要报官的人，我在衙门见到的第一个人是师爷，接下来的事情不能用怪来形容，应该说……可疑。"

袖里藏风狡黠地扫了一下周围六个人的眼睛，缓缓道："因为我发现这位师爷根本不识字。"

花衣人道："你怎知他不识字？"

袖里藏风道："我跟他说我要县令大人给我断一桩命案。"

花衣人道："什么命案？"

袖里藏风道："一个算命的瞎子说我两天后的晚上会有血光之灾。"

花衣人道："两天后的晚上就是现在？"

袖里藏风道："不错。"

花衣人道："那他算的很准，这的确是桩命案。"

袖里藏风笑了笑道："你知道他是怎么算出来的吗？他是看我的面相算出来的。"

花衣人道："他的面相看得很准。"

袖里藏风道："可我并不甘心，就给他写了个字，让他根据这个字来猜。"

花衣人道："什么字？"

袖里藏风道："風，袖裏藏風的風。"

花衣人道："瞎子看不见。"

袖里藏风道："我写在他的手心。"

花衣人道："他算出了什么？"

袖里藏风道："他算出我有血光之灾。"

花衣人道："为何？"

袖里藏风道："风动虫生，故虫八日而化，而这虫字头上却有一把刀。"

花衣人道："这里有六把。"

袖里藏风道："依我看虫字头上的不是一把刀，而是一片叶子。那师爷听我说什么虫字叶子和刀，一脸茫然，随后他便意识到我是在拿他消遣，一挥手，五名膀大腰圆的捕快随即闪现，他们的身形步法完全不像普通衙役，每人拔刀的技巧少说练了不下十年。还好我跑得快，要不然铁定小命不保。"

花衣人不耐烦道："我相信再有百来名捕快，你也不会小命不保。所以你就到了这里？"

袖里藏风道："我正要讲到重点。当天夜里我又待在衙门的屋顶上晒月亮，我发现衙门里的人比之前多了一分谨慎，大家见面只打暗语不说话。随后，有两位大户人家的仆从要报官，说是他们家夫人把老爷给杀了，而这位老爷便是她的丈夫兵部侍郎沈行言。"袖里藏风一言难尽的眼神往身下的沈姬氏看去。

他又继续道："随后我又来到沈侍郎府上的屋顶，我发现府中下人已走得干干净净，屋内值钱不值钱的物什也都被搬走，于是，我便装成是府上的仆人偷偷溜进府里，顺带手拿了点东西，还好那些下人都不会轻功，要不然藏在房梁上的这只翡翠玉扳指可就便宜了别人。"

他从怀里掏出一枚绿如春水的玉扳指，光泽莹莹，质地上乘。

花衣人道："如此宝贵之物怎会置于房梁之上，岂不便宜了你们这些梁上君子。"

袖里藏风道："这你就错了，这位沈侍郎不仅手握大权，光自己府上就招揽了八个武林中的绝顶高手，他深信一般的小贼是进不了自己房门半步的，这玉扳指放在梁上仅是防的那些低贱粗鄙的下人。可谁又能想到这八个高手不知在何时已离开了侍郎府，去向成迷。"

花衣人道："所以你就继续待在沈府，直到我的出现？"

袖里藏风道："不错。"

花衣人道："那么你又是怎知我还有同伙的？"

袖里藏风道："我把事情重新捋了一遍，首先是这个县的县令失踪，整个衙门的差役都被调包，然后是沈府，沈府的八大高手失踪，沈夫人又亲手杀了自己的丈夫，将这些事情串连起来，怎么看都像是有组织有预谋的，本来我一直都在奇怪，为什么衙门已经成了小雷音寺却还是派人去调查了梅府的案子，不仅如此，只要有人报案，他们一律都会派人像模像样地去实地调查，唯独沈府的案子没有出动一个衙役。很显然，你们早就在布局让沈夫人杀了自己的丈夫，然后由你出现把人带走，但你绝不是幕后的主使者，虽然我不知道你们这么做的目的是什么，但我相信那个人一定在下一盘很大的棋，而沈夫人在这局棋中起着至关重要的作用。"

花衣人拍手大笑道："不错，你的这番推测可以说已经对了一半，袖里藏风的确是个聪明人，只可惜你还不够聪明，你要是再聪明一点，就该知道不该管的闲事绝对不要管，不该知道的事情也绝对不要知道。"

话毕，七八点寒星倏然而至，打的都是袖里藏风的命门，这一招便是刚刚救了花衣人的飞絮劫，每一点寒星都很轻，轻如飞絮，以飞絮打叶，能做到如此精准的地步，他的内功修为绝对不在袖里藏风之下，且飞絮有剧毒。

飞絮至，藏风无。

其中一位身材肥胖的黑衣人以为自己眼花了，寒心耀眼，他才觉了下神，人就不见了。他刚想跃上前去，猛然发觉一只手已搭在他肩上，他忙往后退出数丈，同时袖子里两条毒蛇吐着信子向外蹿出，他定睛细看，哪有什么人。一想到自己的左肩被拍，他又火速点住自己左肩的几个大穴，万一对方使了一叶知天，自己的武功便也只能作废了。

只听黑暗中传来带着戏谑的声音道："朋友，我刚刚只轻轻拍了一下你的肩膀，你不用害怕。你一定是觉得你们六个对付一个，不公平，所以才想只用一只手和我打是吗？在下真是感激不尽。"

那黑衣人一听，气急败坏道："好狂妄的小子，待我捉到你定把你的舌头毒烂！"

这黑衣人身形臃肿，言语如吼，心浮气躁，易被激怒。

袖里藏风现身于客栈屋顶，挑衅道"我的舌头叼的很，一般的毒药，还真不一定能把它毒烂。"他一跺脚，客栈的屋顶上便陷出一个洞。

那黑衣人轻功稍弱，来到洞旁时已气喘不停，岂料一个黑影已先进洞。

那黑衣人骂骂咧咧道："你娘的，大黑鸟，他又不是女的，你那么勤快干嘛！"

洞里传来大黑鸟的幽幽鸣叫："杀人扬名。"

胖子也想杀人扬名，扬名自然不能比人慢一步，他一急一跺脚，也在房顶上弄出个大窟窿，还好他的轻功比常人要高几分，落地的时候只是稍稍崴了下脚。

他一抬头，发现其他三个黑衣人也已破窗而入，他一急躁，劲一使，崴了的脚又被他肥粗的手掰回了原位，细看这只肿如猪蹄的手，你绝对想不到这是出自一位暗器名家的手。只因另一人幼时习武，身材已臃肿不堪，但他又必须练武，于是便选了暗器。这黑衣人后来所有的遭遇皆因那个他从未见过之人。

黑衣人分头行动，于黑暗的客栈中来回穿梭，这五人都擅长使刀，胖子用的是短刀，亦可作暗器，威力无比；大黑鸟用的是双刃镰刀，外刃杀人内刃割颅；其余三人分别使鬼头刀、绣春刀和剔骨双刀。

袖里藏风打开一扇门，门内深渊般漆黑，没有一丝月光射入，自深渊中传出一片犹如猪叫的闷哼声，他吹亮随身携带的火折子，微弱的光芒照出一片手脚被缚之人坐于地面，他们身上只着一件单薄的衣衫，蓬头垢面，好似囚犯。光移到窗边，却不见有窗，该是窗的地方钉着块铁板。

袖里藏风轻声道："哪位是县令？"

一群人把目光朝向一个文质彬彬的中年人，他们的嘴都被堵着，不能言语也无法动弹。那中年人束梁冠，眉间有正气，见袖里藏风问话，面不改色，凛然无畏。

袖里藏风吹熄火折子道："你们等着。"

他关门以后，从旁边的一间房闯进另一间房，连闯七八间，分别与房内的每位黑衣人过招，在楼梯间，又遇上两位店小二，从他们的出手看来，并非善茬，他们每一招都十分狠毒阴鸷，袖里藏风行走江湖多年什么诡谲的招式没见过，身体早就养成一种自我保护的反应，他一闪身一抬手，双掌一蹴而就，电光火石间便已破了他们的招式，这二人致命的掏心爪神鬼莫测地钻进了对方的胸膛，抓住了那颗逐渐冷却停止跳动的心脏。

此举并非有意，袖里藏风唯有暗暗叹息。

后面五人愤然而至，袖里藏风从客栈的窗户蹿出，刚回到街上，又飘然来到屋顶，花衣人还在，并未走动半步。五人随后亦破窗而出，胖子大笑道："好一个袖里藏风，光跑不打非英雄。"

袖里藏风道"你们五个打一个，非英雄，我乃梁上君子，亦非英雄，说英雄，到底谁是英雄？"

花衣人道："看来你已见到他们。"

袖里藏风道："见了。"

花衣人道："你又是怎知他们在这里的？"

袖里藏风道："很简单，整个衙门的人都被换了，这些人加起来大概有二三十个，要藏起这么多人并非易事，随后我便想起这家聚福楼的菜做的并没有以前好，而且太阳一落山便匆匆打烊，对于客栈来说，晚上才是做生意的好时候，可他们却偏偏不开门，这里面一定有问题。白天的时候我便以住店为由本想进去探查一番，谁知店小二却对我说客房已满，楼上面空荡荡的，完全不像客房已满的样子。"

花衣人道："你又是怎么知道他们在哪一个房间的呢？"

袖里藏风道："我不知道，我只是随手打开了一扇门就发现了。"

大黑鸟突然打断道："想必二位叙旧已叙得差不多了吧？"

花衣人问道："你们有没有被他点中穴道？"

五人异口同声道："没有。"

袖里藏风戏谑道："你们不说话，我差点忘了你们还在。"

胖子道："你放心，你永远不会忘了我们的，因为今天晚上就是你的……"

只听"叮叮叮"几声，其他四个人的武器纷纷坠落青石板街上。

胖子的短刀插在腰际，平时不作为武器使用，他回首吼道："你们几个怎么回事，连自己的武器都拿不动吗？"

一个娇媚的女声回道："我们不知何时被点了穴道。"

胖子不信，朝袖里藏风扔出几点寒星，这招飞絮劫打出，仿佛真的飞出了几点柳絮，翩翩然随风而去。

　　胖子跺脚大骂道："你个臭小贼，你是何时点的我们穴道？"

　　袖里藏风双手叉腰道："不如你们问一下自己，你们是何时以为我没有点你们穴道？"

　　袖里藏风的眼睛突然睁大，他很少把眼睛睁得这么大，只有危险和女人才能让他把眼睛睁大，危险来临时他需要看得更多看得更广，他必须随时保持警惕；当有美女来到他身边时，他需要看她有多么美，这种美往往是巨大的无边的，两只眼睛根本不够看。

　　现在当然并没有美女，有的只是危险。

　　当他回转身的刹那，危险已入侵进了他的身体，他在倒下前看到了一道光，刀光月光血光，光光带血。

　　袖里藏风从屋脊滚落，满地鲜血将人晕开。

　　他知道这一刀是出自谁人之手，他也知道这一刀虽然对自己造成了致命的重伤，却必定是失手，只因那个人不会失手，永远不会。

　　傅香的衣服白得像云，他的刀如蓝天一碧如洗，他出现的地方就会有异香，他出生时遍体生香，香气清新淡雅还略带些花果的芬芳，据说他身上的这股香气能治百病，他曾孤身一人踏入一个瘟疫肆虐的小村，路上惨死的尸体无人掩埋，他便挖坑埋葬，一具尸体一个坑一个碑，碑上只写数字，最后一块碑上写一百十五，那天也恰好是正月十五。他在村子的井边静坐一天一夜后离去，滴水未进，见过他的人，闻见他身上香味的人病痛皆无，喝过那口井井水之人，亦如是。不消一天，瘟疫便散去。这段传说不可否认多少有被神化之嫌，但见证过他体香救人者不计其数。若傅香只有这一技之长，难免被说是江湖骗子，不知用了什么法子迷惑众人，但他偏偏还是堂堂刺客之国刺涎会的总舵主，右手散花剑，左手献佛刀，寻遍全江湖，剑法与刀法能出其右者，不超两人，各不超一人。

现在傅香的刀滴着血，蓝天被血染红了一半，他的刀倒过来看，正是残阳如血。

花衣人长叹一声道："我说过，这里有六把刀，我不使刀。"

第二章 鹿色九的画

"四只手"的袖里藏风不仅没有比别人多出来两只手，反而比别人少了一根手指。

袖里藏风好酒好赌好女人，因为酒，他百病缠身，喝的酒通常都带着他咳出来的血，因为赌，他断了一根手指，幸好有位医术精湛的好友替他接上，他又赌，接上的那根手指又断，这次没法接，因为女人，他原本健硕魁梧的身体被最爱的人捅进了一刀，那个时候他就"死"了，他的身体变得清癯易倒。他的朋友又将他医好，喝酒不再呕血，身体重又变得壮实，双足可以站稳。

如此，每回袖里藏风要死的时候，就会有个朋友出现，这几个朋友要么是来治病，要么陪他喝酒，喝酒可以忘却很多事情，忘却疼痛，忘却女人，也可以聊起很多事情，聊起女人，聊起疼痛。

"六足王八，你还痛不痛？"

不知是谁问了这么一句。

"不痛，就是痒。"袖里藏风答。

鹿色九手持着张鹿半仙的幡，衣衫褴褛得像个乞丐一样站在青石板街上，他看着袖里藏风，他不是瞎子，他也不是第一次见到袖里藏风躺在自己的血泊中。

傅香的刀还在滴着血，他不喜欢血，他喜欢刀，就像每个艺术家不喜欢钱，只喜欢艺术。他没有擦干刀上的血，就意味着他还要再杀一个人。

鹿色九歪着头问傅香："你要杀我？"

傅香冷冷道："看情况。"

鹿色九道："什么情况？"

傅香道："你要救他？"

鹿色九道："我算到他今天有血光之灾，同时我还算到他命不该绝，会有贵人相助。"

傅香道："你就是那个算命的瞎子？"

鹿色九道："我不瞎。"

傅香道："你是他的贵人？"

鹿色九道："应该是。"

傅香道："那么我就必须杀了你。"

鹿色九嘻嘻笑道："在你杀我之前，我想给自己算一卦。"

傅香道："可以。"

鹿色九从挂在左肩上的褡裢里掏出一把花生向天一撒，手里无端多了支百炼精钢的判官笔，笔头为狼毫所制，这支笔逐个将空中落下的花生击出，这把花生少说有二三十粒，落地亦是眨眼之事，谁知他提笔疾书，似在书写一封军情急报，花生未有半粒落地。

打出的花生威力惊人，若不是亲眼所见，必会以为是神机营的火铳作祟。

傅香以刀挡下，亦无遗漏，神态并无半分狼狈。

鹿色九款款而来，他看着地面打下的或合或散多已焦黑的花生，拊掌笑道："好卦，好卦，巽为风，以入为主。我鹿贵人掐指一算，任它大风大雨，今日都死不了，死不了。"

傅香右脸颧骨不屑地耸起道："你的毛笔上藏有火药，每粒花生被涂上火药后在我的刀上溅起火星，从而点燃产生意想不到的威力，看来袖里藏风的朋友手脚也不是很干净。"

这一句正中鹿色九下怀："想我鹿贵人手脚不干净总比你背后偷袭来得光明正大，据我所知傅香可是一等一的大英雄，从不会使这些下九流的招数。"

傅香莞尔一笑道"听说的未必是真的，你莫忘了，我可是刺客之首，很多事情你都得自己亲眼见一见才知真假，比如说我的刀。"

语毕，人已野兔般蹿起，登时刀光粼粼，杀气冲天，鹿色九并未着急出招，而是从褡裢里又取出一个竹简，傅香三刀一闪而过，均堪堪削掉他身上摇摇欲坠的一片衣角，鹿色九不慌不忙将毛笔浸入简中，取出时，笔毫沾满墨汁，傅香继续暴风骤雨式攻击，鹿色九一招不用，低头将傅香的刀法画于青石板街上，他的笔力遒劲，画功精湛，临危不乱将对方的招式路数全部纤毫毕现于笔端，傅香虽觉此举怪诞，也无心多想，只一味要取他性命。

半晌，傅香已攻出一百八十三招，鹿色九的画遍布街道、柱子、门窗和屋顶等，傅香居然无法伤及他分毫。

终于，鹿色九发现傅香的招式以一百八十三招为一个循环，不再有新招式出现，他得意洋洋地泼出简里剩余的墨水，傅香以刀挥挡，仍将自己一身雪白的衣服染了半边。傅香平素最爱洁净，衣服不能染上一丝污物，此刻半身衣服尽是墨水点点，已成废品。他溢满汗珠的鼻翼轻轻翕动，向墨点嗅去，恍然惊觉自己早已落入对方的圈套，墨汁的浓臭完全掩盖了火药的存在，当他再次望向鹿色九时，他手里又多了样东西，那东西无论叫什么，作用只有一个，引燃。他的刀上有墨汁，这墨汁的粘性前所未见，刀已无法再用，只能弃刀。

鹿色九手里的钢珠扔向地面，顿时火光四起，炸裂声隆隆，身处自己刀法招式中的傅香只能尽力向上飞去，还好他的轻功不弱，又少了把刀的负重，逃得很快，为避免衣服被点燃，他将沾上墨汁的衣物尽数除去。

花衣人目光中映射出熊熊的火焰，他这才明白打更的为何没有出现，他们在这里交手时，两旁居民为何也没有出现，他们无疑早在此地严阵以待。看来袖里藏风的确是个不容小觑的人物，因为他的大意，差点让自己这支队伍全军覆没。他接住从天上降下被拔了羽毛的傅香，两人缓缓落地，并将自己的花袍披于他身上。

花衣人从自己的腰间抽出一柄剑长三尺的青钢软剑道："好了，我的经脉已通，我来应战。"

此时距经脉解封的一个时辰还差一炷香，花衣人的武功可见一斑。

鹿色九收起自己的笔，朝天喊了声："少庄主，戏看够的话，该你表现了。"

客栈的门应声而开，一群只着单薄衣衫的人战战兢兢地逃离了此地，其中包括县令，除此之外，并无他人。

一滴，两滴，三滴，雨愈下愈大，雨冷得刺骨，大火渐渐熄灭。地上袖里藏风的血水被化开，袖里藏风的人却不见了。

胖子磕磕绊绊地说道："金……金老大，袖里藏风不见了。"

花衣人略感诧异，谁会有如此高深莫测的武功，能悄无声息地在片刻间带走一个人？此人的能力绝不在袖里藏风和那个算命的之下。

胖子心里也直打鼓，他刻意地拍着自己圆鼓鼓的肚皮说道："喂，死瞎子，少在那吓唬人，一定是感到天要下雨，你身上的火药无法施展，所以才在那咋咋呼呼的吧，我一定没有猜错，我就不明白，你他娘的到底是个算命的还是个贩卖火药的？我看你一定屁个武功都不懂。"

鹿色九大笑道："说得好，说得好，我正想请教你如何用屁股把房顶坐穿的绝技，请一定赐教。"

胖子跺脚大骂："你信口雌黄！老子用的分明是脚，哪来的什么屁股！瞎子就是瞎子，老子就算被封了经脉，对付你也绰绰有余。"

他边骂，身子已冲出，冲向还未熄灭的火里。谁料从火里缓缓现出一黑色人影，他手里握着把剑，冷不丁，剑已出鞘，他转身，展动身形，招式大开大合，剑气迫人眉睫，远观此境，似有一人与火缠斗，只三招有余便停手。剑一抖，剑身余烬随风游走，剑光闪烁，龙吟阵阵，无疑是把吹毛断发的绝世好剑。

火灭，归鞘。

傅香被这手绝妙剑法惊得哑然失色，暗道若能练成散花剑，或许自己的剑法也能有此光景。

袖里藏风就在这人的身后，鹿色九正在替他上药。

花衣人抱拳道："好，好一式蛟龙戏水，莫非阁下便是赤剑山庄少庄主是婷飞？"

只见这人赤衣赤靴，打扮精致，俨然富户人家出身，看相貌不过二十有余，却偏生出一股仙风道骨、游戏人间之态。他的穿着极考究，剪裁极合身，方才与火斗剑，竟未伤其分毫，其功力之深，令人骇然。

是婷飞亦彬彬有礼道："好说好说，敢问足下尊姓？"

花衣人坦然笑道："乡村野夫之姓岂入得了少庄主之耳，某只区区采花贼耳。"

是婷飞谦和有礼道："足下未免妄自菲薄，能将堂堂刺涎会总舵主收归麾下，区区采花贼必只是个掩人耳目的虚名罢了。"

傅香心有不甘道："我傅香从不听命于任何人，也绝没有任何人可以命令我！"

是婷飞抱拳一揖道："若是某言语有莽撞唐突之处，还请傅总舵主见谅。尊驾的刀请一定算在我赤剑山庄头上，七天之内，山庄定为总舵主打造出一把世所罕见的旷世奇刀，有此刀后，总舵主便不必再担忧刀上沾染任何不洁之物。"

傅香怒气上涌道："你！你……"

花衣人阻拦道："少庄主此来是否只为沈夫人？"

是婷飞道："是。"

花衣人道："如此我方只能成人之美，你我今日各自收兵，改日若有缘，某定向少庄主好好讨教一番。"

是婷飞道："很好。"

他们中有人气愤难平，低声咒骂离去。

这结果来之极易，是婷飞料想这其中定有猫腻，他飞身踏上屋顶，来到沈姬氏身边，果不其然，沈姬氏面色紫青，已被毒死。

袖里藏风无疑算错了一步，沈姬氏并非一枚至关重要的棋子，她的存在可有可无，如今所有的一切又回到了原点。

袖里藏风醒来时，已身在仙凤布庄主人梅老爷府上，他伤得很重，傅香的刀虽无毒，却造成了一道深约一寸的伤口，内脏与脊椎均受到不同程度的重伤。他一如以往烂醉般吃力地睁开眼睑，模模糊糊地意识到有个人正在他的床边坐着，是个女人，看不清她的样子，他只觉眼前的雾越来越浓。

越来越浓的不只是雾，还有酒，浓浓的酒香似乎把眼前的雾给冲淡了，他清楚地看到了眼前的这名女子，她的眼睛在看向一处时，深邃幽远，她的脑海必定有着万千的思绪，她对世事的思考想必不会比任何一个江湖人士要少，当她目光转移时，眼神便显得皎洁灵动。她到底是一个什么样的女子？

她的相貌并不出众，且平凡至极，倘若将她置于人海，她绝对是最不起眼的一个。但袖里藏风还是被其身上的某个地方吸引住了，他也不清楚那是什么，但他早晚会知道。

她见到袖里藏风醒了，便朝门口轻唤了声，一个人快步走来，酒香浓得使袖里藏风仿佛置身酒海，他的鼻子对酒永远都有无穷的想象力。

六扇门的神捕钱不灵可能是最不像捕头的捕头，你见到他的时候他的手里永远都有酒，他曾经和袖里藏风在京城的王八居豪饮三天三夜皆未醉，从此王八居的掌柜便在酒居外竖了块牌子：袖里藏风与钱不灵恕不招待。只因王八居的掌柜自信自家的酒是最烈最沉的，能豪饮一天一夜者，分文不收；能豪饮两天两夜者，酒居倒贴一百两银子；豪饮三天三夜者，倒贴一千两。豪饮的意思自然不是女人那般咂巴咂巴嘴的饮法，一个时辰必须一人喝掉三坛，很多人能坚持八到十个时辰，但能喝到两天两夜的还没出过两个，除此之外每个人都醉得跟王八似的。那一回，一次就出了俩，还大快朵颐了三天三夜，王八居倒贴了一千两。幸好掌柜的平时酒卖的并不便宜，否则早就赔死了。

钱不灵的毛发之旺盛异于常人，他的头发十天一理，髭须半天一刮。只要偷一次懒，那么你早上见他或许还是个俊俏的小生，晚上再碰见，就是个髭须凌乱的老伯了。还好他与净发社的镊工罗莽是好友，而罗莽的祖先便是相传净发业的鼻祖罗真人，见识过罗莽的理发技艺，再细想当年罗真人刀铆动玄宗的传说，其传奇色彩便觉一点也不为过了。钱不灵得了罗莽的几分真传，一人便能轻松理发刮须，无需赘言。

他在此并非捕头打扮，便衣布靴，任谁也看不出这就是京城大名鼎鼎的神捕百花手钱不灵。

钱不灵手里拿着两壶美酒，一见袖里藏风便递出一壶道："我知道袖里藏风也和我一样，越是生不如死就越要喝酒，只是不知你的四只手还剩几只？"

袖里藏风伸出一只手接过酒壶道："还好，四只都在。"说完，平躺着将酒一饮而尽，饮完畅快地连声说道："快哉，快哉。"立时精神矍铄，宛如新生一般。

一旁的女子惊道："看来酒确是你们男人的灵丹妙药。"

袖里藏风道："还有女人。"

那女子的面容转而羞红一片，转头欲离去。

钱不灵道："袖里藏风就是袖里藏风，永远都改不了油嘴滑舌的臭毛病。你要知道你现在身在仙凤布庄的梅老爷府上，这位便是梅老爷的千金梅去武梅大小姐。"

袖里藏风道："其实我见到你的时候已猜到一二了。"

钱不灵奇道："哦？你躺着也能知道自己身在何处？"

袖里藏风道："因为你，钱不灵，堂堂六扇门的大捕头，好好的京城不待，偏偏跑来江南，想必你此来定是有要案在身，于是我便想，多大的案子才能劳您大驾，说来也巧，这种案子我正好碰见一桩，而且已经深陷了进去，原先我以为我已经打消了他们的如意算盘，未曾想……"

钱不灵幽幽道："未曾想沈夫人却因你而死。"

袖里藏风黯然，半晌才道："此处必定不是沈府。"

钱不灵接道："房间宽敞、器物摆设均考究贵重，也必不是客栈。"

袖里藏风道："不错。"

钱不灵道："顺理成章便该是梅府，坐在你身旁的必是梅府千金。看来你的伤并未影响到你的脑子。"

袖里藏风道："有酒还要脑子作甚。"

二人大笑，袖里藏风笑裂了伤口，梅去武重又回到床边替他换药包扎。

袖里藏风以趴姿问道："梅小姐的医术师承何人？"

梅去武以鹿色九的金创药去填他沟壑般的伤口，轻描淡写道："这药非我所制，是你朋友留于我的，你又怎知我会医术？"

袖里藏风道："我恰好认识一位医术能起死回生的朋友，他看人的眼神像在听摸你的脉搏，他一靠近我，我就感受到他在不由自主地对我望闻问切，我就算身体无恙，也要怀疑自己是不是又得了什么重病。"

梅去武道："我也有这种眼神？"

袖里藏风道"有，简直一模一样，以此判断，你的医术也不会太差。"

梅去武以轻快的口吻说道："倒并非是什么神医高人，只是曾有个游方的怪和尚来府里化斋，他一见我便心生欢喜，遂赠了我本名唤《百解禅》的医书，可惜小女子天资愚钝，只领略其一二。"

袖里藏风问钱不灵道："钱不灵，你向来博闻广记，又身在六扇门那种信息庞杂之地，可曾听过这本叫《百解禅》的医书？"

钱不灵摇头道："并未听过。你知道我对医术向来头疼得很，或许你的神医好友少庄主听过。"

袖里藏风好像这才记起少了一个人，忙问道："少庄主呢？"

钱不灵道"其实我并未见到他，我赶到那里的时候，他已经离开了，是鹿色九把你交给我的。"

袖里藏风当然没有忘记鹿色九，他之所以不在这里，是因为袖里藏风让他去办一件非常重要的事情。

在袖里藏风晕阙前，他透露了一个十分关键的信息。

"这个傅香是假的。"

"假的？你身上的伤可恰恰证明他是真的。"

"若是真的献佛刀，我现在早已去见佛祖了。"

"这么说，倒也有些道理。"

"这是一，其二，傅香虽说领导着刺涎会这个刺客组织，但其为人正派善断，绝不会与采花贼那些人同流合污，且他手下的那五个黑衣人并非来自刺涎会，那些人使刀的手法我曾经见过，若没猜错，使'飞絮劫'的胖子应是海上飞贼的首领黑水太岁王命休；使双刃镰刀被唤作大黑鸟的应是巫山一带黑煞洞洞主影鬼夺魂乔丧；那名使剔骨双刀的女子应是本地猪肉大亨雷顿的女儿雷双双；剩余两人不发一言我也能大致认出他们分别是锦衣卫镇抚使杨汲和大刀关家的某位公子。"

"你再说下去，你这条命可就没了。"

"最重要的一点，这个傅香身上所散发出的香味是人为制作出的，真正的傅香身上的香味我在京城斗法大会的时候闻过一次，至今记忆犹新，我敢肯定绝不是这个假傅香身上的刺鼻香味，尤其这香味里还夹杂着一丝血腥气。"

"所以你到底想说什么？"

"找到傅香。"

袖里藏风说完，紧抓住鹿色九的手便无力地垂落下去。此时，钱不灵偏偏走了过来，在一切结束的时候他居然出现了，他来得也不知是巧还是不巧。

梅老爷听说袖里藏风醒了，早已按捺不住激动的心情赶了过去，当他见到袖里藏风时，多多少少还是吃了一惊，受了那么重的伤，却能像没事人一样与人谈笑风生，确非常人。

梅老爷看上去并不老，两年前已过完五十大寿，头上的白发两只手就能数得清。他的精神好像一直都很充沛，腿脚比很多年轻人都快，他站在那里的时候总显出一副时间不多要赶着去其它地方的模样。一通久仰慰问过后，他便道："藏风大侠尽可在舍下养伤，府里的下人敬请随意使唤，若有任何怠慢之处，还望藏风大侠海涵。至于亡妻之事，请不必挂心，我已将此事托付钱捕头，钱捕头素有神断之称号，要抓住凶手想必绝不在话下。"

钱不灵嗅了嗅鼻子，故作淡定地瞥向别处，袖里藏风知道这是他得意时一贯的表情。

袖里藏风道："如此甚好，待我伤愈再添份力，没准能发现一些钱神断发现不了的事情。"

钱不灵摇头晃脑着道："只可惜，你的伤五天之内都未必能下得了床。”

袖里藏风道：“那就让你领先我五天，你意下如何？”

钱不灵大笑道：“可惜可惜，我查案向来最多只用三天。”

袖里藏风道：“你说巧不巧，三天便能查明白的案子正好我也没有兴趣参与。”

两人相视，欲又是一番大笑，只是这回袖里藏风的嘴让梅去武给捂住，偏偏笑不出声。

梅老爷见此情景，心中亦是哭笑不得，道了声不多打扰，便起身，火急火燎地走向门外，行至门边，突回转身道：“静儿，来，不便再打搅大侠休息。”

梅去武果然低着头跟随父亲离开。

钱不灵向袖里藏风使了个眼色，说道：“梅家的这位千金不日即将大婚。”

袖里藏风顿觉胸口一闷，问道：“所嫁何人？”

钱不灵道：“大刀关家，二公子。”

大刀关家！他凌晨遇到的其中一位黑衣人，便是大刀关家的某位公子，关家不仅擅使长刀，他们鬼头刀的霸道狠厉在江湖上也是威名远播，很多刀客都不愿与关家交手的原因之一，便是关家刀法多变，长刀可作短刀使，短刀亦可作长刀使，手法奇绝，变化极多，若非一等一的刀法高手，随时都会成为关家的刀下亡魂。

袖里藏风喃喃道：“有意思。”

钱不灵继续道：“还有更有意思的，你要不要听？”

袖里藏风道：“你知道我不喜欢别人吊我胃口。”

钱不灵道："那位二公子先天智力不足，有别于常人。"

袖里藏风惊诧道："你的意思是，梅老爷把自己的掌上明珠嫁给了一位……一位……"

钱不灵直截了当道："傻子。"

袖里藏风道："这我可就有点想不通了，据我观察，梅小姐分明是个十分聪慧，又很有魅力的女子，对自己的长辈唯命是从，孝顺有加，梅老爷怎会做如此草率的决定？"

钱不灵道："你想不通？我也想不通。没人能想得通。照道理，关家其余两位公子也未婚配，即便嫁也该嫁大公子，再不济，三公子。"

袖里藏风道："说到想不通的事情，我这里还有一件，从梅老爷刚才的神态看，他一定隐瞒了些什么事情，而这些事情他是不想让外人知情的，更重要的是，这些事情你钱不灵一定已知晓。"

钱不灵神秘一笑道："我知晓，但我不能说。"

袖里藏风道："和朝廷此次对你的任命有关？"

钱不灵道："其实你不用急于知道太多事情，你现下的任务就是好好养伤，等时机到了，你想不知道都很难。"

很难，天色看上去很难让人对这夜晚有任何美好的幻想，凌晨那场大雨之后，整个白天都是晴空万里，一入夜竟狂风大作，山雨欲来，或许唯有诗人才能对此有所寄情。

袖里藏风的房门被大风野蛮地推开，落叶沙尘在屋里周游打转，倏尔飘进来两张贴在门上的画纸，红底黑墨，第一张纸上画着只王八，一旁有小字：六足王八镇乾坤。第二张纸上画着只四不像的鸟，共九趾，一旁小字曰：九趾怪鸟守太平。

无论王八或鸟，画的都是袖里藏风，袖里藏风自然知道这天才画手是谁。

这两张纸不偏不倚飘到了袖里藏风的手里，袖里藏风抖了抖这两张门神画道："九色鹿，你来了，我以为你会晚几天才回来。"

一个声音在房里回响"谁让我是九色鹿，好人做到底，送佛送到西。没我守着你，你在床上铁定活不过一天。"

袖里藏风道："我要是唐玄奘，肯定不找你这只泼猴陪我西行，还没到西天我就被你气死了。"

那声音不忿道："哼，那好，告辞告辞。"

袖里藏风语气诚恳道："别别别，我是坏人，没了你九色鹿，那些妖魔鬼怪来了，我可怎么办啊。"

鹿色九从门外乘风而来，仿佛天神下凡。

鹿色九道："好说，你手里恰好有两张门神，我帮你重新贴到门上，你就不用怕了。"

袖里藏风重新审视过门神画后，敬佩道："嗯，这俩门神能耐的确不小。"

鹿色九得意笑道："那是，想我鹿半仙光画这两张门神就用尽了毕生的法力，你一定得好好珍藏。"

他随性地往袖里藏风的床边一坐，问道："看来你的手还能动。"

袖里藏风原先拿着门神的手此时正抓着一把花生，他往嘴里塞了几粒后，说道："何止能动。"

鹿色九叹息了声道："看来以后我得在褡裢里放两条毒蛇，你的手要是再不规矩，就算把少庄主找来都救不了你。"

袖里藏风耸了耸眉毛道："其实我一直都很想知道你这褡裢里到底放了多少东西，里面是不是还装着一座豪宅？"

鹿色九道："其实我也一直很想知道你这袖子里到底藏了多少风，能不能藏得下龙卷风？"

两人向来一见面就是你一言我一语互相贬损，损完对方，友情反而愈加坚固。

袖里藏风道："说正事？"

鹿色九道："好。"

袖里藏风道："可见到傅香？"

鹿色九道："见了。我的几个同行都打听到刺涎会近来正在准备一项极秘密的任务，因这任务他的行踪才暴露。"

刺涎会的任务当然是刺杀。

袖里藏风道："他们的目标是谁你的同行应很难打听。"

鹿色九道："虽说都是半仙，说到底，不过装神弄鬼的凡夫俗子，能耐有限。"

袖里藏风道："别的不说，最起码你算出我有血光之灾，就这一点来说我还是很佩服你的。"

鹿色九道："但我千算万算也没算到他们可以找到一个能使出献佛刀的假傅香，而你又偏偏信心十足想以一己之力与你一无所知的对手交战。"

袖里藏风道："惭愧得很，我现在就想找个地缝钻进去。不过有件事情我一直很在意，那个假傅香并非易容，他的音容相貌、武功路数与真傅香几近难分真假。"

鹿色九道："不错，少庄主也曾这么说过。"

袖里藏风道："你见到真傅香的时候可曾询问他是否有其他同胞兄弟？"

鹿色九摇头道："我只远远地见了他一面，还是通过一位老友的安排，他从小无父无母，长于寺庙，即便有一两个失散的同胞兄弟，他也从不知晓。剑法与刀法均是领悟于大殿佛像前，并未传授与他人。"

袖里藏风奇道："远远地见上一面是何意？"

鹿色九道："隔湖而望，相隔百丈。"

"为何？"

"不知。"

"如何断定他便是真傅香？"

"散花剑！"

若不是重伤在身，袖里藏风差点猛地坐起。

"他让你见到了散花剑？"

"不错。那是我生平见过最快的剑，剑法极其玄妙，假使释迦牟尼会使剑，使的必是散花剑。"

"那是一把怎样的剑？"

"万物皆剑。"

这简简单单的四个字便道出了散花剑剑法的精髓，那与其说是剑法，不如说是佛法。

鹿色九眼神痴痴地说道："我亲眼目睹他空手舞剑，手中似剑非剑，剑招身法行云流水，剑法稀松平常，却暗藏大气象。正当我如痴如醉之际，他一剑劈来，有吞云吐雾之势，恍惚间，我似真的看到有一把剑自湖面另一端闪电般旋转着劈来，待我回神，忙出手格挡，剑光一触即散，化作千万花瓣翩翩飞舞。定睛细看，哪有甚么花瓣，唯有剑气宝相庄严。"

袖里藏风听得入神，谁料鹿色九又继续道："等我再看向对岸时，他已只剩背影，远远传来一句：你已中剑。回想格挡时的光景，忙掀开自己胸前衣物，发现……"

鹿色九边说边将胸前衣物拨开，胸膛正中赫然有一红点。

袖里藏风大惊失色道："你果然已中剑，可有何不适？"

鹿色九道："有，比以前更豁然明朗，这一点尤其不适。这种感觉更像是出家人在寺庙受戒时，以香燃顶。"

袖里藏风道："看来你以后可以向人吹嘘自己是中过散花剑的人。"

鹿色九喜上眉梢道："这一点你倒是提醒我了，我得在我的半仙幡上添这么一笔。"

其实他们都明白，散花剑不伤人命便已达如此境界，但凡杀念一动，最后站着的是谁，躺着的是谁，全无悬念。

鹿色九所谓的不知为何隔湖相见，也并非真的不知，若非有这么一条湖，他早已丧命。这条湖是保证在不伤及他的情况下，还可以让他见识到散花剑的最佳选择。

他还忘了说那时下着雨，雨中的散花剑格外绚烂迷幻，这可能是他一辈子最宝贵的经历。

袖里藏风道："对于假傅香，他有何说法？"

鹿色九道："已知晓。"

袖里藏风道："已知晓？"

两人的眼里多了些不言自明的东西。

已知晓的意思，就是不用再担心有这么一个人，就是世上有且仅有一个傅香的意思。

袖里藏风道："所以，我们当下要解决的便是梅府的案子，我的直觉告诉我，这件案子并不简单。"

鹿色九道："我进府的时候听说案子已交由钱不灵来侦办。"

袖里藏风的神色颇耐人寻味。

鹿色九道："你不信任钱不灵？"

袖里藏风道："或许你还不曾察觉，如今的事态已到了万分凶险的地步，必要的时候，你最好连我都不要信。"

鹿色九神情凝重道："最近我也有一种不太好的预感，我为此算了几卦，每一卦非凶即险。我隐隐感觉到有一股庞大的势力正在潜移默化中掌控着整个武林，有无数双隐形的双手正在策划着一起又一起的阴谋杀局。"

袖里藏风道："我们的感觉很接近。"

鹿色九道："你是不是怀疑，出现在我们面前的这个钱不灵也是假的？"

袖里藏风道："其实这也不能怪他，只因他出现的时机实在非常可疑。从京城到江南骑马最快也得十天，十天前大内到底发生了什么？他明里说是奉朝廷之命，谁又知道朝廷究竟有无此任命？再者，既是奉皇命查案，想必关系重大，又怎会他一人孤身前来？他西南二位师弟为何没有同行？"

鹿色九接道："你是说枪神西冰啸，火神南岩狼？若连这二位都离京，事态的严重性实在无法想象。"

袖里藏风道："你说的的确在理，若三人一起离京，势必招来武林恐慌，钱不灵先至，摸清敌情后，再与六扇门联手动作。"

袖里藏风的伤势使他强打精神的身体难堪重负，眼睑沉重，欲昏昏睡去。

鹿色九沉吟良久后道："藏风大侠是否仍对钱捕头有所提防？"

袖里藏风在鹿色九手心写了几个字，便放心睡去。

鹿色九吹熄灯火，离开房间，屋外风停雨未落，皓月当空，月色正美。

夜很静，静得可以听到树叶偶尔为之的沙沙声，沙沙声骤然被一段吱呀声打断，一个黑影偷摸溜进袖里藏风的房间，待来到他床边，拔剑便刺，一剑下去，被下竟是空的，鹿色九一支百炼精钢的毛笔从天而降，在黑影脖颈前一钩一押，将他逼得连连后退，黑影反应迅捷，随即施展剑法，剑招凌厉无情，霎时间屋内桌椅陈设尽皆粉碎，他深知一击不成不宜久留，趁交手间隙闪出房门。

鹿色九快步追出，至外廊，只见院内血迹斑斑，一人提刀立于月下，刀在滴血，黑影无疑被砍伤。

钱不灵幽幽道："他跑了。"

第三章　　钱不灵的手

钱不灵的手很光，很滑，柔若无骨，这双手平时做的最多的一件事就是拎着酒坛子往嘴里灌酒，巧的是，他杀人用的也是这双手。

百花手钱不灵的这双手没有袖里藏风的快，也没有习武之人的粗糙、布满老茧，那更像是一双女人的手。钱不灵出生于闽江一带的瓜果大户，家中所产的水果多作朝廷贡品，无论龙眼、荔枝或忠果均需严加挑选，不能有一颗坏果，坏了名声事小，触怒龙颜事大，皇帝心情不好，说不定就得定个意图谋害罪。贡品挑选完毕，装进红木制作的冰鉴，由一队人马日夜兼程护送入京。家中厅堂挂有皇帝亲手所书匾额：天下第一果。

钱府除了做水果生意，还掌握有一项十分重要的工艺——榨油，尤以忠果榨出的油为一品，此油于光下晶莹透亮，入锅即有清新果香味溢出，烹饪出的菜肴相比菜籽油更清爽少油腻。钱不灵幼时常偷取忠果油涂擦双手与面部，久而久之，他的手和脸滑嫩更甚女子，这件事亦令教他习武的师父大感不解，只道是个水做的孩子。

钱不灵的师父姓赵，名曰焕亭，身怀绝学，郁郁不得志，彼时已年过半百，后机缘巧合成为六扇门总捕，专职捉拿查办江湖中为非作歹的奸邪之徒。除钱不灵外，还有两名关门弟子，此二人幼年于一场灭门血案中幸存下来，后查明此案为门派报复所为。河北断魂枪宗主因忌恨河南神枪派夺其风头，暗地策划血腥惨案。神枪派分西南两家，枪法又属两派，然西南两家世代交好，和平共处，两家时常聚于一堂，把酒言欢。断魂枪打听清楚，趁两家夜里酒醉，血洗二十八口。西家宗主西鸿山手执霸王枪，拼死抵抗，南家宗主南潮峰于此时将西南二子藏于屋顶，随后，两位宗主双双战死，死后抱枪不倒。这是赵焕亭任六扇门总捕的第一桩大案，从调查到结案，只用了三天。断魂枪宗主周经沙被赵焕亭一杆银枪刺穿身体，半仰于山巅，半月后，剩一具遭野狼啃噬的残缺尸体。其余涉案者尽数归案，判斩立决。钱不灵便是在那时遇到了他的两位师弟，也是在那时给自己定下一例铁则，断案不过三天，过则罚，罚站睡一月。

钱不灵对自己永远都有着异常严苛的要求，对朋友他也有着一套自己独特的辨别标准，这也是为何他会和袖里藏风成为好朋友，官和贼向来水火不容，然而他们两人一旦联手，黑白两道都得提防着这两个疯子。

钱不灵不用刀，也不用剑，他对赤剑山庄有恩，少庄主是婷飞曾亲手打造了一把削铁如泥的双影剑赠与他，他谢绝；是婷飞又打造一副金刚不坏的手套金丝缠，他又谢绝。是婷飞一怒之下便不与他说话，时隔多年，两人几无一语。袖里藏风问他原因，他只是笑笑。

袖里藏风了然这笑，他也不用武器，他只用手指或叶子，只因他对武器的不信任，他坚信每一柄剑或每一把刀都是有魂魄的，里面都藏着一个剑灵或刀灵，是灵也可以是魔。它们的使命就是嗜血，一块玉佩戴在人的身上尚且能影响人的心性，更何况是一柄剑一把刀。

袖里藏风思忖傅香的散花剑能到万物皆剑的境界，想必亦是此理。然而他的献佛刀还需有刀，是否代表着……

钱不灵既不用刀，手中为何有刀，刀被血染了一片殷红。

若袖里藏风见到此刻的钱不灵，脸上的神情应和鹿色九相差无几，鹿色九难以置信地盯着他问道："钱捕头，你用的是刀？"

钱不灵迷惘地看着他说道："这的确是一把刀。"

鹿色九道："可你从不用刀。"

钱不灵冷冷道："可我偏偏用了。"

鹿色九细看这把刀，不过平平无奇的纯钢打造之腰刀，以钱不灵的身份，即便佩刀也绝不会找一把如此朴素的刀，在月光明灭中他依稀看清楚这把刀并未开刃。

钱不灵看出鹿色九已发现这把刀尚未开刃，便坦率道出事实："此刀为我徒儿小珠子所有。"

鹿色九似已察觉出什么，便问道："不知钱捕头高徒身在何处？"

钱不灵面上显出冷清孤寂的神色，道"走了，去了一个很远的地方，去见他的爹爹阿娘了。"

鹿色九又问："想必贵徒年纪尚小。"

钱不灵道："还未及束发。"

鹿色九半信半疑道："是否为人所害？"

钱不灵摇头道："中了邪症。"

鹿色九不解道："邪症？"

钱不灵神情哀婉道："无端端对着不存在之人说话，三更半夜从梦中惊醒，说是有恶鬼索命，在思绪极度疲乏之下，刎颈以求解脱。"

鹿色九暗自揣摩着钱不灵的话语与神情，渐渐卸下心防，但要彻底排除他的嫌疑，还有待观察。

鹿色九道："可曾看到黑衣人的面目？"

钱不灵不无遗憾地说道："惭愧，不过我已重伤于他，料他此番逃脱后，必不敢再轻举妄动。"

鹿色九道："依钱捕头之见，此人是何来历？"

钱不灵道："这一点，你该问袖里藏风，谁想杀他，他应比你我更清楚。"

袖里藏风并不清楚，在听到窗外有异常响动时，他就在鹿色九的手心写了四个字：不速之客。鹿色九将他塞入床底，用枕头被子伪装成床上有人的模样，随后躲在房梁上，黑衣人拔剑行刺时，他便掠下。

袖里藏风又躺在了床上，是他的贵人鹿色九将他藏起来的，也是这位贵人把他放回原位的，袖里藏风在心里自然感激得很。

袖里藏风道："我能想到的只有采花贼那帮人，亦或许是杀害了梅夫人的凶手，除此之外，我毫无头绪，没想到我躺着也能招来杀身之祸。不过，既然我已丧失行动能力，唯一可以找出梅府凶手的，就是你钱不灵，假如行刺之人便是凶手，为何他找的不是你而是我？"

钱不灵道："很显然，你是我们之中最容易解决的，他当然要先解决你，即便你躺着，你的脑子却还能想事情。"

袖里藏风道："我很好奇黑衣人来时，你在做什么？"

钱不灵道："我在房里看刀。"

袖里藏风道："刀是你徒弟的，你徒弟已病逝，那你又是何时收的徒弟？"

钱不灵笑笑，说道："你是在审问我？"

袖里藏风道："我只是想搞清楚每一个细节，还有我知道你从不轻易收徒，我们上次见面大概是半年前我去京城找你喝酒，我敢断定你那时还并未有这么一个徒儿。"

钱不灵道："恰好是在你那次走后我才收的他，他跟你一样无父无母，靠着和你一样的本领为生，只不过比你少一只手。"

少一只手就是三只手的意思，袖里藏风依然不依不饶道："你手里的刀是他的？"

钱不灵道："不错。"

袖里藏风道："你想教他长大后当个捕快？"

钱不灵道："不错。"

袖里藏风道："你确定他是你的徒弟，而不是你的私生子？"

这句话听得钱不灵先是心中大骇，随后强颜欢笑道："看来我错了，你的伤的确累及了你的脑子。"

袖里藏风得意道："先别急着说我脑子，从你方才的反应来看，我猜对了。"

鹿色九也火上浇油道："钱捕头刚刚的神色恰好说明事情并不简单。"

钱不灵面上挂满尴尬的笑容，问道："我不明白，这件事情到底哪里有破绽？"

袖里藏风道："你收徒的时间和缘由的确毫无破绽，破绽即在于这把刀。"

钱不灵道："这是把随处可买到的腰刀。"

袖里藏风摇头道："若是你的徒弟，你断然不会教他用刀。"

钱不灵轻拍着额头，说道："千算万算，愣是没算到这一点，我居然忘了袖里藏风可是个比狐狸还精的人。"

袖里藏风转而换了一副万分忧伤的神色，说道："钱捕头，那小珠子真是你的孩子？"

钱不灵眼含泪光道："他不叫小珠子，他叫钱乐生，他娘姓乐，他的刀法是他养父所教，他的养父在与人交手时被暗算身亡，他娘给我写了封信，让他带信来找我，她却在家自缢身亡。乐生随我南下时，不知怎么就染了怪病，我本想带他去求少庄主医治，无奈还是为时已晚。"

袖里藏风与鹿色九听了，一阵感伤，良久说不出话来。

钱不灵悄然收起自己的情绪，说道："那么，我现在是否已被排除了嫌疑？"

袖里藏风俏皮说道："那倒不一定，在我还未掌握你来此的目的前，你仍然十分可疑。"

话是这么说，但在精明如狐狸的袖里藏风心里，这个钱不灵无疑是货真价实的，他髭须与头发的生长速度也完全与真正的钱不灵相一致，这一点无论对方多么神通广大也是无法做到的，少庄主是婷飞曾经试图研制出一种可以抑制毛发生长速度过快的药方和加快毛发生长的药方，可惜均告失败。连少庄主都做不出的神药，放眼全江湖，能做到的就他所知，几乎没有。

钱不灵道："你们似乎忘了问一件事。"

袖里藏风道："你为何没有追上那名黑衣人，凭你的轻功要追上一个身负重伤之人，简直不费吹灰之力。"

鹿色九道："我赶到的时候，钱捕头你的模样好似还有些狼狈。"

钱不灵道："不错，的确是这件事，而我之所以没有去追，也并非别的理由，而是我被他暗地发出的银针打中了双脚的太溪穴，使我轻功一时无法施展。"

袖里藏风道："这种银针打穴的手法，与我的一叶知天颇为相似，有了这条线索，对我们今后了解黑衣人的身份倒是多了点帮助。"

鹿色九朝门外张望了会儿，意味深长地说道："这家人倒是奇怪，这里的动静不算小，却一个人都不见出来。"

袖里藏风也嘀咕了句："的确很奇怪。"

他看向钱不灵，钱不灵正襟危坐，半晌才道："看来我是该说说关于梅夫人的案子了。"

袖里藏风道：“钱捕头就不怕我比你先找出凶手？”

钱不灵道：“不怕，只因这案子比你想象的要复杂得多，你若是连这么复杂的案子都能解开，我钱不灵一定输得心服口服。”

袖里藏风道：“我们是不是得赌点什么？”

钱不灵道：“你不是想知道我此次离京的任务？我要是输了，就据实相告。”

袖里藏风笑了笑，说道：“钱兄是在说笑吗？这案子告破之时，你来此所为何事，我想必也已知道的一清二楚，哪里还须烦劳钱捕头相告？”

钱不灵也觉自己方才思虑有所欠缺，便问道：“那么你想怎样？”

袖里藏风道：“酒！谁输了就请谁喝上三天三夜的酒，不醉不归。”

钱不灵爽快地答应道：“好！一言为定！”

钱不灵之后所讲的这起命案之所以不是一起单纯的谋杀案，除了凶手身份成迷之外，还有一个很重要的原因。

钱不灵不疾不徐地述说道：“当日用过晚膳后，梅老爷来到卧房本想叫夫人多少吃一点东西，梅夫人那天在用膳前突然说自己没胃口，便回了房间，谁知梅老爷再次见到她时她已腹部中刀而死。到此为止，这起命案与一般命案并无二致，怪就怪在，梅老爷去叫夫人时特意嘱咐一个叫小英的丫鬟端着一碗熬好的燕窝粥跟随着他，来到门口，梅老爷发现门上了闩，他与丫鬟在外面一起敲门呼喊房内的夫人，可夫人一直未应声，梅老爷预感到一定是出了什么事，便让丫鬟去找家丁把门撞开。”

袖里藏风起疑道：“我观察过梅老爷，看他行走的步伐早前一定也练过武，听说梅家的祖先曾用梅式剑法与关家的大刀打了个平手，想来梅老爷对梅式剑法的掌握应该不浅，凭借他的功力撞开那扇门完全绰绰有余。"

　　钱不灵道："你别忘了梅老爷如今可是个大忙人，前前后后那么多事需要他操办，再加上他年事已高，一没时间二没精力，功夫荒废久了自然生疏，况且他那种急匆匆的步伐本就是生意场待久了所致，与武功高低无关。还有些事情，我也只是听说，不敢断言，梅老爷身子骨本就脆弱，双手时不时抖得连筷子都拿不住，那双脚由于一次外出时走得过于迅疾，不幸从石阶上滚落磕断了脚上的踝骨，后来坐了有半年的轮椅，还是被自己的女儿梅去武小姐治好的，我想能将人断裂的骨头重新接上并让其愈合的医术绝非普通人所有，这也许得归功于那本从未听说过的《百解禅》。"

　　袖里藏风道："你这么一说，倒的确合理了，同时也勾起了我对那本《百解禅》的好奇心。"

　　钱不灵继续说道："丫鬟小英找来三个家丁，让他们撞门，三人合力撞向房门，房门剧烈地晃动两下，并未撞开，三人再次使力，门开了，一块门闩裂成两半掉落在地。梅老爷抢先走进房间，快步行至榻前，乍看床上的夫人好端端地躺着，细看之下，夫人睁着的那双眼睛冰冷无神又透着些许惧意，梅老爷呆愣了会儿，随即伸手去探她鼻息，他的手指碰到她鼻端时仿佛被阴间吹来的寒气所冻住，吓得他趔趄后退，朝天摔了一跤。好歹梅老爷是行走过江湖的，这一跤把他摔清醒了，小英将他扶起后，他火急火燎地迈向门前，命令家丁关门，搜查房间。梅老爷特意察看了卧房的窗户，每一扇都用铜质的窗栓栓得坚实无比，家丁搜查了每一个角落均未有发现，房梁上看不到半个人影，梅老爷回想进屋后的点滴，和后面进来的三人核实过后，也肯定门后并未藏有他人。"

　　鹿色九急得挠起了脑袋，不解地问道："这件事情完全不合逻辑，在一间门窗全都闩死的房间，只发现了一具尸体，却没发现凶手，那么凶手是怎么离开的？难不成他会穿墙术？”

钱不灵微笑着说道：“这就是整件案子最诡异的地方。”

袖里藏风问道：“你能确定夫人一定是被杀吗？有没有可能是自杀？”

钱不灵斩钉截铁地回复道：“绝无可能！”

袖里藏风道：“为何？”

钱不灵道：“当日恰好是中秋节，梅府的千金梅去武小姐简单用过晚膳后便一个人逛灯会去了。待她一个时辰后回来，才得知她娘亲被杀，悲愤之际，她先于翌日冒牌衙门的仵作到来前检查了尸体，死因是刺中要害而死。从伤口刺入的角度与力度来判断，单凭夫人一人是无法做到的。翌日到来的仵作给出了同样的结果，那仵作现在看来并非假冒。还有一点，不懂武功的梅小姐并不知情，梅老爷同样检查过伤口，他发现夫人是死于自家的梅式剑法之下，虽然外人看来那只是平平无奇的一刺，但在他梅老爷看来，这一刺实在太像是出自自己早已仙逝的父亲之手，那一刺，简练凶狠，毫无预兆，像是凭空出现的一剑，无疑是梅剑八式的第七式雪中染梅。”

鹿色九道：“这哪里是雪中染梅，我看这招应该改成血中染梅。”

袖里藏风道：“两个问题，第一个，梅小姐为何一个人去灯会，她的丫鬟怎么没陪她去？第二个，梅老爷既然看出梅夫人死于梅式剑法，那么他心里对于凶手的身份是否已经有了合适的人选。”

钱不灵道：“第一个问题倒是很简单，只因梅小姐待嫁在即，而她身边的丫鬟都是梅老爷买来的，她们真正听命的还是梅老爷，出去逛个灯会，还要被人看着，是我我也会觉得难受。”

袖里藏风道：“话是这么说，我想梅老爷怎么样也不会让自己的宝贝女儿真的一个人出去的，万一……”

袖里藏风小声说道：“她不想嫁，跑了怎么办？”

钱不灵道：“所以那晚还是有两个丫鬟和家丁跟着她，只不过跟丢了。我亲自询问过她们，她们说小姐背后就像长了双眼睛，刚刚还在，一眨眼就不见了，找了一会儿，又出现了，又一眨眼，又不见了，一个时辰小姐不见了得有七八次。”

袖里藏风似是被梅去武小姐的举动逗笑了，触动了伤口，他哎呦一声唤之后，继续问道：“第二个问题呢？”

钱不灵道：“第二个问题比较复杂，据梅老爷所说，唯一可能下此毒手的，只有他的二儿子，梅去武的亲弟弟，梅剑冲。”

袖里藏风好奇道：“梅家还有个儿子？”

钱不灵道：“不错，梅夫人生完女儿之后，第二年才有的儿子，假若第二胎不是男孩，还会生第三胎。”

袖里藏风问道：“所以，钱捕头你觉得凶手是否就是梅家的二公子梅剑冲？”

钱不灵笑了笑，说道：“关于这位二公子的事情，你们一定会有兴趣知道的。”

鹿色九兴致勃勃地说道：“哦？看来他是个有故事的人。”

钱不灵接道：“还是非常俗套的强抢民女的故事。”

袖里藏风和鹿色九面上写满了震惊。

袖里藏风道：“没想到梅二公子竟是此等霸凌之徒。”

钱不灵道：“案发当晚，梅剑冲与他姐姐梅去武同样不在府中，梅剑冲带着两个自己买来的打手去灯会挑美女，还专挑那种一看打扮便知家境贫寒，没有靠山的农家女，如梅剑冲所料这种女子一旦知道对方家境显赫，有权有势，在被施暴奸污的过程中连最起码的反抗都做不到，只能掩面哭泣。"

袖里藏风叹息一声，说道："那女子……是在什么地方发生的？"

钱不灵道："梅剑冲并非初犯，只是之前被他欺负的女子都得到了对她们来说一笔不菲的赔偿，这些钱对梅剑冲而言只不过是嫖客所付的嫖资罢了。他在离灯会不远的地方租有一间小屋，每回带女子回来施暴，周围的居民都听得清清楚楚，却不敢多言。这次好巧不巧，赶上他母亲被害，事情才被曝光，气得梅老爷将自己的宝贝儿子打成重伤。"

鹿色九道："梅老爷的身子骨打得动自己儿子？"

钱不灵道："他是老爷，自然不需要亲自动手，就在这边院子里，命令家丁打了他八十大板，尽管他武功不弱，却也被打得昏死过去。"

袖里藏风道："所以，当晚梅剑冲并不没有作案时间？"

钱不灵道："不错，那名女子及两名同行打手均可作证。"

袖里藏风道："有没有可能这整件事情都是梅剑冲为了当晚杀人而刻意编造的谎言？那名女子也是被收买的？"

钱不灵道："你想到的事情我当然也想到了，所以今日整整一日，你在睡大觉的时候，我都在查问不同的证人，我去了梅剑冲租住的小屋，问过住在周边的居民，他们亲眼见到梅剑冲和两个凶神恶煞的人带着一个弱小可怜的女子进到屋里，随后便是一阵令人不堪的淫辱声。"

袖里藏风道："那名女子现在怎样？"

钱不灵摇着头，一脸无奈道："她的父母拿走了梅剑冲给她的钱，嫌弃她是个不洁之人，将她卖到了妓院。"

袖里藏风深深体会到一种无力感，一个正直青春靓丽的妙龄女子，她本该拥有自己幸福的人生，遇见一个爱她的男人，照顾她一辈子，可这一切都被这个梅二公子给毁了。之后她又被自己野蛮粗鄙的父母残忍地抛弃。

袖里藏风感慨万千道："梅二公子犯下的哪里是什么强抢奸污民女的案子，这明明是桩杀人案，将一个鲜活健康的女人抹杀掉，让其再被自己的父母所抛弃买卖，除了命案，这还是一桩天大的冤案。"

三人都陷入沉默，良久，袖里藏风不知从哪掏出一沓银票，交给钱不灵道："这里的钱足够赎她出来了，还够她买个房子安顿好自己，如果她对男人还没绝望，她应该试着找一个爱她，不计较她过去的男人一起生活。"

钱不灵收下银票，说道："其实这件事情本该由我来做，毕竟我已见过她，可……"

袖里藏风道："可你是官，又是个清廉的好官，这么多钱，你当然拿不出来，钱不灵这名字你爹起的可真对。"

钱不灵回敬道"你是贼，袖里藏风这个名字也比你的同行起的好。"

袖里藏风重回一本正经的神色，说道："彼此彼此。看来现在梅二少的嫌疑是彻底排除了，梅大小姐却还是很可疑，她在丫鬟的跟踪下消失了七八次，她到底去做什么了？如果凶手是她，她又是何时练的梅式剑法？我听到梅老爷喊她时，叫的是静儿。"

钱不灵道："这是她的乳名。"

袖里藏风道："乳名叫静儿，大名叫去武，想来梅家人是最不希望她习武的。"

钱不灵道："不错。"

袖里藏风道："而且，就算梅大小姐可以瞒着梅家上上下下一个人偷学剑法，她又是和谁学的？剑法已到了什么火候？最重要的一点，她有杀人的动机吗？"

这问题问出来，三个人立马异口同声道："关家！"

鹿色九随即又提出了质疑："不对，即便是梅夫人主张把自己的掌上明珠嫁给关家的傻公子，可杀了她依然解决不了任何问题，婚约并没有因此取消。"

钱不灵也附议道："据我观察，梅大小姐本身就是医术高手，平日对自己的呼吸吐纳与行走步伐均掌控得当，这与习武之人几至无声的喘息、轻盈灵活的步态别无二致，就此断定她是习武之人，未免武断。"

袖里藏风道："如此，梅大小姐似乎也从我们的嫌疑人中排除了。"

鹿色九道："那么剩下的会梅式剑法之人……"

钱不灵道："梅老爷。"

袖里藏风问道："可梅夫人死于梅式剑法是梅老爷自己提起的。"

钱不灵道："梅二公子会梅式剑法，他主动提出，只为消除嫌疑。随后又让人报官查案，官府不作为，他又把我们请来，亦是为此。"

袖里藏风道："他又有什么动机？"

钱不灵没有回答，他明白这是袖里藏风在下套，他不能回答。

鹿色九道："还能是什么动机，作为男人三妻四妾再平常不过，一辈子就一个女人陪着，是我我也想换换口味。"

袖里藏风道："真这么简单吗？"

这个问题还是问的钱不灵，钱不灵依然不答一言。

鹿色九又补充道："是梅老爷第一个冲进案发现场，也是他第一个碰触了梅夫人的尸体，不，说不定那时梅夫人并没有死，如此一来，凶手杀人后从房内消失之谜也就说得通了。"

袖里藏风否定道："九色鹿，你别忘了，梅夫人是腹部中剑而死，梅老爷进屋时手上可没有兵刃，即便有，他也不可能当着几个下人的面行凶。"

鹿色九一副万分痛苦的表情说道："哎呀呀，这案子实在太复杂了，我们不仅要解开是谁杀了梅夫人，还需要知道凶手在杀人之后是如何消失的，难不成是有鬼怪作祟？"

袖里藏风拿起两张门神画，说道："九色鹿，你忘了这里还有两位能耐通天的门神呢，六足王八和九趾怪鸟保你平安无事。"

鹿色九不自觉被自己所画的两个门神给逗笑了，他笑着说道："就是就是，你不说我都忘了，王八怪鸟，法力无边，不用怕，不用怕。"

袖里藏风沉吟半晌，又道："我总觉得这起案子还少了一个人，一个非常关键的人，不知钱捕头有没有这种直觉？"

钱不灵道："巧了，我正好也有这种直觉。"

袖里藏风刺探性地问道："钱捕头既然和我有同样的办案直觉，八成也早已经想出了答案。"

钱不灵神秘莫测地说道："不可说不可说。"

袖里藏风隐隐有些愠怒道："那你准备什么时候才说？我猜猜，你之所以不愿开口是因为朝廷让你保密，而你钱不灵又是个老实巴交的忠臣，这才一个字也不说。"

钱不灵道："忠臣谈不上，职责所在罢了。上面给我的命令我必须遵从，就算你去问梅老爷，梅老爷也不会多说一个字。但是我们不说，不代表你就无法知晓。我和梅老爷已经谈好，明天一早便去夫人的墓地开棺验尸，到时……少了的那个人自然会冒出来。"

距离明天一早其实已经不到两个时辰。

鹿色九登时想起一件由于大家分析案情而忽略的事情："之前我们说到这家人怪异之极时，钱捕头你便主动开始给我们讲述案情，不知这两者之间有何联系？"

钱不灵道："其实我也无法断定这两者之间是否有所牵连，只是在两年前，那位身着花衣的采花贼便致信来此，信中明确说到要来将梅夫人带走，好夜夜与她交欢之类的污言秽语。"

鹿色九道："一个月前，当夫人死于完全封闭的卧房中，梅家上下的嫌疑又全都排除以后，最可疑的便是那采花贼。"

袖里藏风道："这就是为何今晚有人夜闯梅府，梅府却噤若寒蝉？"

钱不灵道："大体应是如此，而且他们也都知道你身上的伤是采花贼一行所为，你入住梅府的第一晚就被行刺，无疑来此的不速之客必是采花贼。"

袖里藏风道："可采花贼又怎么会梅式剑法？"

鹿色九道："说不定是梅家的祖先在外面留的私生子，这私生子也得了梅式剑法的真传，而这个私生子的后代就是采花贼。"

钱不灵道："这个理由有些牵强，若双方乃同门同宗，又怎会自相残杀？"

鹿色九道："采花贼之所以为采花贼，肯定是日子过得不顺，便对梅家嫉恨在心，下了杀手。袖里藏风，你怎么不说话？"

袖里藏风道："我方才在问到少一个人时，钱捕头并未说出关于采花贼的事情，而采花贼一事显然不在朝廷的命令之中，那么少的那一个人必定不是采花贼。"

鹿色九焦急跺脚道："不明白不明白，什么少一个人多一个人的，完全不明白，我现在困得要死，就想在梅府的大床上好好睡一觉，一觉醒来，就有满桌的好菜等着我填饱肚子。"

钱不灵拍了拍鹿色九的肩道："你还不能走，我想袖里藏风还有话要跟你说，我先走。"

钱不灵这一晚吊足了他们两个人的胃口，嘴巴锁得死死的，知道不能说太多就丢下他们两个扬长而去。

鹿色九道："你真的有话要对我说？"

袖里藏风道："钱捕头的智慧你毋须怀疑。"

鹿色九道："你想跟我说什么？"

袖里藏风道："天亮以后，你跟着钱不灵一起去开棺验尸。"

鹿色九道："你还在怀疑他？"

袖里藏风道："小心驶得万年船。"

鹿色九道："那你自己怎么办？"

袖里藏风道："钱捕头说过梅老爷摔断脚的时候坐过轮椅，你只要把轮椅帮我借来就行，我必须去一趟案发现场。"

鹿色九道："这一点倒是没问题，不过我问的是谁来保护你？"

袖里藏风道："我有四只手和两位门神，还用谁保护？"

鹿色九闻言捂肚大笑而去。

袖里藏风这一觉睡得很香很熟，甚至还做了场美梦，梦里有个女子窈窕妩媚，温柔使人迷醉，偏偏是梅府的千金梅去武。这多亏了少庄主的金创药，这药神奇的地方就在于既能快速愈合伤口，又能止痛安神。在梦乡里，他隐约听到一阵不间断的鸡啼声，而梦里却连一只鸡都遍寻不着，梅去武娇滴滴地拉着他的手，带他走进了一个房间，等房门关上，他才惊觉自己深陷一间门窗封闭的密室中，而他自己成了躺在床上的死者。

他的鼻子闻到一股近似檀香的气味，登时睁开双眼，惊醒的瞬间便发现自己浑身已被冷汗湿透。

此时，窗外已是天光大亮，梅去武见他醒了，先是将他扶起，随后又给他喂了几口热粥。她一靠近，袖里藏风才知道梦里那股檀香味其实是她身上的药香。

袖里藏风醒来见到这位梅大小姐的第一眼，先是觉得两人早已互相熟悉而又情感深厚，而后他又觉得眼前的她并没有梦中那般美艳动人，是否她从自己的梦里走出来时，遗留了什么在那里？或许下一次再梦见她时，能够找到她所遗留的东西吧。

袖里藏风本想自己喝粥，他的手并没有废，可梅大小姐坚持要喂，他也只能羞赧地接受她的好意。

给他喂粥时，梅大小姐顺便跟他说了一些府里的情况："我爹带着钱捕头和你的那位朋友一起去了我娘的墓地，钱捕头提出要开棺验尸，我爹为了找出凶手好让娘亲死得瞑目，便忍痛答应了，我也赞成爹爹的意思。"

袖里藏风看着她的眼睛，她的眼睛里多了些欢快的情绪，他说不上来那是种得意还是对他怀有一种特殊的感情。

袖里藏风道："梅二公子，他近来可好？"

梅去武眉头一皱，恨恨地说道："别提了，梅家唯一可以寄予厚望的男丁，却偏偏是个纨绔子弟，从小就被我娘亲惯坏了。我爹爹的家教严，有时犯了大错，娘亲护着也照打，而回回都是好了伤疤忘了疼，这两天趁着爹爹顾不上他，估计又在外面风流快活呢，哎，也不知谁家的姑娘又得遭罪了。"语毕，惊觉自己失言，便不再言语。

袖里藏风扬了扬眉毛，说道："家家有本难念的经。"

梅去武替他解下绷带，重新上药。在袖里藏风的坚持下，梅去武只好把鹿色九早就向梅老爷讨来的轮椅推到床边，将他抱了上去，两人一起去了案发现场——原先梅老爷夫妇的卧房。

来到门外，这是袖里藏风第一次见到梅府的一重院落，他只觉这宅子的设计广阔大气，院子里种植的植物被照顾得很好，有一些四季常青，有一些落了满地的败叶，他住的是西厢房，东边的阳光正耀眼地挡住他的视线，院中弥漫着淡淡的雾气，他闭上眼睛感受着，这里的一切都充满了朝气，而他现在要做的并不是待在阳光下亲吻这个早晨，而是走进一间曾经死过人的房间，去看看死神到底长什么模样。

第四章　　梅夫人的尸体

死神好似琵琶女，即使千呼万唤始出来，依然犹抱琵琶半遮面。

袖里藏风与梅去武来到房前，只见那房门紧闭，门外上着一把铜锁。

梅去武解释道："自从我娘亲遇害后，这间主屋便一直上着锁，爹爹转而住在另一个房间，本想等着府衙的人来勘察现场，可那边一直未曾派人前来，直到昨天钱捕头的到来，才特例打开了这把锁，铜锁的钥匙一直由我爹爹保管，不过今天早晨爹爹把钥匙交给了我，料想是钱捕头一早便知藏风大侠查案心切，特意跟爹爹打了声招呼吧。"

　　袖里藏风观察着身后院子里几株早早绽开的梅花，正奇怪十月梅花开是否意味着什么，一听梅大小姐对他的称呼，立时摇了摇头道："藏风大侠这种称呼听着就充斥着江湖气，一点不适合你们女孩子挂嘴边。"

　　梅去武将钥匙插入锁孔，只听"咔哒"，铜锁应声而开，她一边推着袖里藏风的轮椅越过门槛，一边问道："那么我该怎么称呼你？"

　　袖里藏风道："这个'你'就不错，或者直呼其名我也不介意。"

　　梅去武将取下的铜锁置于房内的桌上，说道："如此有失礼数。"

　　袖里藏风道："千万不要和一个贼谈礼数，否则我会搞不清楚自己究竟是个贼还是个文人雅士。"

　　梅去武反驳道："我所听闻的四只手的袖里藏风不是贼，是侠！"

　　袖里藏风道："那只因袖里藏风没有偷你家的东西。"

　　梅去武脸颊浮现一片红晕，她低声说道："其实就算偷，这宅子也没什么好偷的。"

　　袖里藏风道："梅大小姐这么说，未免过于自谦，能住得起这种豪宅的人家，家底殷厚自不必说。"

　　梅去武道："藏风……你说得对，但作为大侠，肯定不会无端端便找个豪富的人家下手，袖里藏风的每一个目标应该都是经过精心挑选的，对吗？"

　　袖里藏风拊掌笑道："看来知我者，梅大小姐也。"

　　梅去武道："你也别一口一个梅大小姐的叫我，我和你有个相同的称呼'你'，亦或我的乳名静儿。"

　　袖里藏风道："和梅大……和你拥有同样的称呼简直是我莫大的荣幸。"

梅去武拱手道："好说好说。"

他们一边谈笑着，一边将整个屋子都探查了一遍，袖里藏风还尚未发现任何可疑之处，他有些后悔昨天晚上居然忘了询问钱不灵是否在这里有所收获。

梅去武无意间瞥见门外绽放的梅花，跟袖里藏风同样心生好奇，她问道："你看，这才十月便有梅花盛开，江湖上对此怪事可有什么说法？"

大门对面的墙壁上近床的位置有两扇对开的窗户上着栓，袖里藏风一眼便瞧见铜栓上似留有红褐色的痕迹，他整个人顿时陷入一种极兴奋的状态，哪里还听得进梅去武跟他说的话，无论梅去武如何唤他，他都不作反应。

半响，他才以近乎命令的语气说道："把窗户打开！"

梅去武被他突如其来的喝声吓了一跳，忙将铜栓拨开，向内拉开窗户，登时一面高大的青砖墙呈现在眼前，墙上藤蔓丛生，在窗与墙之间除开一条羊肠小道外，便是茂密低矮的黄杨灌木丛与各色植被。

袖里藏风道："这里平日会有仆人打扫吗？"

梅去武道："会啊，周叔每天都会来洒水浇花，灌木每过一阵就修剪一次，有什么问题吗？"

袖里藏风特意查看了眼前的窗台，并没有找到他想找的东西，不过落了一层灰的窗台上出现了两枚手指擦过的痕迹，痕迹很新。

袖里藏风道："梅大小姐，你替我去外面的灌木丛里找找。"

梅去武见他这副神态，也无心纠正他对自己的称呼，便道："找何物？"

袖里藏风道："找少了的那个人。"

梅去武诧异道："你是说灌木丛里有人？"

袖里藏风道："现在没有，你不用知道太多，快去。看这天色，天公又要不作美了。"

梅去武不明白袖里藏风为何让她去找一个根本不存在的人，她只有从屋外绕过去，心里揣着一堆疑问在灌木丛中翻找。

袖里藏风已瞧不见梅去武的身影，想来她是有所发现，突然梅去武如鬼魅般从底下窜起，她的手里拿着几枝被压折的枝干凑到窗前。

袖里藏风问道："你给我这个干嘛？"

这次换梅去武用愉快而激动的声音说道："这里有一片被压断了，不过还好，你看！"

梅去武将手里的一根将断不断的枝桠掰开，露出本该白嫩的内里却被什么浸透成了红色，看来周叔平日洒的水与天公接连下的雨也能作出一丝丝美感。

袖里藏风喃喃自语道："钱不灵啊钱不灵，这么重要的线索，你居然连提都不提，真不愧是我袖里藏风的好朋友。"

荒山百里，孤坟野冢地，渡鸦纷飞，乱碑斜指天际。

天很黑，渡鸦更黑，这些黑色的鸟儿像是逝去之人的守护神，严密地监视着这片属于它们的领地，一旦有人闯入便嚎起它们的暗号。有人说渡鸦是地狱派来的，专门负责将死人引去另一边。

此时此刻，日月无光，阴气弥漫，这一边与另一边又有何分别？

这荒山被人划出一片干净几无杂草的区域，这里的每一块石碑都厚重而鲜染尘埃，显是常有人打扫擦拭。

鹿色九瑟缩地问钱不灵道："钱捕头，要不我们还是改日再来，你说如何？"

钱不灵转头问梅老爷道："梅老爷，你说如何？"

梅老爷一时没了主意，支吾半晌间，一行人已到了梅夫人坟前。

鹿色九道："罢了罢了，现在梅夫人就在我们脚下，看都不看一眼就走，惊扰了此处早已安息的百家先灵不说，还耽误了梅夫人沉冤得雪的日子，不妥不妥。还好我临行前算了一卦，此卦大吉。"

钱不灵望向梅老爷，等候他示意，梅老爷神情哀婉地点了下头。

跟着前来的三位家丁同时动铲，挖了得有一刻钟，空气中愈加的闷湿，加剧了三人喘气的深度与频率，钱不灵与鹿色九上前换下三人，铲子舞得飞快，片刻间，终于挖出一具上好的楠木棺材。

三位家丁本想用带来的工具将棺材钉拔出，钱不灵伸出他那双如花一般的手让他们全都后退，他的手落在棺盖上，内力运行间，整具棺材纹丝不动，刹那，接连几声叮叮叮……所有的棺材钉均应声而出，惊得三位家丁和梅老爷瞠目结舌。

鹿色九拊掌道："百花手钱不灵果然名不虚传，这一招想必便是谁也学不来的润物细无声。"

谁都看得出钱不灵这一掌远远不止内力深厚这么简单，这一掌的火候必须拿捏得恰到好处，过则棺木四分五裂，浅则只能逼出一钉两钉，惹人笑话。这种对内力炉火纯青的掌控在与人交战时犹显优势，正是因为钱不灵作为六扇门的神捕无数次地与不同的江湖高人交手并制敌，无数次地面对比自己还要强大的对手时兵行险招险中求胜，才成就了如今的钱不灵。

钱不灵只淡淡道："练武就像看书，你积累的多，无论是靠打的还是说的，都能克制对方。只是有的人静不下心，练武想要速成，读书想要功成名就；有的人没有天赋，该练武的读书，该读书的练武。这招润物细无声，其实袖里藏风早就融会贯通，只是他从不在人前显摆罢了。"

鹿色九一揖道："受教受教。"

梅老爷的惊诧转瞬即逝，鹿色九正受教之际，他只盯着自己夫人的棺材念起了谁也听不懂的经文，手里一串漆黑的佛珠被他捻得仿佛下一刻便会线断珠撒。

棺盖打开，众人比之方才更是一脸无法思议，梅夫人的身体无半点腐烂迹象，也无丝毫的尸臭，反而棺中还散发出淡淡的奇香。

天上的太阳被浓厚的黑云遮挡掩映得像一枚淡而无光的月亮，四周不断响起凄厉的狼嗥，鹿色九燃起火折子照着棺中梅夫人的躯体，向钱不灵示意了一下，便吹熄了火折。

钱不灵对着早已忘记诵念佛经的梅老爷道："为今之计，只有先把夫人带回府中再作打算。"

光线黯淡加之随时会瓢泼而下的雨，谁也不敢心存侥幸，一旦尸体被毁，这件案子很可能会成为一桩悬案。

鹿色九从褡裢里掏出一叠厚厚的油纸，道："还好我鹿色九有先见之明。"

他们把油纸封在棺材口以免被雨水打湿，又将钉子重新钉回。

鹿色九那神奇的褡裢里到底可以装下多少东西？这个问题估计连死人都想知道。

就在众人朝着来时的方向迈步离去时，六枚流星镖分别从他们身后疾打而来，梅老爷与三名家丁尚未作出反应，钱不灵与鹿色九却早已有了防备，他们等的人终于出现了。流星镖快如流星，钱不灵与鹿色九转身之际，六枚镖的镖尖离着六人都堪堪只有两三寸的距离，二人同时出手，身影闪现飘忽间，双手各接下一镖，剩下的两镖朝着梅老爷和其中一名家丁的背部而去，镖已划破了二人的衣服，钱不灵与鹿色九又同时出手，打出一镖，将剩下的两镖击落。来人出手迅雷不及掩耳，且时机掌握得当，藏身处又十分隐蔽，一出手，便将大家逼入险境，绝非泛泛之辈。不远处几棵枯树接连发出响动，钱不灵隔着百丈闪电般打出手里最后一枚流星镖，纯钢打造的流星镖却像飞向无底洞般没有发出任何回音。

鹿色九不无佩服道："钱捕头不仅目力惊人，臂力也非常人所能企及。"

鹿色九话音未落，钱不灵已动身追去，转眼几个起落就到了枯树林里。

只听鹿色九大声叮嘱道："穷寇莫追！"

钱不灵早就消失在一片茫茫黑暗中，哪还听得见鹿色九的呼号。他一路追踪，发现一行血迹直通一条隐秘的山路。他之所以孤军深入，凭的是他多年混迹江湖独战群匪的自信，他深信暗算他们的人也是孤身一人。愈是往前，道路愈是狭窄凶险，若再往前行，连钱不灵也没有把握可以完美躲避对方设下的埋伏。

就在他迟疑不定时，一个人影从他左前方掠过，他才飞身而起，右后方便有暗箭来袭，电光火石间，他用手折断一根枯枝来抵御突如其来的暗器，同样是依据他的江湖直觉，这枚暗器八成沾着剧毒，他的判断没有失误，那根枯枝的确在千钧一发之际救了他一条命，他的身体虽然灵活，躲避时已将自己的肢体最大限度地展开，然而还是免不了被毒箭擦伤。

　　登时四周火光乍现，一股火药味在空气中扩散，他知道是鹿色九赶来了。他一来，就不会再有第二箭。

　　鹿色九拍了拍手上的火药，脸上带着幸灾乐祸的笑容道："钱捕头，你行走江湖这许多年，怎么连这点雕虫小技都能把你骗到？实在是不该啊不该。"

　　鹿色九这一席话说出，再加上他那莫名的神态，钱不灵不得不警惕起来，这人和平日里的状态实在不符，不明白他葫芦里到底在卖什么药，刚刚那一箭难道是他自导自演的一出戏？

　　鹿色九的手伸进他的褛裢里，钱不灵中了毒的身体踉跄着后退，钱不灵道："你在找什么？"

　　鹿色九拿出一食指般粗细的白瓷瓶，道："当然是少庄主的解毒药，看你的模样应该是中毒了？"

　　钱不灵半信半疑道："你怎么知道我中的是什么毒？"

　　鹿色九道："我不必知道，只因少庄主把药交给我时只说是解药，一旦中毒，内用外服皆可。"

　　钱不灵愈加怀疑道："世上竟有如此能解百毒的奇药？"

　　鹿色九道："这有何稀奇的，先不说这是尝百草的疯子赤剑山庄少庄主是婷飞研制的解药，即便是冲着他那虚无缥缈活了两百多岁高龄的师父蓬莱仙，这药就绝对有效。"

　　钱不灵心中的疑虑渐渐消散，但仍是好奇道："江湖传闻蓬莱仙要么并非凡人，要么纯粹是无稽之谈。"

　　鹿色九将药瓶抛给他，道："我无所谓，随便你信也好，不信也罢，若你非要认定瓶里的是毒药，反正依你目前的处境，服也是死，不服也是死，那干脆……"

他没有说下去，钱不灵的嘴唇已变得紫青，全身不住发抖，像是即将被看不见的严寒冰冻而亡。

钱不灵不管三七二十一，拿掉瓶塞，一饮而尽。片刻后，他面上的异色全都退去，他的人沉沉地往地上倒下。

鹿色九喃喃道："看来我又得当一回贵人了。"说着背起钱不灵的身子，原路返回。

走了几步，却见天空拨云见日，阳光明媚。

过了约莫一刻钟的光景，钱不灵便从鹿色九的背上醒了过来，他拍了拍鹿色九的肩，鹿色九放开双手，钱不灵轻飘飘落地，仿佛他身上没发生过任何事。

鹿色九道："还好钱捕头内力深厚，否则即便有了解药，恐也无力回天啊。"

钱不灵内疚道："这次是我过于鲁莽，这件案子实在棘手得很，我和袖里藏风明明只算出多了一个人，可如今偏偏多了两个。"

鹿色九道："知道多了两个，也算是收获。"

他们找到等候在原地的梅老爷四人，棺材还好好地搁在那里，四人脸上也没有写着大事不妙四个字，说明没有人趁他们离开的间隙毁坏尸体，这也算是一件好事吧。

走着走着，天色又耍脾气似的阴了下来，众人加快脚步，棺材由除梅老爷以外的五人轮流抬换。

当他们回到梅府时，厅堂中已有两位贵客在等候多时了，这两人的出现倒也不怎么令人意外，一位是大刀关家的大公子关度白，另一位则是传闻中的傻蛋二公子关在青。

　　关度白坐于左首，气宇轩昂，眉宇间透着一股亦正亦邪的江湖气，他端坐着手捧一本地藏经，正凝神于字里行间，竟全未察觉这宅子的主人已到了厅堂前。

　　关度白爱书，无书不读，且身怀绝学，年少成名，一表人才，令人嫉羡，这些都是众所周知的事情。而他二弟关在青却全无坊间传言的那般呆傻痴愣，他的眼睛在看到府里的丫鬟时，爆射出的精光比烈日更刺眼，这目光能把给他上茶的丫鬟烧得俏脸红扑扑。不光是脸，丫鬟一转身，他的目光又迅疾往下瞧去，直看得瞳孔放大，猛咽口水。为了近距离地与丫鬟们接触，他不停喝茶，喝完一杯，丫鬟倒一杯。其间被大哥关度白喝止过一次后，仍不收敛，甚至偷摸在一位丫鬟的屁股上轻拍了下，丫鬟登时哭着跑开了。

　　关在青虽然表现得像个好色的傻子，但他不是真傻，他们兄弟二人此来本是为了与梅去武大小姐见上一面，婚期在即，唯恐生出什么变化，毕竟梅家才走了一位女主人。一个月前关家父子二人前来吊唁时，对婚事一字未提，便是为了一个月后让"傻"儿子亲自上门确认婚期。而关家兄弟此来，主人均未露面，梅老爷外出有事也就罢了，那梅大小姐明明在家，偏偏假意称病，还不让他们二人探病，这才淫性大发，调戏丫鬟。这不，水一喝多，便得上茅房，他和他大哥打了声招呼，便起身离开，一个丫鬟战战兢兢地替他领路，生怕他突然偷摸近前来，领到一半却发现不见了人影，她四下寻找，在庭院的一棵松柏处瞅见了他，没成想这堂堂关家二公子竟脱了裤子在为那棵松柏施肥，羞得丫鬟双手掩面，急得也哭了起来。

　　梅老爷一行人就是这时从外面回来的，他们回来的时候什么都看在了眼里，却什么也没说，径直走向厅堂。关在青系回裤子时，听到厅堂内传来大哥的声音，他转身一看，吓得踩进了自己的尿坑，他一改刚才桀骜不驯的神态，乖得像只绵羊似的跑了回去。

关度白发现有人站在一旁时，登时放下手中的经书，躬身行礼，与梅老爷久疏问候、与钱鹿二人久仰一番。

一阵寒暄，梅老爷面上无半点责难之意，像是已经忘了进门时看到的场景。关度白不愧读书破万卷之人，能说会道，从安慰伯父丧妻之痛到梅大小姐婚事恐要取消，说得巧妙得体，几可以假乱真。

梅老爷忙问道："为何取消婚约？"

关度白故作万分可惜道："哎，只怪我这二弟耳聪目明，刀法过人，长相虽谈不上貌若潘安，但方圆百里内要论文武双全，胸怀坦荡之人，除我二弟外，倒也屈指可数。"

梅老爷神色凝重道："不错，不错。"

关度白继续说道"更何况，以前我二弟不知遭何人诬陷，以讹传讹，说他是个智力不全的残障之人，对我关家实乃奇耻大辱，而今得以正名，每日前来寒舍说媒之人不断，而每家又都是官宦富商家的千金，日子久了，频频婉拒，我爹爹也难做人呐。"

梅老爷连声道："说的是，说的是。"

关在青坐在左侧下首的椅子上不住发抖，旁人看不出，是他的心在抖，他的手心全是汗，在场人中他怕的不是自己的大哥，而是坐于右侧上首的钱不灵，他连正眼都不敢瞧他，就好像小时候夜里睡觉怕鬼，就将被子蒙过头顶，现在的他就有那种被被子蒙住头的窒息感。

突然，钱不灵打断了梅老爷与关度白的谈话，问道："关二公子是否身体抱恙？需不需要请大夫？"

大家这才把视线转移到关在青身上，只见他的额头汗如雨下，眼神慌乱，瞳孔急遽缩小，身子抱成一团滚躺在地，整个人像一面被风吹得猎猎作响的旗帜。

关在青努力伸出一根弯曲的手指指向钱不灵，钱不灵不为所动地望着他，关在青的舌头已经无法清晰地吐字："钱……钱……噗。"

他并未痛苦很久，弹指间，他的所有动作皆化为无，身子僵硬，脸色青紫，眼睛睁得滚圆，满眼惧意，这人乍一看，分明是冻死的。

关度白在确认过自己的二弟已死于非命后，声泪俱下地为他喊冤，钱不灵欺身上前欲察看一番，关度白伸手阻拦道："钱捕头，我二弟死前为何指着你喊你名字？"

钱不灵淡淡道："关大公子，你二弟耳聪目明、文武双全，脑海中的想法定比星河还灿烂，岂是我辈敢妄自揣度的？"

关度白怒道："钱不灵！想你堂堂六扇门的名捕平时定没少跟小贼袖里藏风学贫嘴耍滑的本事吧？"

钱不灵道："若关二公子还在世要捉个小贼一定不废吹灰之力。"

关度白道："我不跟你废话，说！你是如何下的毒！为何要害我二弟！"

钱不灵道："我要杀一个人何必下毒？况且东西可以乱吃，话不能乱说，大家都看到我坐得离他远远的，在我回来之后，一不曾碰过他，二不曾见他进过一滴水，如何下毒？诬陷朝廷命官可不是闹着玩的。"

关度白道："钱捕头这是在威胁我吗？"

钱不灵道："威胁倒是谈不上，只是关大公子既然说人是我杀的，可否有证据？"

关度白气急败坏道："证据便是……"

钱不灵抢过接道："便是关二公子死前指着我，嘴里含含糊糊地说了两个字，是吗？看来这简直是铁证如山，证据确凿啊。"

关度白的脸色已憋得通红，双手攥住钱不灵衣襟，肆意辱骂。

梅老爷显然还处于一波未平一波又起的烦恼中，此时回过神来见两人吵得不可开交，即刻上前圆场道："二位先停一停，既然二公子是死于我府上，我梅海一定负责到底。为了查出凶手，此刻起，谁也不能离开府上半步，否则别怪我梅某人没打过招呼。"最后一句话是和他重重的落掌声一起结束的，他的手一拿开，大家就看到桌子上印了个深深的掌印。

梅老爷这一掌其实打得十分勉强，虽然不足以震慑众人，但却可以让他们安静下来。

鹿色九作壁上观，见情况稍有缓和，于是乎说道："现在有个人或许可以既公正又能在短时间内解决这件案子。"

大家都把目光投向他，心中已蹦出了那个人的名字。

袖里藏风睡得很香，失血过多又深受重伤的他的确需要充足的睡眠，他与梅去武在梅夫人死去的房间有所收获后，就回到了自己房里，沉沉睡去，他的精力实在很难支撑他做更多的事情包括思考。

他被鹿色九叫醒时，最先听到的是窗外打鼓般的落雨声，他睁开眼，看到一屋子人神色各异地盯着他。

袖里藏风先是一怔，随后问鹿色九道："现在是什么时辰？"

鹿色九答道："隅中。"

袖里藏风道："我睡了将近一个多时辰，精神好多了，醒来正好可以帮你们解决问题。"

梅老爷奇道："藏风大侠果然聪明过人，不用开口就知道我们此来是有要事相商。"

袖里藏风谦逊道："梅老爷千万别这么说，多亏了贵府肯收留我养伤，还有梅大小姐悉心照料，我感恩戴德还来不及，帮个小忙根本不值一提。"

关度白不屑道："这可不是什么小忙，有人毒死了我二弟，你说这事小不小？"

袖里藏风眉间掠过一丝讶异，随后问道："还没请教？"

关度白道："大刀关家关度白。"

袖里藏风道："原来是关大公子，鉴于我实在伤得太重，关大公子应该不介意这种对话方式吧？"

袖里藏风刻意躺着不愿坐起，想以此挫一挫他的威风。

关度白勉强道："不介意。"

袖里藏风道："敢问二公子大名？"

关度白道："关在青。我二弟原本在梅府的厅堂上坐得好好的，结果却被人下毒害死，如此恶毒的手段，还望藏风大侠能早日找出真凶。"他说着便目露凶光地向钱不灵看去。

关度白将进府以后的情况详细说明，至于他看的经书则是梅老爷放于茶案上的，只作打发时间之用。在此期间的事情，袖里藏风让梅老爷找来当时伺候关在青的几个丫鬟，详细叙述了这位二公子的点滴举动。

袖里藏风边听边故作大惊失色道："哇！这么能喝，二公子一定很渴咯？关家最近是不是断水啊？哇！他居然还盯着你的那个看？要不要紧啊？他还摸你啊？怎么可以这么对待一个女孩子呢，光天化日居然调戏良家妇女？咦？不是真的吧，他居然在院子里解手？可能关家上上下下都有这种习惯呢，这种事情就不要大惊小怪了⋯⋯"

听得一旁的关度白面色阵青阵白，终于喝止道："莫要听信这些下贱的婢女胡言乱语！我关家门风严谨，家规森严，我二弟怎么可能做出这些不堪入目、伤风败俗的事情！梅老爷，请你管好你家的下人，不要血口喷人。"

梅老爷想笑，努力绷住自己的五官，点了点头道："嗯，一定一定，你们先下去吧。"

丫鬟一个个捂嘴偷笑溜了出去。

袖里藏风一本正经道："很显然，关二公子喝的茶被人下了毒，这一点只要请梅大小姐检验一番便可知晓。"

梅去武道："已经验过，的确有毒，从死者的死状看，这种毒毒发时会使人仿佛置身于冰天雪地之中，会在极短的时间内夺走中毒者体内所有的热量，最后的结果就如我们所见——死状像一尊冰雕。"

关度白不无讥讽道："死者？那可是你的未婚夫。"

袖里藏风充耳不闻，道："很好，看来我们已经顺利解决了第一个问题。钱不灵，我很好奇这案子看上去并不复杂，你为何不亲自解决？是因为死者死前指着你，喊了你的名字，所以你要避嫌？"

关度白被"死者"二字气得一屁股坐在椅子上，吹胡子瞪眼。

钱不灵道："其实他只是指着我，嘴里喊的是否是我名字，我不敢肯定。"

关度白厉声道："我二弟指着你，不喊你名字，难不成喊我名字？"

袖里藏风道："那么你是否知道他为何指你？"

钱不灵支吾不语，鹿色九替他说道："只因钱捕头在大约一个时辰前也中了同样的毒。"

关度白登时怒发冲冠地揪住钱不灵的衣襟问道："什么！你也中了毒？你怎么没死？是不是你下的毒？快说！"

鹿色九道："钱捕头之所以没死，是因为有赤剑山庄少庄主是婷飞研制的能解百毒的奇药，只可惜关二公子没有，所以他成了死者。"

关度白一听有解药，更是怒不可遏道："你们既然有解药为何不早拿出来！"

鹿色九道："你自己当时分明也在现场，令弟从毒发到身亡不过弹指功夫，暂且不论我们身上还有没有解药，就算有，凭令弟的武功修为，恐怕……"

关度白语气稍稍软了下来，道："就算如你们所说，我二弟又怎么得知钱不灵中过同样的毒？"

钱不灵整了整自己的衣衫，淡定道："因为香气。我不知道你们能不能闻见，反正我的鼻子现在还充斥着一种类似梅花的奇香。这种香气我们在打开梅夫人棺材时也闻到过，完全一模一样，我想关二公子是闻到了我身上的这股奇香才会认为是我毒杀了他。"

众人使劲嗅了嗅鼻子，的确在他身上闻到了一丝丝香气。

袖里藏风不解道："这么说梅夫人也是被毒死的？"

钱不灵道："不是，我们来之前已验过尸体，梅夫人的确是被刺中要害而死，而且她的死状经过一个月后变得很是安详，没有了死时惊恐的神情，全身也未出现腐烂，更无异臭，尸体周身飘着一股淡淡的奇香。"

鹿色九也点头道："不错，是有一股奇香，我一直以为是钱不灵在坟地时碰触过尸体所以身上才会带着那种香气。"

袖里藏风道"这就奇怪了，尸体明明没有中毒的迹象，却为何……"

梅去武抢道："我明白了，区别就在于同样的毒药用在死人与活人身上所起的作用有着霄壤之别。"

众人恍然大悟，钱不灵试着用梅去武的思路分析道："这种至寒之毒施于活人，则活人会被活活冻死，而假若施于死人，则能保证尸体经久不腐，可凶手为何这么做？他仅仅只是在墓地暗算我们，却没有毁掉尸体，更让尸体完好无损地被我们解剖查验。"

袖里藏风道："你们被暗算了？"

钱不灵于是将经过巨细靡遗地述说一遍，其间袖里藏风又现出疲态，接连打起哈欠。

待钱不灵说完，袖里藏风沉吟良久道："暗算你们之人并非要你们的命，但之后以毒箭将你射伤之人却是来索命的。"

鹿色九道："不对啊，这凶手岂不是自相矛盾了？"

梅老爷道："也可能是因为钱捕头逼得他走投无路，他只能痛下杀手。"

袖里藏风道："不对，暗算你们的人和要杀钱不灵的人是两个人，或者说两批人。"

鹿色九转头问关度白道："关大公子，你们是何时到的梅府？"

关度白道："大概半个时辰前。"

鹿色九道："在此之前，你们去了哪里？"

关度白道："你什么意思？怀疑我们兄弟二人想暗杀钱不灵？"

鹿色九道："我可没有这么说，我只是想排除大家的嫌疑。"

梅去武也道："这么一想，关二公子中的毒与钱捕头一致便也说得通了。"

梅去武这话分明是在暗示关度白毒杀钱不灵不成，又毒死自己的手足来陷害钱不灵。

关度白咬牙切齿地骂道："你个毒妇！婊子！没教养的贱人！"

梅老爷叱声道："闭嘴！关公子，令弟之死，我梅某也甚是惋惜，但既然你身在我府上，就不得如此放肆，还望自重。藏风大侠，你有何高见？"

袖里藏风道："依我之见，给梅夫人下毒之人和在墓地暗算梅老爷你们之人应是同一人，这个人一直在尝试帮助我们找到真凶，而杀害梅夫人、毒杀钱不灵与关二公子的就是这一连串案子的真凶。这个真凶武功高强，精通暗器和隔空打穴，亦是用毒高手。"

钱不灵补充道："他的背部还中了我一刀。"

袖里藏风道："更重要的一点，也是需要各位警惕的是，这个凶手可能就藏在我们中间，现在每个人都有嫌疑，在府内的时候大家尽量结伴而行，我猜他还不会就此罢手。"

关度白道："这个简单，大家把身上的衣物脱了，谁身上有刀伤谁就是凶手。"

梅去武羞红着脸道："你……你居心不良。即便我们这些人中有人受了刀伤，也只能证明他是来杀袖里藏风的，并不能证明其他人也是他杀的。"

袖里藏风道："不错，梅大小姐说得对，光凭刀伤什么也说明不了，况且，我现在还不想知道到底是谁想杀我。"

鹿色九道："可是这个帮我们的人到底是谁？"

袖里藏风道："这个人可能已经遇害。"

众人立马露出一副不可思议的表情，其中属梅老爷最为激动，他眼含泪光趴在袖里藏风床前问道："藏风大侠，你可不要吓我，她一定没事的，你只是在说笑，是不是？"

袖里藏风握住梅老爷的手，感同身受地说道："抱歉，她中了钱不灵一镖，已经负伤，受了伤的她，对于凶手来说，等于是羊入虎口。"

梅老爷说着："不，她不会有事的！你不要再说了，我不想听！"他起身快步离开房间。

门一开，仿佛将一条瀑布放了进来，哗哗哗的雨声填满了这个充斥着沉默与怀疑的房间。

五天后，十一月初三，宜出殡。

夜，大雾，两尺外不可见物。

管家周叔挑着一盏灯笼在府里巡视，隐约在一条靠近梅剑冲房间的走廊上见到一名形似梅夫人的女子，他走近细看，女子却不见了，四处遍寻不着，他正挠着脑袋自言自语道："老眼昏花了。"耳边传来一扇门吱呀而开的声音，他近前想看个明白，原来不知不觉间又回到了梅剑冲的房门前，只见房门洞开，门口不见有人，心下好奇，便走了进去，好久不见少爷问声好倒是能体现自己对主家孩子的关心。

他前脚刚踏入房门，便看到一个女子吊在房梁上，脸色惨白，身体像浸了水的棉被挂在那里没有一丝挣扎，这恐怖的景象吓得他跌倒在地，颤声呼喊道："来人啊，死人了！快来人啊，有人上吊自杀了。"

这尸体被赶来的众人安放下来，与第一位梅夫人摆放在一起，这两位死者分明没有易容，却长得一模一样，连高矮胖瘦都丝毫不差。

这两位都是梅夫人，可谁是真的谁是假的？又是谁杀了另一个梅夫人？梅剑冲又去了哪？为什么新出现的梅夫人会在他的房间里上吊？凶手到底还要杀多少人？

袖里藏风独自站在院子里喝着闷酒，雾气氤氲，就像这梅府里的案子，明明近在眼前，却始终看不到对面有什么。

世上居然会有两个长得如此相像之人，他不免想起那个假傅香，多出来的那个是不是某个变戏法的师傅变出来的呢？

若是变戏法，那么又会不会出现第三个梅夫人呢？

第五章 袖里藏风的眼睛

对于第二个梅夫人的出现，没有人比梅老爷更伤心了，除此之外，他的二儿子梅剑冲已经消失了七天，这七天他就像人间蒸发似的，杳无音讯。

也因此，梅家的小儿子梅剑冲成了最大的嫌疑人，第二位梅夫人经尸检后证明其并非自杀而是他杀，死法与第一位梅夫人如出一辙——死于梅剑第七式雪中染梅，她的腿上有一道无疑是流星镖造成的伤口，这一点与钱不灵在墓地打中神秘人不谋而合。她的背上被人砍伤了一刀，稍有愈合。

所以袖里藏风很自然就作出判断：这第二位梅夫人就是在幕后给第一位梅夫人的尸体下毒之人，为的是保留尸体留待日后检验，那天她之所以暗算梅老爷一行只是为了吸引他们注意，她深信凭着钱不灵与鹿色九的身手，这几镖铁定伤不到任何人，事实上，她那几镖也的确没有打向人体要害，即便中镖也只是轻伤，毕竟做戏要做足。而她之所以要打伤他们，是为了引其中一人去追她，她好趁此告知关于凶手的信息，只是她不仅低估了钱捕头的能力，还被凶手捡了个大便宜。

袖里藏风不解道："只是我不明白，钱捕头你明明知道她的身份，又为何将她打伤？”

钱不灵道："不管你们信与不信，那一镖我是故意打偏了。"

众人一副不可思议的表情，鹿色九道："打偏了为何又打中了？"

钱不灵道："你问我，我又怎么知道？"

袖里藏风道："说不定当时她已经负伤，所以行动迟缓，钱不灵打偏的那一镖才能恰恰打中。"

梅去武道："这么说来，刚刚验尸时，我娘……那个女人好像的确受了很重的内伤。"

鹿色九道："你们可别忘了这位新出现的梅夫人背上的刀伤，她之前可是想杀了袖里藏风的。"

袖里藏风道："这一点就算我不说，钱捕头也一定能看出来。"

鹿色九道："看出什么来？"

钱不灵道："我的刀并未开刃，是以伤口不会像尸体上那般平滑，这刀伤无疑是凶手伪造的。"

鹿色九道："可这刀伤并非像是死后造成的。"

钱不灵道："说明她在死前就已中刀，凶手在与她交手的过程中，故意砍伤她背部，是以凶手的背部的确有刀伤，只是他自己无法看清自己背后的伤口，误以为只要在这只替罪羊身上划出一模一样的伤口便能达成他栽赃嫁祸的目的，殊不知反而暴露了他自己便是真凶。"

袖里藏风道："刀伤的愈合程度说明中刀大约是在五天前，也就是在你们去墓地的那天，凶手当时并未杀她，而是等到今晚才动的手。"

鹿色九道："那么他为何当时不杀她？"

袖里藏风道：“可能没有时间，我说过凶手就在我们这些人中间，他离开太久，会被怀疑。”

梅老爷一直坐在他的太师椅里默然不语，神情感伤，似已一蹶不振。

关度白在梅府待了五天，这五天来他天天都在唠叨着同一件事：梅剑冲到底去哪了？莫非他就是凶手？

梅老爷充耳不闻，随他大放厥词，心底却始终牵挂着自己的宝贝儿子，每日都让家丁出去找人，家丁每日都一无所获。五天过去，如今又死一人，而且这人他又是如此熟悉，最后还是死在自己儿子的房里，连他自己都开始怀疑关度白的说法会一语成谶。

关度白道：“诸位，我关某早就说过，凶手也可能并不在我们之中，凶手一定是梅家的二少爷梅剑冲，他一定藏在这宅子的某个地方，准备趁我们不备，伺机下手，他杀人已经杀上瘾了。”

梅老爷不无疲惫地问道：“我儿子有什么理由做出这种事？”

关度白道：“我听说关二少生性风流，平日奸淫掳掠的勾当没少干，他一定是怕被人追究，这才偷偷躲藏起来，他的娘亲劝说他，他不听就用梅剑第七式杀了她，嫉妒我二弟一表人才仪表堂堂，就毒杀他，这第二位和他娘亲长相酷似的人掌握了他杀人的证据，他就将其灭口。这一切不都很合情合理吗？”

梅去武朝他吐了口唾沫道：“像你这样想当然的解说一番，谁都有可能是凶手，你有证据证明冲儿杀人吗？至少在我娘遇害的那晚，有人可以证明他不在现场。”

关度白淫邪一笑，道：“哦？你是说那件事啊，你家冲儿简直丧尽天良啊，怪不得你们能是姐弟呢，一样没有家教。不过杀你娘亲这件事情可能是你冲儿早有预谋，事先将梅剑第七式教给另一个人，让另一个人去杀人，这也不是什么难事，有钱能使鬼推磨嘛。"

梅老爷阴沉沉地低吼一声："住口！"

厅堂顿时鸦雀无声。

梅老爷沉声道："我梅海的确教子无方，这一点我无话可说，那些被我冲儿害了的女子，我梅海一定负责到底，保证她们将来衣食无忧，帮她们找一个好归宿。但杀人偿命，事关重大，没有证据最好不要随意诬陷他人。何况，冲儿从未练成过梅剑第七式。"

关度白不再言语，眼睛还是邪邪地望着梅去武。

鹿色九道："其实现在只要做一件事情我们就能知道凶手是谁。"

关度白道："不错，大家把衣服脱了，谁背上有新的刀伤谁就是凶手。"

袖里藏风道："可梅大小姐怎么办？"

关度白道："梅大小姐可以和府中的丫鬟们互相查验。"

梅老爷沉吟良久，道："好，就照此办。"

一炷香后，所有人都已经检查完毕，包括府内所有的仆人，并未发现有人背后中刀。

袖里藏风一时陷入沉思："怪哉怪哉，我的推断到底什么地方有问题？"

袖里藏风提出要与梅老爷单独问话，梅老爷叹息一声，知道那件事情假如再不说出来的话，无论是谁也抓不到凶手的。

袖里藏风问他的问题，果然如梅老爷所料，他其实早就想把这个秘密说出来了，无奈受人所托，必须遵守自己的承诺。

　　而现在，说出真相是他唯一的选择。

　　梅老爷问道："不知藏风大侠可曾听闻江湖中最近新出现的一个组织，这个组织里的人把他们的这个组织唤作大雷音寺。"

　　袖里藏风隐隐感觉到自己正在逼近一个通天的大阴谋，大雷音寺这个组织听上去绝非善茬。

　　袖里藏风道："大雷音寺？我从未听闻，难道这便是钱不灵离京的任务吗？"

　　梅老爷道："不错，朝廷正是收到线报，江湖中出现了这么一个组织，才命钱捕头尽快南下将此事调查清楚。他之所以将你带到这里，正是想借你的手一举挖出大雷音寺的秘密，我听钱捕头说，傅香的刺涎会也已经加入到了朝廷这次的行动之中，有了傅总舵主的加入，六扇门此次可以说是如虎添翼。"

　　袖里藏风道："傅香？我以为他现在的任务是要除掉那个假冒他的人。"

　　梅老爷道："我听说了此事，那个假冒他的人其实就是大雷音寺的人，那个人已经被傅香的献佛刀斩杀，虽然两人十分相似，身怀的功夫却是云泥之别。"

　　袖里藏风道："梅老爷你说了这么多，对大雷音寺这个组织的作为却一字未提。"

　　梅老爷道："其实光听名字，藏风大侠应该就能猜出一二了。"

　　袖里藏风弹了下眉毛，道："莫非……"

　　梅老爷道："正是，他们专门从事培养与江湖中拥有重要地位与声势的人长相酷似之人，就像变戏法，将一个梨变成一模一样的两个梨，而且这些人必须从小就被当成杀手来培养，每一个都身怀绝学。"

袖里藏风道："可主掌大雷音寺的人为何做这种事？他们又是如何在人小时候就找到这些与千里之外酷似之人？"

梅老爷道："为了将他们卖给雇主，说穿了就是一门买卖，一手交人一手交钱。我现在担心的是，他们还有另外一些不可告人的秘密。"

袖里藏风道："那么现在已经死去的两位梅夫人中，有一位是梅老爷你买来的？"

梅老爷道："不错。后来被杀的那个便是我花了重金买来的，她的武功虽说没有藏风大侠与钱捕头那般深不可测，在江湖中也能称得上是一等一的高手了，没想到，最后还是难逃凶手的魔掌。"

袖里藏风道："想必梅老爷对这位新来的梅夫人动了真情。"

梅老爷毫不避讳道："是啊，她比我的结发妻子更体贴更懂我，本来我之所以将她买来是为了骗过采花贼，采花贼若是来了，见她武功高强，便也只能作罢，结果采花贼迟迟没来，反而发生了后面这些事情。"

袖里藏风道："梅老爷你上当了，采花贼其实就是大雷音寺的人，我想采花贼只是大雷音寺用来招揽生意的噱头罢了，如果我没猜错，大雷音寺的人一定是在你收到采花贼的来信后才出现在你府上的。"

梅老爷顿时如醍醐灌顶，哎呀一声，说道："不错，看来我果然是中计了。"

袖里藏风笑了笑道："可你一点也不后悔买下那位顶替你夫人的女子。"

梅老爷黝黑的面颊上浮现一缕红晕，道："啊……是，是，毕竟一夜夫妻百日恩。"

袖里藏风道："你的原配夫人一点也不介意？"

梅老爷道："她……她比较惜命，每晚都是我和小的睡，大的就偷偷睡在另一个厢房，这件事情除了我，府内谁也不知情，这是大雷音寺的规矩，所以我才一直保守着这个秘密。自从大的死了之后，小的就一直待在外面没有回来过，为了她我一直提心吊胆的。"

他已把买来的女子当成是自己的妾室。

梅老爷问道："藏风大侠，该说的我都说了，你还有什么想问的，尽管问。"

袖里藏风道："关于你正房夫人的死，你是否知道些什么？"

梅老爷道："这事我真的一无所知，我到现在还不清楚凶手是怎么杀完人之后从房内消失的。"

袖里藏风的脑子乱极了，他要消化的东西实在太多，他慢慢地向门口踱步，蓦地回转身，问道："梅老爷，有没有这种可能，你买回来的不是一个女子，而是一对双胞胎？"

梅老爷一脸茫然怔在那里，完全不知道应该如何作答，难道他真的买回来了一对双胞胎？难道所有的案子都是第三位梅夫人所为？

自从验完每个人背后有无刀伤后，梅府完全笼罩在死亡的阴影下，大家明白这只说明了一件事，凶手不在他们之中，就一定在暗处。

下一个死的会是谁？

距离第二位梅夫人死后又过了一天，在这一天时间里什么都没发生，但所有人都感到接下来还会发生很可怕的事情。他们的预感非常准，就在袖里藏风得知了大雷音寺这个组织的隔天，梅老爷便慌慌张张地把大家聚到了院子里，他向大家说了一件不大不小的事情：梅式剑法被盗。

与此同时，一名家丁来报，府外出现了一匹马，马背上趴着一个人，话音未落，第二名家丁满脸惧意地跑进来，指着大门外说道："不……不好了，少……少爷回来了。"

他旁边的家丁推搡了他一下，责骂道："怎么说话呢，少爷回来是好事，什么叫不好了！"

那家丁没搭理他，继续向老爷禀告道："少……少爷在马背上……死了。"

众人大骇，梅老爷登时眼前一黑，晕了过去。梅去武快步奔向门外，她怔怔地望着马匹上那具尸体，她看不见他的脸，不知道那是不是真的就是自己的弟弟，她缓步迈下一级级台阶，钱不灵、鹿色九和关度白早已站在了尸体旁，他们都在等着她确认死者的身份。

袖里藏风跟在她身后都能感觉到那种距离的遥远，好像一辈子也走不过去。

梅去武还是走了过去，也确认了这具尸体正是她的亲弟梅剑冲，家丁们把少爷的尸身抬回了府，梅去武眼睁睁看着这具尸体被盖上白布，从眼前离去。

她靠在袖里藏风的怀里，谁都能从她的眼中看出她内心的情绪起伏是有多么剧烈，她抽泣着说道："你说，冲儿是不是罪有应得？"

袖里藏风温柔地轻抚她的肩膀道："江湖上的事，谁又说得清楚谁有罪谁无罪，即便做人问心无愧，亦会死于非命，人的一生会有怎样的遭遇，或许上天早有安排。"

关度白"哼"了声，白了他们一眼，拂袖而去。

梅老爷晕阙后，被送到他自己的卧房中，现在已醒来，他一恢复神志便吵着要见自己的孩儿，两个丫鬟将他扶去停放尸体的房间，他对着自己的小儿子的尸身痛哭不止，哭得声嘶力竭，倒地不起。

梅去武说要照顾自己的爹爹，遂未与钱不灵几人共同验尸。

钱不灵一面检查尸身，一面说道："尸体的致命伤在腹部，从伤口来看，梅剑冲的死因与两位梅夫人的死因一致，同样死于梅剑第七式。除此之外，尸体上还有很多道不致命的伤口，应是生前与人搏斗所造成的，后被刺中腹部而死，从伤口溃烂的程度与形成的尸斑，估算是死于七天前。"

关度白道："没想到最有嫌疑的一个居然死了，居然还死了七天，这样也好，我二弟黄泉路上也有个伴。"

袖里藏风道："依梅二少的性格，令弟若在黄泉与他为伴，也一定是伺候他的下人。"

关度白伸出一只斗大的拳头，喝道"袖里藏风，有种你再说一遍！"

袖里藏风交抱双臂道："你不用吓唬我，即便我现在伤势未愈，你也照样不是我的对手。"

关度白桀骜道："我看你是太小看我关家的大刀了！"

钱不灵道："我们现在最先该解决的问题是找到凶手，而不是自相残杀。"

鹿色九道："不错。我有个问题，人是七天前死的，为何现在出现？凶手到底有何企图？"

袖里藏风道："我们不要忘了，在梅二少的尸体出现的同时，还发生了一件事情，梅家的剑谱被盗。"

钱不灵接道："这两件事之间一定有关联。"

蓦地，停尸房的门被打开，梅去武扶着自己的爹爹走了进来，梅老爷看上去苍老了很多，连头发都白了一半，步子也慢了下来。

梅老爷干枯的嗓音嘶哑着说道："梅式剑法共八式，其中一式乃堕天式。"

钱不灵解释道："堕天式是为防有人偷练自家武功秘籍而暗设的一式，一旦将此式学会，轻者走火入魔，重者七窍流血而死。"

关度白道："不错，堕天式可能是第一式，可能是最后一式，也可能是任何一式，这个秘密只有正宗的传人才会被告知，我关家的刀法与心法亦有堕天式。"

袖里藏风道"也就是说凶手七天前捉走梅二少是为了问出堕天式，可梅夫人早在一个月前就是死于梅剑第七式，而且剑谱是今日才丢的。"

梅老爷自惭道："实不相瞒，真正的剑谱两年前便已丢失，此次丢失的是本伪造的剑谱。毕竟丢失祖传的剑谱对我梅家来讲是奇耻大辱，家丑不可外扬，遂我亲手绘制了一本假剑谱充当真剑谱，无奈我年事已高，有些招式已忘得七七八八，我冲儿随我，在练剑方面毫无天赋可言，我们父子俩始终没有练到第七式。"

钱不灵沉思道："也就是说凶手花了两年的时间练成梅式剑法，就是为了杀人？可他又怎么知道堕天式是哪一式？"

袖里藏风道："他不知道，这两年间说不定他已走火入魔，直到他七天前从梅二少口中问出堕天式，于是便杀人灭口，如今他又将假剑谱一并盗走，为的是……是……"

钱不灵道："嘲笑我们，嘲笑我们是有多么无能，只能坐以待毙，看着他一个个地把人杀光。"

袖里藏风问道："梅老爷，两年前剑谱被盗前后是否有别的事发生？"

梅老爷思忖了一番后，眼睛突地亮了一下，道："采花贼来信便是在两年前。”

袖里藏风道：“看来大雷音寺的目的并不仅仅是做买卖。”

梅老爷道：“其实我也早已有所怀疑这个组织，只是若我怀疑大雷音寺，那也就代表着……”

袖里藏风接道：“偷剑谱的是你买回来的那个女子。”

梅老爷道：“可如今她也遇害了。”

袖里藏风道：“说明大雷音寺卖给你的不仅仅是她。”

鹿色九、关度白和梅去武听得一头雾水，最先发问的是关度白：“你们在说什么大雷音寺，什么买回来的女子？到底是什么意思？”

梅去武也在问她爹爹，鹿色九一脸好奇地盯着袖里藏风。

钱不灵道：“事到如今，再瞒下去已无必要。”

终于，这个房间内的人全都知道了大雷音寺的事情。

大家对于大雷音寺派来了第二个人一事深信不疑。

幸运的是，这件事情当晚便得到了印证。

是夜，狂风大作、尖啸，似有万千鬼魂在天地间咆哮。

梅去武敲响了袖里藏风的房门，袖里藏风知道她又来给自己上药了。

袖里藏风照惯例趴在床上，将逐渐愈合的后背交给梅去武去料理，重复之前那许多次的步骤，只是这次他迟迟不见这位大小姐动手，正当他察觉有异转头看去时，梅去武已将胸前的衣衫解开，将赤裸裸的胸膛盖在袖里藏风带着刀伤的后背上。

他们互相感受着对方的体温与心跳，良久，两人都默然无语。

梅去武在袖里藏风的后颈处轻吻了一下，道："我们一起离开这里吧，走得越远越好。"

袖里藏风被她突如其来的拥抱和亲吻搞得有些飘飘然，但他依然强装镇定道："你是不是有什么事情瞒着我？"

梅去武沉吟良久道："嗯。我想我见过那个凶手。"

袖里藏风登时瞳孔放大，双眼圆睁，他急忙翻转身子问道："什么？什么时候？"

梅去武道："就在你来到这里的那天晚上，我听说有人来刺杀你，随后又被钱捕头砍伤，那时我正好从房内见到有个黑影飘过，便跟了过去，我一直暗中追踪到一片树林，她以为四周无人，便摘下了自己的面巾，我看到她的脸和我娘亲的一模一样，我吓得心脏直跳，我不会武功，不敢贸然行动，便小心翼翼地回了府。"

袖里藏风道："你为何不早说？"

梅去武怯怯道："我……我怕我说了她会来找我，况且，就算我说了也帮不上什么忙。我们一起离开这里吧，不要再待在这个可怕的地方了。"

袖里藏风道："我还有一件事不明白，你爹为何一开始会把你嫁给一个傻子？"

梅去武道："我爹这人向来就迷信，他专门找人给我算过生辰八字，结果只有关家的二公子与我最合适。"

袖里藏风诧异道："就因为这个？"

梅去武坚定道："是啊。"

袖里藏风道："好，我答应你，我们明天就离开这个鬼地方。"

梅去武道："真的？你可不准骗我。"

袖里藏风道："真的。"

梅去武道："那好，我去收拾收拾，咱们明天一早就出发。"

她又在袖里藏风的脸颊上亲了一下，整理好自己的衣衫，蹦蹦跳跳地出去了。

袖里藏风看着她离去的身影，脑海里不停闪现着各种各样的画面，他的眼睛比喝酒的时候还要亮，只因他终于找到真正的凶手了，所有的一切都对上了，但所有的一切还并没有结束。

夜半鸡啼，初雪至。

梅老爷就睡在他自己的床上，他可以清清楚楚地听见那一声声熟悉的鼾声，那张脸也是梅老爷的脸，这一次不会再像上次刺杀袖里藏风时那样被算计了，他手里的剑在发光，它发光的时候就是它要见血的时候。

他的剑已刺了下去，梅剑第七式！分毫不差，刺中了他的胸口，梅老爷的鼾声立时停止，嘴角淌出汩汩的血液。这一切终于结束了，他仿佛获得了新生，他剑上的血就用外面的雪来洗净。

他抽动剑柄，可剑纹丝不动，他又抽了一次，这次他连人带剑向后倒去，床上的那具尸体猛地坐了起来，梅老爷正在朝他微笑，不对，那不是梅老爷，那是张人皮面具，他嘴边的血也是血浆伪造的。

房内登时亮起了盏盏灯火，钱不灵，鹿色九，关度白与梅老爷从大门外款款步入房间。床上的那个人揭下了他自己的人皮面具，正是袖里藏风。

袖里藏风道："你好啊，终于见面了，第三位梅夫人。"

那黑衣人把面上的黑巾摘下，果然与梅夫人的长相别无二致。

梅老爷仔细端详着这张脸，好一会儿才道："你和她真是双胞胎？"

第三位梅夫人道："不错，我是妹妹，她是姐姐。"

梅老爷道："是你杀了自己的姐姐？"

梅夫人道："不错。"

梅老爷道："你是如何下得去手的？"

梅夫人道："大雷音寺有个规矩，像我和我姐姐这般的双胞胎或多胞胎，出去执行任务时是一模一样，回去时也得一模一样，既然我被钱不灵砍伤，就意味着我们回去前，我姐姐的背上也得有一模一样的刀伤，为了免挨这一刀，她准备先下手为强除掉我，出去两个影子回去一个影子，这种事情大雷音寺并未做出明文规定。"

钱不灵道："可没想到，姐姐想杀妹妹，结果却被妹妹所杀。"

梅夫人阴恻恻地笑了声，以作回应。

梅老爷道："可你为何杀我妻子？"

梅夫人道："我姐姐说她爱你，我就替她把你妻子杀了，未曾想我姐姐反而埋怨我多事，真是狗咬吕洞宾，不识好人心啊。"

关度白的手里正拿着把七尺长的斩马刀，浑身透着杀气，他冷冷地问道："我二弟呢？"

梅夫人道："好色之徒，我在屋脊上看不过眼，就将毒药吹进了他的杯子里，没想到那个傻子还真的喝了，假如当时他的眼睛没有看向不该看的地方，说不定他现在还活着。"

关度白哪还听得进她说话，斩马刀一抡一劈一削，转眼已攻出三招，谁知这三招偏偏都让钱不灵挡了下来，没有一招落空，钱不灵只用了一双手便将关度白手里的刀震得不住颤动，关度白的内功若是稍浅一分，斩马刀早已从他手里跃了出去。

钱不灵笑着说道："关公子若是想见识一下钱某的百花手，直说便是，外面地方敞亮，不如我们去外面交流一下武学心得。"

钱不灵笑里藏着刀，他从来不是一个好说话的人，只是为了破案，他一直都在忍让。

关度白收起了刀，脸色死一般惨白。

鹿色九问道："杀梅剑冲可否是为了剑谱？为何你杀人一定要用梅剑第七式？"

梅夫人道："这一点说来惭愧，我在大雷音寺时从未听说过有堕天式一事，因此练功走火入魔了一阵，后来我重新钻研剑谱，发现第八式与其余七式格格不入，便将第八式撕毁，不再练，半个月后，我知道我练对了。杀梅剑冲纯粹是想找个梅家的传人比试剑法，没成想，他的武功这么次。梅家的男丁无半点武学天赋，这一点令我大失所望。我盗走假剑谱，送回梅剑冲尸体，只是想嘲笑你们这帮酒囊饭袋，你们男人没一个我看得上的。我此来正是准备杀了这老头子后，便回大雷音寺复命，没想到……"

钱不灵道："既然你如此看不起男人，那你又为何要刺杀袖里藏风，他对你有威胁吗？"

梅夫人道："四只手的袖里藏风是大雷音寺最忌惮的一个人，杀了他，就能回大雷音寺领赏。"

钱不灵道："哦？看来我钱不灵还未引起大雷音寺的注意。"

梅夫人冷哼一声道："六扇门对大雷音寺来说，根本不足为惧。"

鹿色九道："我想知道大雷音寺还对谁比较忌惮？"

梅夫人道："你以为我这么傻，会告诉你吗？"

鹿色九耸了耸肩，道："喂，六足王八，你怎么不说话？"

袖里藏风自从揭下人皮面具后，便一直以打坐的姿态坐在床上，连眼睛都未眨一下，鹿色九一叫他，他才睁开眼，瞪着第三位梅夫人问道："我想请教你一个问题？"

梅夫人道："你说。"

袖里藏风道："你在杀完真正的梅夫人后，是怎么从房间离开的？"

这第三位梅夫人显然是被问住了，她一时语塞，什么也答不出来。

钱不灵问道："袖里藏风，你在搞什么鬼？凶手难道不是她？"

袖里藏风道："凶手是她又不是她。"

钱不灵道："什么意思？"

袖里藏风道："你明明也去命案现场调查过，你也发现了窗栓上的血迹，你就没有想明白吗？"

钱不灵叹口气道："你想卖弄自己比我聪明的话，那么祝贺你，你已经成功了。你开不开心啊？"

袖里藏风道"这间密室杀人的真相其实并没有大家想的那么复杂，真凶杀梅夫人是早有预谋的，她在杀人后，立刻逃离梅府，而在此之前，她以真正梅夫人的身份写信给另一个人，这个人误以为梅夫人有话想对她说，便去了，可谁知等着她的是一具冷冰冰的尸体，和一个陷害她的阴谋。这时，梅老爷带着丫鬟正在前往案发现场，她若此刻离开，定会被认为是凶手，于是她把房门上闩，又将尸体搬出窗外藏在灌木丛中，她再回到房内伪装成梅夫人的尸体，她在中剑部位抹上梅夫人的血，又用独门闭气功装死骗过闯进来的梅老爷，趁着大家忙做一团时，她又和灌木里的尸体换回来，这就是凶手消失之谜的真相。我和梅大小姐在窗外的灌木丛中发现有一片被折断的痕迹，而且折断出好多还留有血迹。”

梅老爷道："可她为何不直接翻窗逃跑？"

袖里藏风道："一旦她逃跑，梅老爷你就会让家丁去追，如此她就无法回到自己的房间，她可不希望被她喜欢的人误认为她是凶手。情急之下，也就只能出此下策。"

袖里藏风转而问那位黑衣人道："我很奇怪，假如人是你杀的，你完全可以告诉我们你要陷害另一个人，可你什么都说不出来，为什么？"

那人没有说话，她的眼神已慌乱。

袖里藏风道："因为一旦你承认你在陷害她，那么你之前所说的几件事情就全都不成立。作为姐妹，如你所说，你不可能在一个月前就想陷害她杀人，那个时候你的背上还没被钱不灵砍伤，你也不可能不知道她是如何从案发现场消失的，你们同出一门，类似闭气功这种难得一见的奇功你竟然没有一点印象？"

那人不知不觉间已流下泪来，她已知道袖里藏风猜到她真正的身份了。

袖里藏风道："梅去武，你的易容术还远远没到火候呢。"

梅去武摘下自己脸上的人皮面具，疯了似的狂笑不止。

梅老爷一脸难以置信地指着自己的女儿道："静儿？怎么会是你？你在这里做什么？"

梅去武收敛笑容，阴毒地盯着自己的父亲道："父亲大人，我在这里做什么，您的心里真的一点也没数吗？"

梅老爷摇着头，身子不住往后退，他的眼神从看着自己女儿的温情变为看着一个杀人凶手的冷漠，他语重心长道："你身上明明没有刀伤，你怎么会是凶手？"

袖里藏风道："这一点其实我们都大意了，当时验伤，男人和女人是分开来验的，给梅大小姐验伤的是一群不懂武功的丫鬟，梅大小姐易容术虽说还没到精通的地步，但制作一张以假乱真的背部皮肤易如反掌，更何况丫鬟根本不会怀疑自己的小姐，当然不会细看。另外，她手上就有少庄主是婷飞的金创药，伤口的愈合速度要比普通人快许多，看上去一点都不像是中了刀伤之人。"

梅老爷又道："可我夫人死的那晚，她明明去了灯会。"

袖里藏风道："她是去了，可梅老爷你派去的丫鬟家丁跟丢了好几次，其中一次她便是去杀人，还有几次可能是为了掩盖她去杀人的那次。"

梅老爷仍是不肯死心，道："刺杀你和暗算钱捕头那次怎么说？钱捕头中毒的时候，她可是正在陪着你的。"

袖里藏风道："我和梅大小姐第一次见面，是我在府内醒来的时候，她来给我换伤口上的药，那是其次，并非我自恋，我想梅大小姐以前一定听说过关于我在江湖上的一些传闻，她担心我的出现会打乱她的计划，便来试探我，而我喝了酒就忘乎所以，在她面前做了很多看似惊人的推断，我猜她是那时候想要除掉我的，还好她没有成功。暗杀钱不灵那次她的确拥有不在场证明，可谁叫她别人不选偏偏选我，刚开始我以为自己是因为受了重伤的缘故才变得嗜睡，只不过去了趟梅夫人死去的房间，回来居然倒头就睡，还好后来鹿色九告诉我那天上午阴晴不定，一大早辰时出太阳，转眼就变阴天，到巳时时又是大晴天，之后又是阴天，等他们回到府内，关二公子死后，才开始下的雨。原先我一直以为我醒来的时候是辰时，其实不是，是巳时，我是闻到了梅大小姐身上的檀香才醒的，现在想来，那天早上我就中了她的迷香，那股檀香是将我唤醒的。”

“当天发生的顺序应该是这样：从梅府走到坟地约需半个时辰，梅老爷你们辰时不到出发，半个时辰左右到达坟地，钱不灵遭暗算是大约一刻钟后，在此之前梅大小姐已经用轻功赶上了你们，快得话也就一炷香时间，她暗算钱不灵后，又将梅老爷你买来的小妾砍伤，为的是后面可以将罪名嫁祸到她头上，可她失算了，我们一眼就看出这伤是伪造的。她没有时间杀她，遂用轻功赶了回来，此时已是巳时，大晴天，原本她将我迷晕只是不想我醒来发现她不在府中，她的丫鬟都以为她在药房，其实她是去杀人。巳时的太阳和辰时的太阳从高度上来讲还是有些差距，但如果你是第一天在这种深宅大院内醒来，很容易就把东边的太阳认成是刚刚升起，而且我从西厢房出来时，太阳晒得我睁不开眼，空气中的雾未散，也让我产生了这种错觉。我就是这样给她做了不在场证明。”

关度白道：“我二弟呢？”

梅去武道：“关大公子，我杀你二弟的理由和我之前说的一模一样，只要是个女人都会想杀了他，况且，杀了他，我就不用嫁给他了。毒药是我专门调制出的，名唤‘渡鸦’。”

关度白脸上堆满了假笑，道：“我去外面练练刀，你们说完叫我一声。”

说完，他便真的走了出去。

梅老爷道：“为什么你连自己的亲弟弟都不放过？”

梅去武道：“他这种人不该死吗？他害了那么多无辜的女子，他的心里有过　丝愧疚吗？我受够了这个家永远都在重男轻女，弟弟无论犯了多大的错，打一顿也就过去了，祖传的剑法也只传授给他，可他明明就是个难得一见的武学白痴，我才是武学奇才，我偷了你的剑谱，只花了两年便练成了梅剑八式，我从梅剑冲嘴里轻而易举就套出了堕天式，你说，他是不是个白痴？"

梅老爷已无言以对。

梅去武继续说道："你们一直都想知道我爹为何要把我嫁给一个傻子对吗？就因为在我小时候，这位梅老爷找人给我算过命，天煞孤星，我至亲至爱的人都会相继惨死，只有把我嫁给傻子才能化解。不过，梅老爷还不是最迷信的，梅夫人才是，将我嫁给关在青一直都是她在极力主张，从我偷剑谱起，我就下定决心要杀了她，杀了我荒淫的弟弟，最后是我那个袖手旁观的爹。"

袖里藏风道："大雷音寺的事情你也早已知晓？"

梅去武道："不错，那个女人一直都在调查是谁想陷害她杀人，最后她还是查到了我头上，还偷走了我配好的一瓶'渡鸦'。那天她来府内是因为她怀疑梅剑冲已被我杀害，她想去他房间找线索，正好让我碰上，我就杀了她。其实我一直都在提醒你们，既然梅府的男丁没一个使得出梅剑第七式，难道凶手就不会是女丁吗？"

袖里藏风道："其实你的确很聪明，从第二位梅夫人身上的刀伤就可以看出来，你想把罪名转嫁到她头上，可你失败了，与此同时，我们正在怀疑大雷音寺是否派了其他人来，你又把一切嫁祸给了虚构的第三位梅夫人，还好我及时想通了所有的事情，否则我们都被你骗了。同时，你又很可怜，你本可以将自己的亲人一次性杀光，然后销声匿迹，可你没有，你一直在策划每一件命案，让合适的人来给你背下杀人的罪名，你不想让外面的人知道你梅去武亲手杀死了自己的家人。"

梅去武道："你猜得到我为什么这么做吗？"

袖里藏风道："我想你自认为自己的内心是善良的，只是你的家人逼你不得不动手，所以你不能背上这么一个杀人凶手的罪名。可你别忘了你还杀了两个与此事无关之人，即便关在青死有余辜，另一位梅夫人却一直在帮我们查案，她不该死。"

梅去武泣不成声道："没错，而且我杀她的时候丝毫没有手软，那时我便知道自己再也无法回头。假如老天让我早一点遇见你，我就不会选择杀这么多人了。"

"轰"的一声，一条白影破窗而入，一柄斩马刀刀风强劲地在屋子里舞得虎虎生风，每一刀都是擦着梅去武的身子砍过，这种刀法即便对方安全躲过，也会被刚强的刀风震出内伤，梅去武以剑招架，顿时小小的一间屋子里刀光剑影，梅去武发现关度白的招式间存在破绽，忽地一剑刺出，正是梅剑第七式雪中染梅，熟料关度白是故意卖的破绽，好引她上钩，关度白闪身一跃而起，一招猛虎下山自上而下劈来，梅去武招式穷尽，这一刀挡下必死，可她偏偏未躲，只因她身后便是袖里藏风。其实她此时躲开，凭着袖里藏风的武功完全不会受到半点伤害，可她最终做出了自己的选择。

这一刀下去，梅去武颓然倒下，正好倒在袖里藏风怀里。袖里藏风闪电般出手，指尖在刀背上一弹，刀便猛地从伤口飞出，这轻轻的一弹力道似有千斤重。

袖里藏风道："你不必替我挡这一刀。"

梅去武扶摸着他的脸道："我知道，可我已没有活下去的理由，我想让你记得我，我想……死在你怀里。"

她的声音渐渐变轻变模糊，直到她再也无法说出任何一个字，她的手垂了下去，她终于如她所愿，离开了这个鬼地方。

袖里藏风还是紧紧抱着她，从手里拿出一串铜铃道："关公了，这串铜铃可是你的？”

关度白一时慌了手脚，他在自己身上上下摸索一番后，说道："我从不带这种东西。"

袖里藏风道："是吗？我一直在想一件事情，关在青关二公子被坊间传言是个傻子，一直傻了二十几年，怎么突然说不傻就不傻了？"

关度白道："坊间传言怎可随意相信。"

袖里藏风道："那怎么早不傻晚不傻，偏偏挑大雷音寺出现的时候？"

关度白一怔，道："袖里藏风，你有话直说。"

袖里藏风晃了晃手里的铜铃道："这串铜铃我没记错的话，正是采花贼头上所佩戴的那串，你不会和我说你已经抓到采花贼了吧？"

关度白阴森森地笑着，声音蓦地变得粗犷豪放，道："不愧是四只手的袖里藏风，我如此谨小慎微还是被你看穿了。"

钱不灵和鹿色九惊道："难道他就是……"

关度白道："不错，我就是采花贼。不过我想不通，袖里藏风你是从何时怀疑我的？"

袖里藏风道："上回与你交手时，我发现五个黑衣人中有一个是关家的公子，我一直在想他到底是哪一个，直到我听说关家有个傻公子突然不傻了，我怀疑死在梅府的关在青其实是大雷音寺卖给你的影子，真正的关在青其实并未死，不过他还是个傻子。以此类推，我想那五个黑衣人也都是大雷音寺培养出来的影子。黑衣人管你叫金老大，以及你使用软剑作武器都是为了掩护你的真正身份。"

关度白道："不错。"

袖里藏风道："只是我不明白，你堂堂大刀关家的大公子为何会成为大雷音寺雇佣的采花贼？"

关度白道："我也有可能是个影子。"

袖里藏风道："你绝不是。"

关度白道："为何？"

袖里藏风道："因为像你这么自负的人不需要影子，大雷音寺一定向你承诺了什么。"

关度白道："那就看你有没有这个本事了。"

袖里藏风道："在动手前我还想知道一件事。"

关度白道："你说。"

袖里藏风道："大雷音寺是否真有一份顾忌之人的名单？"

关度白道："的确有，梅去武应该是从第二位梅夫人口中得知的。"

袖里藏风道："我真的在这份名单里？"

关度白道："不错。"

袖里藏风道："这份名单里还有谁？"

关度白道："告诉你也无妨，如今的局势，即便你们几位联手，也难力挽狂澜。这份特殊的名单里只有三个人：四只手的袖里藏风，刺涎会总舵主傅香，赤剑山庄少庄主是婷飞。袖里藏风之智力，傅香之武力，是婷飞之变数，如今你们三人加一起也已无力回天。大雷音寺的大业将成。"

袖里藏风道："什么大业？"

关度白道："这个问题的答案你应该自己去找。"

袖里藏风道："沈夫人和这件事又有何关系？"

关度白一阵狂笑，登时窗外扔进来四颗天雷珠，房内所有人立时向外逃离。

只听"轰隆"一声，整座房子坍塌于一片黄烟之中，袖里藏风脱下自己外面的大衣铺于地面，将怀中梅去武的尸体放上去，关度白早已没了踪影，只听他千里传音道："各位后会有期。"

外面的世界裹上了一层白银般厚厚的积雪，鹅毛大雪还在疯狂不止地撒向大地。

凛冬已至，在这个寒冷的季节，他们与大雷音寺难免要有一场恶战。

鹿色九道："大雷音寺如此庞大的组织，我们到底要怎样才能辨别谁是来自那里的妖魔鬼怪呢？"

袖里藏风道："这就需要我们都炼成一双火眼金睛。"

钱不灵马不停蹄地奔回京城，六扇门必须随时做好备战的准备，这一路比来时遥远了很多，漫天风雪，也比来时更难赶路。

鹿色九问袖里藏风道："我们该做些什么？坐以待毙吗？虽然我没你聪明，但我知道大雷音寺的阴谋一旦得逞，势必生灵涂炭。"

袖里藏风道："大雷音寺怕谁，我们就去找谁。"

就这样，两匹快马被大雪掩映在了赶往赤剑山庄的途中，三十六个时辰后，他们才会从山庄门童的口中听到关于是婷飞的事情：是婷飞已死于非命。

未完待续……